GOLDMANN

Buch

Roberta Fenn ist spurlos verschwunden. Allerdings ist sie das schon seit drei Jahren, und so wundert sich das Detektivduo Bertha Cool und Donald Lam, daß sie das ehemalige Fotomodell jetzt plötzlich aufspüren sollen. Der Auftraggeber ist ein mysteriöser Unbekannter, der selbst im Hintergrund bleibt und nur verrät, daß es um die Liquidation eines Nachlasses geht. Obwohl Cool und Lam nur herausfinden sollen, wo Roberta sich aufhält, steckt offensichtlich mehr hinter der Sache, denn Roberta ist in zwei Morde verwickelt...

Autor

Erle Stanley Gardner, Rechtsanwalt und Schriftsteller, war längst als Autor der Perry-Mason-Romane berühmt, als er unter dem Pseudonym A. A. Fair neue Krimis mit dem Detektivduo Bertha Cool und Donald Lam veröffentlichte. Als er damit einen so durchschlagenden Erfolg erzielte, daß sogar Perry Masons Popularität darunter litt, entschloß er sich notgedrungen, sein Pseudonym zu lüften.

Gardner, einer der berühmtesten Autoren in der Geschichte des amerikanischen Kriminalromans und eigentlicher Begründer des Courtroom-Dramas, starb 1970.

Von Erle Stanley Gardner außerdem im Goldmann Taschenbuch

Sein erster Fall. Roman (5911)

Erle Stanley

Gardner

Der dunkle Punkt

Kriminalroman

Ins Deutsche übertragen
von Renate Steinbach

GOLDMANN VERLAG

Originaltitel: »Owls don't blink«

Umwelthinweis:
Alle bedruckten Materialien dieses Taschenbuches sind chlorfrei und umweltschonend.
Das Papier enthält Recycling-Anteile.

Der Goldmann Verlag
ist ein Unternehmen der Verlagsgruppe Bertelsmann

Neuausgabe 12/95

Umschlaggestaltung: Design Team München
Foto: Bavaria/FPG, Gautting
Druck: Elsnerdruck, Berlin
Krimi 3039
AB · Herstellung: sc
Made in Germany
ISBN 3-442-03039-0

7 9 10 8

1

Gegen drei Uhr morgens erwachte ich vom Klappern eines leeren Mülleimers, mit dem irgendein Spaßvogel auf dem Bürgersteig Fußball spielte. Gleich danach kreischte eine Frau mit rauher, schriller Stimme: »Laß mich in Ruhe, du Idiot! Ich geh' noch nicht nach Hause!« Ich legte mich auf die andere Seite und versuchte, wieder einzuschlafen. Aber die gellende Stimme der Frau hackte auf meinen Nerven herum und raubte mir rücksichtslos jede Hoffnung auf weiteren Schlaf.

Die Luft war feucht und drückend. Das Bett, in dem ich lag, war ein riesiges Möbel, ein ›Vierpföster‹ mit einem Betthimmel. Vom Schlafzimmer aus führten hohe französische Fenster auf einen Balkon mit schmiedeeisernem Gitter, der weit über die enge Straße hinausragte. Unmittelbar gegenüber befand sich Jack O'Learys Bar. Bei geschlossenen Fenstern war es in der dumpfen, schwülen Luft dieses Raumes nicht auszuhalten. Öffnete ich aber die Fenster, dann drang zugleich mit den vielfältigen Gerüchen der nächtliche Lärm des französischen Viertels von New Orleans zu mir herein.

Die streitenden Stimmen auf der Straße verstummten, und ich döste wieder ein. Die Stille währte jedoch nicht lange. Sie wurde von einem ohrenbetäubenden Hupen unterbrochen, in das kurz darauf eine zweite Hupe einstimmte. Ich rappelte mich hoch, angelte nach meinen Pantoffeln, schlurfte zum Fenster und spähte zur Bar hinüber.

Irgendein Radaubruder wartete anscheinend vor dem Lokal auf seine Freunde und produzierte sich auf seiner Autohupe, um ihnen – und auch der ringsum im Schlummer liegenden Welt – unnötigerweise mitzuteilen, daß er zur Stelle sei. Mit seinem überdimensionalen Straßenkreuzer blockierte er die schmale Durchfahrt, und bald staute sich hinter ihm eine lange Wagenschlange, die ihrer Ungeduld ebenfalls in einem gellenden Hupkonzert Luft machte. Der Mann im Straßenkreuzer spürte natürlich die wachsende Feindseligkeit seiner Hintermänner und nahm die Hand überhaupt nicht mehr von der Hupe, um auf diese Weise seine saumseligen Gefährten in der Bar zu größerer Eile anzutreiben. Inzwischen erstreckte sich die Verkehrsstockung über drei Wohnblocks, und der Lärm war so markerschütternd, daß er einen Toten zum Leben erweckt hätte.

Endlich tauchten drei Personen in der Tür von Jack O'Learys Bar auf, ein großer, schlaksiger Mann im Smoking und zwei junge Frauen in langen Abendkleidern. Sie redeten alle drei zur gleichen Zeit und blickten über die Schultern hinweg in das erleuchtete Innere des Lokals. Der Mann winkte dem Fahrer des Straßenkreuzers zu, überquerte gemächlich den Bürgersteig und hielt galant die hintere Wagentür auf. Kurz darauf trat die eine der beiden Frauen zu ihm. Die andere blieb noch stehen und unterhielt sich mit einem korpulenten Mann im Straßenanzug, der mit einem Glas in der Hand aus der Bar trat.

Das Hupkonzert schwoll von neuem an, ohne jedoch auf die beiden Leute vor der Bar den mindesten Eindruck zu machen. Sie sprachen so ungeniert miteinander, als wären sie blind und taub für ihre Umgebung. Nach einer Weile holte der dicke Mann einen Bleistift und ein Notizbuch aus der Rocktasche und sah sich suchend nach einem Abstellplatz für sein Glas um. Da er nichts Geeignetes entdeckte, umklammerte er Glas und Notizbuch mit der einen Hand und schrieb mit der anderen, ein Kunststück, das er mit Hängen und Würgen schließlich zuwege brachte. Dann nickte er der Frau zu und verschwand wieder in der Bar. Die kaltblütige junge Dame raffte ihr langes Kleid mit einer Hand hoch, trippelte würdevoll zum Wagen und stieg ein. Die Türen knallten zu. Der Mann am Lenkrad fuhr mit Vollgas an, schaltete geräuschvoll und sauste mit quietschenden Reifen um die nächste Ecke. Die Wagenkolonne setzte sich gleichfalls mit erheblichem Getöse in Bewegung und brauste hinterher. Ich sah auf meine Armbanduhr. Es war jetzt Viertel vor vier.

Ich blieb noch für eine halbe Stunde am Fenster stehen und beobachtete O'Learys Bar, weil ich sonst nichts weiter zu tun hatte. An Einschlafen war sowieso nicht mehr zu denken. Bertha Cool sollte mit dem Zug um sieben Uhr zwanzig eintreffen. Ich hatte ihr versprochen, sie vom Bahnhof abzuholen.

In den folgenden dreißig Minuten bekam ich allmählich einen Blick dafür, zu welchem Typ von Lärmmachern die einzelnen Gäste gehörten, sobald sie aus der Bar traten. Da waren die vier Unentwegten, die unschlüssig vor der Tür stehenblieben und mit erhobener Stimme darüber diskutierten, welches Lokal sie jetzt noch aufsuchen könnten. Zwei von ihnen waren dafür, nach Hause zu gehen, während die anderen beiden beharrlich erklärten, nun beginne doch überhaupt erst der Abend. Dann war da die Gruppe der Geschäftemacher, die in der Bar neue Freunde kennengelernt hatten. Offenbar kamen sie niemals auf die Idee, Adressen und Telefonnummern im Lokal auszutauschen. Diese Zeremonie erledigten sie grundsätzlich draußen auf der Straße mit viel Gelächter, Gebrüll und spaßhaften Zurufen. Der beste Witz fiel ihnen meistens erst ein, wenn die anderen fast schon außer Hörweite waren. Schließlich gab es noch die streitenden Pärchen, die sich über den weiteren Verlauf der Nacht nicht einigen konnten. Die Frauen protestierten quiekend und kichernd gegen die Zudringlichkeiten ihrer männlichen Begleiter, und bei den Ehepaaren war meistens der weibliche Partner dafür, irgendwo anders weiterzufeiern. Diese Auseinandersetzungen verliefen äußerst stürmisch und lautstark. In der Bar selbst mußte ein Klamauk herrschen, bei dem man sein eigenes Wort nicht verstehen konnte, denn die Leute, die herauskamen, schrien sich an, auch wenn sie nur einen halben Meter voneinander entfernt waren.

Bei den Bewohnern des französischen Viertels ist es Brauch, die Mülleimer abends auf den Bürgersteig zu stellen; und die späten Bummler betrachteten es offenbar als Hauptspaß, die Deckel der Mülleimer mit Fußtritten über das Pflaster zu befördern. Jeder gelungene Stoß war von anfeuernden Rufen und lautem Grölen begleitet.

Schließlich hatte ich genug von dem ganzen Rummel, ging zu einem Sessel, setzte mich und sah mich nachdenklich in dem matt erleuchteten Zimmer um. Hier hatte Roberta Fenn vor ungefähr drei Jahren für eine Weile gelebt. Danach war sie spurlos verschwunden, und wir – das Detektivbüro Cool & Lam aus Los Angeles – hatten den nicht gerade einfachen Auftrag bekommen, sie zu suchen.

Während ich im Dämmerlicht des Morgens schläfrig auf meinem Sessel hockte, malte ich mir aus, womit sich Roberta Fenn hier die Zeit vertrieben haben mochte. Vermutlich dürfte sie über den Radau ebenso ärgerlich gewesen sein wie ich, falls sie nicht selbst zu den Radaumachern gehört hatte. Es war anzunehmen, daß sie so manche Nacht drüben in Jack O'Learys Bar verbracht hatte. Ein Mädchen blieb in New Orleans nicht lange allein.

Die schwüle, halbtropische Luft wirkte betäubend. Ich nickte von neuem ein. Um halb sechs wurde ich gerade wach genug, um mich zum Bett hinüberzuschleppen. Es kam mir vor, als wäre ich noch nie im Leben so hundemüde gewesen. Inzwischen hatte selbst der unentwegteste Nachtschwärmer nach Hause gefunden. Das Vergnügungsviertel erfreute sich endlich einer kurzen Spanne des Friedens und der Ruhe. Ich schlief sofort fest ein. Gleich darauf aber jagte mich das Rasseln des Weckers wieder hoch.

Sechs Uhr dreißig!

Mein Kopf brummte, als hätte ich eine ausgiebige Kneiptour hinter mir gehabt. Zwanzig Minuten nach sieben sollte ich bereits Bertha Cool auf dem Bahnsteig in Empfang nehmen. Ächzend wälzte ich mich aus dem Bett.

2

Neben Bertha Cool stand ein Mann, den ich für unseren Klienten, den Anwalt aus New York, hielt. Er war hochgewachsen, beweglich, Mitte Fünfzig, und hatte abnorm lange Arme. Das auffallendste an ihm waren seine Zähne, ein falsches Gebiß von ungewöhnlichem Ausmaß, das auch sein Gesicht außerordentlich in die Länge zog.

Bertha Cool war es bisher gelungen, sich mittels Diät und eifrigem Training in Hochform zu halten. Seit einem Jahr wog sie nicht mehr als hundertfünfundsechzig Pfund, was bei ihr nahezu an ein Wunder grenzte. Bei ihrer neuesten Freizeitbeschäftigung, der Tiefseefischerei, hatte sie sich eine kräftige Sonnenbräune zugelegt, von der sich ihr graues Haar stark abhob. Als sie mich erblickte, kam sie mit weit ausholenden, elastischen Schritten so schnell den Bahnsteig entlang, daß der New Yorker Rechtsanwalt Mühe hatte, ihr zu folgen.

Ich ging ihnen entgegen, um sie zu begrüßen.

Bertha warf mir einen scharfen Blick zu und sagte mißbilligend: »Aber Donald, du siehst ja furchtbar aus! So, als hättest du dich eine Woche lang nur in Kneipen herumgetrieben!«

»Das zeitige Aufstehen bekommt mir nicht.«

Sie schnaubte verächtlich. »Ich mußte genauso zeitig aufstehen wie du, und seh' ich vielleicht so aus? Das hier ist Emory Hale, Emory Garland Hale, unser Klient.«

»Guten Tag, Mr. Hale!« sagte ich höflich.

Er sah auf mich herab, schüttelte mir die Hand und grinste nur spöttisch. Bertha deutete diesen Gesichtsausdruck, der ihr schon bei mehr als einem Klienten aufgefallen war, richtig.

»Donald ist in Ordnung, Mr. Hale. Er wiegt in Kleidern, einschließlich Schlüsselbund und Taschenmesser, nur hundertvierzig Pfund; aber er hat Mut für zwei, und sein Köpfchen funktioniert vollautomatisch.«

Hale grinste wieder, und es war genau das Grinsen, das ich erwartet hatte. Er zog die Lippen hoch und fletschte die Zähne, als hätte er Angst, sein Gebiß könnte herausfallen, wenn er ihm die geringste Chance dazu gäbe.

»Wo können wir uns in Ruhe unterhalten?« erkundigte sich Bertha.

»Im Hotel. Ich hab' einige Zimmer reservieren lassen. Die Stadt ist voll von Touristen, der reinste Zirkus.«

»Ist mir recht«, erwiderte Bertha. »Hast du schon was in Erfahrung gebracht, Donald?«

»Aus deinem Luftpostbrief aus Florida schloß ich, daß Mr. Hale mir erst die notwendigen Details liefern würde, bevor ich mich an die Arbeit mache.«

»Das wird er auch. Aber ich hab' dir doch in großen Zügen erklärt, was wir für ihn tun sollen. Meine Güte, Donald, du mußt doch mindestens schon drei Tage hier sein.«

»Einen Tag und zwei Nächte.«

Hale lächelte.

Bertha blickte mich finster an. »So siehst du auch aus!«

Ein Taxi beförderte uns zu einem modernen Hotel im Geschäftszentrum der Stadt. Es unterschied sich in nichts von den Hotels anderer großer Städte, und das Geschäftszentrum hätte ebensogut in Chicago, Detroit oder Philadelphia liegen können. Nichts deutete darauf hin, daß nur ein paar Häuserblocks von hier entfernt das alte französische Viertel lag, das ›Vieux Carré‹ mit seinen engen Gassen, Patios, romantischen Winkeln und Feinschmeckerlokalen.

»Hat Miss Fenn hier gewohnt?« fragte Hale, als wir in der Hotelhalle standen.

»Nein. Sie wohnte im Hotel ›Monteleone‹.«

»Wie lange?«

»Etwa eine Woche.«

»Und dann?«

»Dann löste sie sich in Wohlgefallen auf.«

»Hat sie ihr Gepäck nicht mitgenommen oder abholen lassen?«

»Nein.«

»Nur eine Woche«, murmelte Hale. »Es ist nicht zu fassen.«

»Verschieben wir doch den geschäftlichen Teil auf später.« Bertha steuerte zielbewußt auf den Lift zu. »Ich bin nämlich mit einer Badewanne verabredet. Hast du schon gefrühstückt, Donald, Liebling?«

»Nein.«

»Du siehst aus wie ein Häufchen Elend. Du bist doch nicht etwa krank, oder?«

»Keine Spur.«

»Schön«, stimmte Hale zu. »Ich muß mich nach der Reise auch ein bißchen frisch machen. Ich glaube, ich muß mich noch mal rasieren. Wo treffen wir uns – und wann?«

»In einer halben Stunde unten in der Halle«, sagte Bertha.

Der Rechtsanwalt nickte und lief den Korridor entlang auf sein Zimmer zu.

Bertha betrat wortlos ihr Zimmer und wartete, bis ich die Tür geschlossen hatte. Dann fuhr sie zu mir herum und musterte mich argwöhnisch. »Sag mal, was ist eigentlich los mit dir? Hältst du mit irgendwas hinter dem Berg?«

»Ja.«

»Warum?«

»Weil ich Hale erst mal ein bißchen auf den Zahn fühlen will, bevor ich ihm alles, was ich weiß, auf die Nase binde.«

»Du und deine verdammte Geheimniskrämerei! Hale ist unser Klient, merk dir das! Hast du schon etwas herausgefunden?«

»Hör zu! Während Roberta Fenn im Hotel ›Monteleone‹ wohnte, kaufte sie sich ein Kleid. Sie zahlte zwanzig Dollar an, und weil noch ein paar Änderungen nötig waren, sagte sie, man solle es ihr ins Hotel schicken; sie würde die restlichen zehn Dollar bei der Ablieferung begleichen. Das Kleid wurde aber erst geliefert, als Roberta schon verschwunden war. Das Hotel behielt es ein paar Tage lang da und schickte es dann ins Geschäft zurück.«

»Na und?« fragte Bertha ungeduldig. »Damit ist uns auch nicht geholfen.«

»Drei oder vier Tage später rief Miss Fenn in dem Modegeschäft an und sagte, ein Bote solle das Kleid bei Edna Cutler in der St. Peter Street abgeben. Sie würde die zehn Dollar bei Miss Cutler hinterlegen, und der Bote könne sie dann mitnehmen.«

»Wer ist denn diese Edna Cutler?«

»Roberta Fenn.«

»Bist du ganz sicher?«

Ich nickte.

»Wie hast du das festgestellt?«

»Die Hauseigentümerin, die ihr die Wohnung vermietete, hat sie nach ihrem Foto identifiziert.«

»Mich laust der Affe! Was, zum Teufel, kann Roberta Fenn zu diesem Versteckspiel veranlaßt haben?«

»Keine Ahnung. Aber hier ist noch was.« Ich holte aus meiner Brieftasche eine Anzeige hervor, die ich aus einer Zeitung herausgeschnitten hatte, und überreichte sie Bertha.

»Was ist das?«

»Ein Inserat, das seit zwei Jahren täglich in einem der Lokalblätter erscheint. Ich hab' mich bei den Leuten erkundigt. Aber sie waren verdammt zugeknöpft.«

»Lies mir das Ding vor. Meine Brille ist in der Handtasche.«

»Der Text der Anzeige lautet: ›Rob. F. Muß dich unbedingt wiedersehen. Ich liebe dich. Komm zurück. P. N.‹«

»Und das erscheint seit zwei Jahren?« rief Bertha tief beeindruckt.

»Ja.«

»Du glaubst, die Abkürzung Rob. F. bedeutet Roberta Fenn?«

»Könnte doch sein, oder nicht?«

Bertha sah nachdenklich aus. »Sollen wir Hale davon berichten?«

»Nicht jetzt. Vielleicht später. Hast du dir übrigens einen Scheck von ihm geben lassen.«

Sie starrte mich empört an. »Wofür hältst du mich eigentlich, zum Kuckuck noch mal? Natürlich hab' ich mir einen Scheck von ihm geben lassen.«

»Na, dann ist ja alles in Ordnung. Zuerst wollen wir den Burschen mal ein bißchen ausholen, bevor wir mit unserer Weisheit herausrücken.«

»Wie steht's mit der Wohnung in der St. Peter Street?

Können wir uns dort in Ruhe umsehen, ohne die Leute rebellisch zu machen?«

»Ja.«

»Bist du dessen sicher?«

»Ja. Ich hab' letzte Nacht dort geschlafen.«

»Du?!«

»Warum nicht?«

»Donald, du bist wirklich zu allem fähig! Wie hast du denn das angestellt?«

»Ganz einfach. Ich hab' sie für eine Woche gemietet.«

Berthas Miene verdüsterte sich besorgniserregend. »Das ist doch die Höhe! Du bildest dir wohl ein, unser Detektivbüro schwimmt im Geld! Man braucht dich nur fünf Minuten aus den Augen zu lassen, und schon wirfst du mein schwerverdientes Geld mit vollen Händen zum Fenster 'raus! Wir wären auch so 'reingekommen, wenn wir der Wirtin gesagt hätten, daß wir die Wohnung mieten wollen und ...«

»Ich weiß. Aber ich wollte die Wohnung gründlich durchsuchen, um einen Hinweis dafür aufzustöbern, was eigentlich passiert ist.«

»Na, und hast du was entdeckt?«

»Nein.«

Bertha schnaubte. »Es wäre vernünftiger gewesen, du hättest dich aufs Ohr gelegt und richtig ausgeschlafen. Aber jetzt verschwinde gefälligst, damit Bertha sich ein bißchen frisch machen kann. Wo essen wir?«

»Ich zeig' dir ein nettes Lokal. Hast du schon mal eine Nußwaffel gegessen?«

»Eine was?«

»Eine Waffel mit Nüssen drin?«

»Du meine Güte, nein! Bleib mir damit vom Leibe. Ich esse meine Nüsse als Nüsse und die Waffeln extra. Übrigens ziehe ich noch heute aus dem Hotel aus und in die Wohnung ein. Dann bezahlen wir die Miete wenigstens nicht umsonst. Sobald es sich um Geld dreht, bist du ...«

Ich verduftete auf den Korridor und schlug die Tür hinter mir zu. Dieses Thema kannte ich zur Genüge, und wenn Bertha auf Geld zu sprechen kam, gab es kein Halten mehr.

Hale schob seinen Teller zurück. »Ich fliege mit der Maschine um zehn Uhr dreißig nach New York zurück«, sagte er. »Deshalb möchte ich gleich zur Sache kommen. Lassen Sie sich nicht stören, Mrs. Cool. Es ist nicht sehr höflich, beim Essen von geschäftlichen Dingen zu sprechen, aber ich hoffe, Sie haben nichts dagegen?«

Bertha war bereits bei ihrer zweiten Waffel angelangt. Sie kaute heftig und murmelte mit vollem Munde: »Schießen Sie los.«

Hale griff nach seiner Aktenmappe, deponierte sie auf seinem Schoß und öffnete sie. »Roberta Fenn ist jetzt etwa sechsundzwanzig. Ich habe noch einige Fotos von ihr mitgebracht ... Wenn ich mich nicht irre, hat Ihnen Mrs. Cool schon ein paar per Luftpost zugeschickt, stimmt's, Lam?«

Ich nickte.

Er nahm einen großen Umschlag aus der Mappe und überreichte ihn mir. »Hier haben Sie noch eine ganze Auswahl von Fotos, Lam. Es ist auch eine etwas genauere Personenbeschreibung dabei. Größe: ein Meter zweiundsechzig; Gewicht: hundertzehn Pfund; dunkles Haar; haselnußbraune Augen; fabelhafte Figur; blendendweiße Zähne; reine, glatte Haut.«

Bertha Cool sah sich suchend um, entdeckte die farbige Kellnerin und winkte sie heran. »Bringen Sie mir noch so eine Nußwaffel«, bat sie.

»Mir scheint, du willst wieder in die Kleider hineinwachsen, die du voriges Jahr weggeworfen hast, weil sie dir zu weit geworden waren«, bemerkte ich.

Sie brauste sofort wütend auf. »Halt den Mund! Glaubst du, ich lass' mir von dir vorschreiben, was und wieviel ich esse? Ich weiß selbst, was ...« Dann fiel ihr ein, daß ein Klient mit am Tisch saß, und sie zwang sich zur Mäßigung. »Ich esse grundsätzlich nur eine richtige Mahlzeit am Tage«, sagte sie zu Hale und verzog ihr Gesicht zu einem schiefen Lächeln. »Für gewöhnlich ist es das Dinner. Aber wenn ich, wie zum Beispiel heute, zum Frühstück kräftig esse, beschränke ich mich am Abend auf etwas Leichtes. Schließlich ist die Reihenfolge Jacke wie Hose, solange ich mich an ein gewisses Schema halte.«

Hale betrachtete sie ernst. »Nun, meiner Meinung nach kommt es in erster Linie darauf an, daß man sich wohl fühlt.

Sie sehen blühend aus, Mrs. Cool, und Ihre Vitalität ist erstaunlich.«

»Da hörst du's, Donald. Tut mir leid, Mr. Hale, daß wir Sie unterbrochen haben.« Sie funkelte mich ärgerlich an und fügte hinzu: »Außerdem hab' ich die Kleider nicht weggeworfen. Sie liegen in einer Zedernholztruhe in meinem Schlafzimmer.«

»Also, wo waren wir stehengeblieben?« schaltete sich Hale wieder ein. »Ach ja, Roberta Fenn war dreiundzwanzig Jahre alt, als sie verschwand. Sie arbeitete in New York als Fotomodell. Allerdings gehörte sie nicht zu den Spitzenkräften in diesem Fach. Sie führte Badeanzüge, Unterwäsche und Strümpfe vor. An die wirklich teuren Artikel kam sie nie 'ran. Trotzdem muß man sich wundern, daß das Mädchen so spurlos verschwinden konnte. Fotos von ihr waren in fast allen Zeitschriften zu finden, vor allem in Verbindung mit Inseraten für Strümpfe.«

»Eben«, knurrte Bertha anzüglich. »Glauben Sie etwa, daß sich die Leute bei einem Mädchen, das als Fotomodell Unterwäsche und Strümpfe vorführt, für das Gesicht interessieren?«

Hale beachtete diesen Einwand nicht. »Anscheinend verließ Miss Fenn New York aus freien Stücken. Warum sie das tat, ist uns allerdings bis jetzt schleierhaft. Keiner ihrer Freunde vermag einen einleuchtenden Grund dafür anzugeben. Sie hatte keine Feinde, keine finanziellen Sorgen, keine beruflichen Schwierigkeiten, kurz, ihr Verschwinden ist absolut unerklärlich.«

»Vielleicht hatte sie privaten Kummer – eine unglückliche Liebesgeschichte oder so was«, sagte ich.

Hale schüttelte den Kopf. »Nein, offenbar nicht. Miss Fenn scheint eine sehr selbständige, eigenwillige junge Frau gewesen zu sein. Sie war, was ihr Privatleben anlangt, äußerst zurückhaltend und verschwiegen. Ihre Freunde behaupten, sie wäre zu unabhängig gewesen, um sich irgend jemandem anzuvertrauen. Charakteristisch für sie war, daß sie sich grundsätzlich nicht einladen ließ. Wenn sie mit einem Mann ausging, bezahlte sie für sich selbst, weil sie niemandem verpflichtet sein wollte.«

»So was nenne ich nicht unabhängig«, erklärte Bertha abfällig. »Das ist blöd und sonst nichts.«

»Weshalb sind Sie plötzlich so versessen darauf, Roberta

Fenn aufzustöbern, Mr. Hale?« erkundigte ich mich. »Schließlich ist sie ja nicht erst vor einer Woche verschwunden, sondern schon vor rund drei Jahren. Drei Jahre lang tun Sie gar nichts in der Sache, und jetzt haben Sie's mit einem Mal schrecklich eilig, reisen kreuz und quer in der Gegend herum, beordern Privatdetektive aus Los Angeles nach New Orleans und ...«

Hale nickte bedächtig und lächelte. Sein Pferdegebiß bleckte mich an. »Ein außerordentlich scharfsinniger junger Mann!« sagte er zu Bertha. »Wirklich beachtlich! Haben Sie es bemerkt, Mrs. Cool? Er hat den springenden Punkt sofort erfaßt.«

Die Kellnerin unterbrach ihn in seiner Tirade. Sie brachte die nachbestellte Waffel. Bertha schnupperte genießerisch und ließ dann zwei Butterklümpchen auf das Gebäck fallen.

»Entschuldigen Sie, Madame«, sagte die Kellnerin. »Hier in dem Kännchen ist auch braune Butter.«

Bertha goß die geschmolzene Butter ebenfalls über die Waffel, überschwemmte das Ganze mit Sirup und sagte: »Bringen Sie mir jetzt noch eine Kanne extra starken Kaffee, und füllen Sie das Sahnekännchen nach.« Dann wandte sie sich an Hale. »Ich hab' Ihnen ja gleich gesagt, daß er ein schlauer kleiner Kerl ist.«

Hale nickte. »Sie hatten ganz recht, Mrs. Cool. Ich bin sehr froh, daß ich mir seine Mitarbeit gesichert habe. Er wird den Auftrag im Handumdrehen erledigen.«

Ich beugte mich ungeduldig vor. »Mir scheint, Sie haben vergessen, daß ...«

Er lachte schallend auf. »Ich weiß, ich weiß. Ich habe Ihre Frage noch nicht beantwortet. Nun, Lam, wir brauchen Miss Fenn, um einen Nachlaß zu liquidieren. Mehr kann ich Ihnen darüber leider nicht sagen. Schließlich vertrete ich einen Klienten, dessen Wünsche mir Befehl sein müssen. Es wäre mir, offen gestanden, sehr lieb, wenn Sie sich eine ähnliche Haltung zu eigen machten.«

Bertha fragte: »Meinen Sie damit, daß er sich nur um den jetzigen Aufenthalt von Roberta Fenn kümmern soll?«

»Genau das. Es handelt sich lediglich darum, das Mädchen für uns ausfindig zu machen. Mein Klient wird Ihnen alle dazu notwendigen Informationen zukommen lassen, und da er letzten Endes Ihr eigentlicher Auftraggeber ist, wäre es für alle Teile peinlich, wenn es in diesem Punkt zu Mißverständnissen käme. Sie begreifen das doch wohl?«

Bertha sah mich über den Tisch hinweg drohend an. »Hast du das kapiert, Donald? Stell also gar nicht erst einen Haufen Theorien auf. Herumschnüffeln wird von uns nicht verlangt. Treib das Mädchen auf, und damit basta. Wer hinter ihr her ist und warum, geht uns nichts an. Hast du mich verstanden?«

Hale musterte mich verstohlen, um festzustellen, wie Berthas Standpauke auf mich wirkte. Er räusperte sich. »Ihre Unverblümtheit ist direkt erfrischend, Mrs. Cool. Ich hätte mich allerdings nicht ganz so kraß ausgedrückt.«

Bertha schnaubte. »Möglich. Aber bei mir gibt's wenigstens keine Unklarheiten. Ich hab' für Schmus nichts übrig. Damit vergeudet man nur seine Zeit.«

Hale lächelte. »Sie sind die Aufrichtigkeit in Person, Mrs. Cool.«

Kurzes Schweigen.

»Was können Sie mir sonst noch über Roberta Fenn sagen?« erkundigte ich mich.

»Ich habe Mrs. Cool bereits im Zug alle wichtigen Tatsachen mitgeteilt.«

»Wie ist's mit nahen Verwandten?«

»Sie hat keine.«

»Wirklich? Ich denke, Sie suchen sie wegen einer Erbschaftsangelegenheit?«

Hale legte mit einer väterlichen Geste seine Hand auf meinen Arm. »Also, Lam, über diesen Punkt haben wir uns inzwischen doch geeinigt.«

»Natürlich«, warf Bertha ungeduldig dazwischen. »Kümmern Sie sich nicht um Donald. Ich werde ihm schon auf die Finger sehen, verlassen Sie sich darauf. Wollen Sie einen täglichen Bericht?«

»Ja, das wäre mir sehr lieb.«

»Wo sind Sie zu erreichen?«

»In meinem New Yorker Büro.«

»Angenommen, wir finden das Mädchen, was dann?«

Hale schüttelte bedenklich den Kopf. »Also, ehrlich gesagt, Mrs. Cool, hege ich in dieser Hinsicht keine übertriebenen Hoffnungen. Es wird nicht einfach sein, das Mädchen aufzuspüren. Die Fährte ist inzwischen kalt geworden. Sollte es Ihnen, allen Schwierigkeiten zum Trotz, gelingen, dann werden Sie mich natürlich unverzüglich informieren. Ich bin sicher, mein Klient dürfte sich in diesem Fall zu einer substantiellen Anerkennung in Form einer Erfolgsprämie bereit finden.«

Hale blickte sich vorsichtig um. »Ich möchte Ihnen noch etwas ans Herz legen: Seien Sie auf der Hut. Gehen Sie so unauffällig wie möglich vor. Lassen sich direkte Fragen nicht vermeiden, dann geben Sie einen harmlosen, unverdächtigen Grund dafür an. Treten Sie als Freund eines Freundes auf, den der Zufall nach New Orleans verschlagen hat, verstehen Sie? Ihr Freund hat Sie gebeten, Roberta Fenn aufzusuchen. Die Sache muß einen ganz natürlichen und zwanglosen Eindruck machen. Ja, und noch etwas: Hinterlassen Sie keine Spuren.«

»Selbstverständlich«, sagte Bertha. »Wir werden das schon hinbekommen.«

Hale warf einen Blick auf seine Uhr und winkte die Kellnerin heran. »Die Rechnung, bitte.«

4

Sobald sich Hale verabschiedet hatte, brachte ich Bertha in die Wohnung im französischen Viertel. Nach Frauenart steckte sie ihre Nase in sämtliche Winkel und Ecken, in die Schubladen und unter die Schränke.

»Es sind ein paar verdammt gute antike Stücke dabei«, sagte sie nach einer Weile. Ich antwortete nicht, und sie fügte nach einem Moment hinzu: »Sofern man für das Zeug was übrig hat.« Dann stellte sie sich ans Fenster, sah auf den Balkon und die Straße hinaus, drehte sich um, warf noch einen prüfenden Blick auf die Möbel und brummte: »Mir jedenfalls kann das ganze Zeug gestohlen bleiben.«

Wir schnüffelten noch ein Weilchen in der Wohnung herum. Dann probierte Bertha die Couch aus, ließ sich mit Schwung darauf nieder, kramte eine Zigarette aus ihrer Handtasche hervor und erklärte verdrießlich: »Na, für meine Begriffe ist uns damit auch nicht geholfen. Daß du die Bude gemietet hast, war eine Kateridee. Ich hab's ja gleich gesagt. Aber das Geldrausschmeißen war von jeher deine Spezialität.«

Ich antwortete nicht.

Sie strich ein Streichholz an ihrer Schuhsohle an, zündete ihre Zigarette an und knurrte ungeduldig: »Also?«

»Roberta Fenn hat hier gewohnt.«

»Na und?«

»Sie hat hier unter dem Namen Edna Cutler gewohnt.«

»Was macht das schon für einen Unterschied?«

»Wir wissen, wo sie wohnte und welchen Decknamen sie benutzte. Sie hat bestimmt nicht die ganze Zeit über in ihren vier Wänden gehockt. Jedenfalls ist sie ganz sicher zum Essen weggegangen. Damals hat es in New Orleans ständig geregnet, und bei dem schlechten Wetter hat sie vermutlich keine langen Fußmärsche unternommen. In der unmittelbaren Nachbarschaft gibt's zwei oder drei nette Lokale. Die werde ich der Reihe nach abgrasen, und ich möchte wetten, daß ich dabei was herausfinden werde.«

Bertha blickte stumm auf ihre Armbanduhr. Ich wandte mich zur Tür und verschwand.

Ich sauste eine endlose Treppe hinunter, gelangte in einen Patio, lief durch einen schmalen, hohen und gewölbten Gang, bog um mehrere Ecken, kam an einem zweiten Hof vorbei und landete endlich auf der Royal Street. Ich ging zwei Häuserblocks weiter, erspähte auf der anderen Straßenseite ein Wirtshausschild ›Haus Bourbon‹ und steuerte zielbewußt auf die Tür zu.

Das ›Haus Bourbon‹ war eins von den soliden, alten Restaurants im französischen Viertel der Stadt und unterschied sich wohltuend von den aufwendigen Touristenlokalen mit ihrem falschen Glanz, ihren astronomischen Preisen und unverschämten Kellnern. Hier gab es für wenig Geld eine gute Küche. Die Bedienung war unauffällig und freundlich. Man merkte auf den ersten Blick, daß hier vor allem Stammkundschaft verkehrte.

Ich spürte, daß ich einen Treffer gezogen hatte. Für jemanden, der in diesem Teil des Stadtviertels wohnte, war das ›Haus Bourbon‹ das gegebene Speiselokal. Im Vorbeigehen warf ich einen Blick in die leere Bar und betrat dann das Gastzimmer, wo sich die Theke, zwei Spielautomaten und ein Musikautomat befanden.

»Was möchten Sie haben?« fragte der Mann hinter der Theke.

»Eine Tasse Kaffee und Kleingeld für die Automaten«, erwiderte ich und warf vier Zehncentstücke auf den Schanktisch. Er schob mir das Wechselgeld herüber und füllte den Kaffee an der Espressomaschine ab.

Drei Männer lehnten an dem einen Spielautomaten und ließen die Kugeln schnurren. Ab und zu hatte einer Glück und gewann ein freies Spiel. Dann war eine Runde fällig. Ihrer Unterhaltung entnahm ich, daß sie zu den Stammgästen gehörten. Plötzlich gab der Musikautomat ein geräuschvolles Klicken von sich. Eine blecherne weibliche Stimme sagte: »Darf ich um Ihre Aufmerksamkeit bitten. Dieses Lied widmet die Geschäftsleitung ihren Gästen.« Gleich danach ertönte die Melodie von ›Way down upon the Swanee River‹.

Ich holte die Fotos, die mir Hale gegeben hatte, aus der Rocktasche, probierte den Kaffee und stieß einen gereizten, angewiderten Laut aus.

»Wo fehlt's denn?« erkundigte sich der Mann hinter der Theke. »Schmeckt Ihnen der Kaffee nicht?«

»Doch«, antwortete ich. »Aber mit den Fotos stimmt was nicht!«

Er sah mich verdutzt und neugierig an.

»Die haben mir in dem Fotoladen die falschen Bilder gegeben. Jetzt möchte ich nur wissen, wer meine bekommen hat. Verdammte Schlamperei!«

Der Mann beugte sich interessiert über die Theke. Ich hielt die Bilder so, daß er einen Blick darauf werfen konnte. »Vielleicht haben die gerade nur diese beiden Aufträge verwechselt«, sagte er. »Haben Ihnen die Fotos von dem Mädchen und dem Mädchen Ihre Bilder gegeben.«

»Mag sein. Aber damit ist mir auch nicht gedient. Wie soll ich das Mädchen ausfindig machen? Na, vielleicht können mir die Leute im Fotogeschäft Bescheid sagen.«

»Warten Sie mal, das Gesicht kommt mir bekannt vor! Ich glaube, die hat ein paarmal hier gegessen. Ich will eben mal einen von den Jungen fragen.« Er winkte den farbigen Kellner heran, reichte ihm eines von den Fotos und fragte: »Sieh mal, Jim, kommt dir das Mädchen nicht auch bekannt vor?«

Der Kellner betrachtete das Foto und nickte. »Ja. Ich weiß nicht, wie sie heißt, aber vor zwei bis drei Jahren hat sie regelmäßig hier gegessen. Eines Tages blieb sie plötzlich weg, und seitdem ist sie nicht mehr hier gewesen.«

»Vielleicht hat sie die Stadt verlassen?«

»Nein, Sir, das glaub' ich eigentlich nicht. Ich hab' sie erst vor einem Monat oder so auf der Straße gesehen. Wahrscheinlich ist sie in ein anderes Viertel gezogen.«

»Na, jedenfalls schönen Dank. Vermutlich kann ich in dem Fotogeschäft erfahren, wo sie wohnt. Sie muß erst vor ganz kurzer Zeit dort gewesen sein.« Ich breitete die Fotos fächerförmig auseinander. »Es sind nur Aufnahmen von ihr selbst dabei.«

»Ich will Ihnen sagen, wo ich ihr begegnet bin«, erklärte der junge Neger plötzlich. »Vor ungefähr vier Wochen hab' ich sie aus Jack O'Learys Bar 'rauskommen sehen. Sie war nicht allein.

»War ein Mann bei ihr?« fragte ich.

»Ja, Sir.«

»Aber den Mann kannten Sie nicht, wie?«

»Nein, Sir. Es war ein großer Mann mit langen Armen und sehr großen Händen. Er trug eine Aktentasche.«

»Wie alt?«

»So zwischen fünfzig und fünfundfünfzig vielleicht. Genau weiß ich das nicht mehr, Sir. Er war mir ganz fremd. Aber an das Mädchen erinnere ich mich noch sehr gut, weil es doch immer hier gegessen hat – da drüben an dem Tisch. Ich hab' es immer bedient.«

»Ist Ihnen sonst noch was an dem Mann aufgefallen?« erkundigte ich mich.

Der Kellner dachte nach und antwortete dann: »Ja, Sir.«

»Was denn?«

»Es sah aus, als hätte er was im Mund.«

Bei dieser Auskunft ließ ich es bewenden, bezahlte den Kaffee, schlenderte zum Spielautomaten hinüber, beobachtete einige Minuten lang die drei Männer und verdrückte mich schließlich unauffällig.

Ich schlenderte die Straße entlang und steuerte Jack O'Learys Bar an. Um diese Tageszeit war das Lokal fast leer. Ich schwang mich auf einen Barhocker und bestellte einen Gin mit Seven-Up. Der Barmann brachte mir meinen Drink, bediente einen anderen Kunden, kam zurückgeschlurft und lehnte sich gelangweilt gegen die Theke.

»He, hier hat jemand was verloren!« rief ich erstaunt.

Der Barmann drehte sich zu mir um.

Ich hielt ihm ein Foto von Roberta Fenn vor die Nase. »Es lag mit der Rückseite nach oben hier auf dem Hocker neben mir«, erklärte ich. »Zuerst dachte ich, es wäre nur ein Stück Papier, und wollte es schon wegwerfen. Aber dann sah ich, daß es ein Foto ist.«

Er betrachtete es genau und runzelte verblüfft die Stirn.

»Die Eigentümerin muß es vergessen haben. Wahrscheinlich ist sie eben erst weggegangen.«

Nachdenklich schüttelte er den Kopf. »Nein. Heute ist sie bestimmt nicht hier gewesen, aber gesehen hab' ich sie schon mal. Möchte nur wissen, wie das Foto auf den Hocker geraten ist. Hier war sie, ziemlich oft sogar, muß aber schon 'ne ganze Weile her sein.«

»Kennen Sie sie?« fragte ich.

»Wenn ich sie sehe, erkenne ich sie bestimmt wieder, aber wie sie heißt, weiß ich nicht.«

Gelassen steckte ich das Bild ein. Er starrte mich unschlüssig an, offenbar im Zweifel darüber, ob es sich hier nicht um die widerrechtliche Aneignung fremden Eigentums handelte. Aber dann zuckte er gleichgültig mit den Schultern und schlurfte zu einem anderen Gast hinüber.

Ich trank mein Glas aus, verließ die Bar und schlenderte bis zur nächsten Kreuzung, blieb stehen und überlegte. Wo konnte ich mich jetzt noch nach Roberta Fenn erkundigen? Ich versuchte, mich an die Stelle einer jungen Frau zu versetzen, die auf ihr Äußeres Wert legt und nicht viel zu tun hat. Auf der anderen Straßenseite, ein Stückchen weiter unten, befand sich ein Frisiersalon. Eine rundliche Frau, die Menschenfreundlichkeit und gute Laune ausstrahlte, kam zur Tür, als sie mich unschlüssig davorstehen sah.

»Womit kann ich Ihnen dienen?« fragte sie.

»Ich bin auf der Suche nach einer Frau, die zu Ihren Kundinnen gehört«, erklärte ich und holte ein Foto von Roberta Fenn aus der Tasche.

Sie warf einen Blick darauf und war sofort im Bilde. »O ja, die Dame kenne ich. Sie war seit etwa zwei Jahren nicht mehr hier, aber damals kam sie ganz regelmäßig. Ich glaube, sie stammte aus Boston oder Detroit oder irgendwo da oben aus dem Norden. Ihr Name fällt mir im Moment nicht ein. Als sie das erste Mal zu mir kam, war sie auf Stellungssuche, aber später sprach sie nie wieder davon.«

»Vielleicht hatte sie inzwischen Arbeit gefunden.«

»Nein, das glaube ich nicht. Sie kam nämlich immer wochentags her, so gegen zwölf und manchmal noch später. Gegen elf ging sie meistens frühstücken. Sie wohnte ganz in der Nähe. Ich konnte sie vom Laden aus sehen. Ziemlich oft ging sie sogar erst am Nachmittag aus.«

»Sie wissen nicht, ob sie noch in New Orleans ist?«

»Nein. Aber wenn sie noch hier wäre, hätte sie mich bestimmt mal besucht. Wir hatten uns nämlich angefreundet, wissen Sie. Sie interessierte sich für meine Arbeit und plauderte gern mit mir über alles mögliche. Ich glaube, sie war ... Aber wieso interessiert Sie das eigentlich?«

»Ach, ich ... Sie ist nämlich ein furchtbar nettes Mädchen, und mir liegt sehr viel daran, sie wiederzufinden. Aber manchmal ist man eben wie vernagelt. Ich hätte sie nicht gehen lassen dürfen.«

»Oh.« Sie lächelte verständnisinnig. »Ich wollte, ich könnte Ihnen helfen. Es tut mir leid, daß ich Ihnen nicht mehr sagen kann. Soll ich ihr vielleicht etwas ausrichten, falls sie doch noch mal vorbeikommt?«

Ich schüttelte den Kopf. »Wenn sie noch in der Stadt ist, mache ich sie bestimmt ausfindig. Trotzdem vielen Dank. Aber ich glaube, das muß ich allein erledigen, damit sie sieht, daß es mir Ernst ist.«

»Da haben Sie allerdings recht. Hoffentlich haben Sie Erfolg.«

Ich verabschiedete mich und ging. Vor einer chemischen Reinigung weiter unten an der Straße machte ich halt. Es handelte sich offenbar nur um eine Annahmestelle, denn das Geschäftslokal befand sich im Wohnzimmer. Gleich vorn an der Tür war ein Schalter mit ein paar Regalen. Dahinter standen ein Tisch mit Stühlen, eine Couch und ein Mahagonischränkchen. Durch eine Tür im Hintergrund ging es anscheinend in die Küche. Als ich eintrat, kam eine Frau an den Schalter und sah mich fragend an. Ich zog das Foto heraus und zeigte es ihr. »Kennen Sie das Mädchen?«

»Sicher. Wir haben eine Menge Aufträge für sie erledigt. Das ist doch Miss Cutler, stimmt's?«

»Ganz recht. Wissen Sie, wo sie sich im Moment aufhält?«

»Nein, keine Ahnung – das heißt, ich kann Ihnen nicht sagen, wo sie wohnt.«

»Aber sie lebt in New Orleans?«

»O ja. Ich hab' sie vor – warten Sie mal – vor ungefähr sechs Wochen in der Stadt gesehen. Ich komme nämlich nicht oft ins Zentrum, weil ich den Laden hier nicht allein lassen kann. Ich kann immer nur dann weg, wenn mich jemand vertritt.«

»Wo haben Sie sie gesehen?«

»In der Canal Street, etwa gegen halb sechs Uhr abends. Sie kam mir auf derselben Straßenseite entgegen, aber ich glaube nicht, daß sie mich erkannte. Ich habe ein ziemlich gutes Personengedächtnis, und es passiert mir recht oft, daß mir gute Kunden über den Weg laufen.« Sie lächelte. »Meistens wissen sie nicht, wo sie mich hinstecken sollen. Schließlich sehen sie mich ja immer nur halb und hinter dem Schalter. Ich spreche sie niemals an, falls sie mich nicht zuerst anreden.«

Ich dankte ihr für die Auskunft und spazierte gemächlich nach Haus. Bertha lehnte mit schläfriger Miene in einem Sessel und paffte vor sich hin. Neben ihr auf einem Tischchen stand ein Glas Whisky mit Soda.

»Na, wie kommst du voran?« erkundigte sie sich zerstreut.

»Soso.«

»Kann ich mir denken – als müßte man eine Stecknadel in einem Heuhaufen suchen, wie? Donald, Liebling, ich hab' ein fabelhaftes Restaurant entdeckt!«

»Wo?«

»Nur die Straße geradeaus. Ein Katzensprung von hier.«

»Ich bildete mir ein, du hättest dir dein Quantum für heute schon beim Frühstück einverleibt. Wenn ich geahnt hätte, daß du schon wieder Hunger hast, wäre ich eher zurückgekommen. Ich bin sowieso nur gekommen, um dich zu fragen, ob du was essen willst.«

»Nein, Liebling, jetzt nicht. Ich hab' festgestellt, daß es mir besser bekommt, wenn ich mehrmals am Tag eine Kleinigkeit zu mir nehme. Immer nur einen Happen, verstehst du, damit das ärgste Hungergefühl schwindet.«

Ich nickte und wartete.

Ein Ausdruck träumerischer Zufriedenheit verklärte ihr Gesicht. Um ein Haar hätte sie genießerisch mit den Lippen geschmatzt. »Gumbo mit Reis«, murmelte sie. »Ich dachte nämlich, das wäre was Leichtes.«

»Na, war es leicht?«

»Eigentlich nicht. Es war ein ganzes Menü, aber was für eins!«

»Bist du wenigstens satt geworden? Oder möchtest du noch einen Bissen mit mir essen? Nur so zur Gesellschaft.«

»Sprich mir nicht mehr vom Essen, Donald Lam! Ich hab' genug für heute. Zum Dinner bestelle ich mir nur Tee und ein bißchen trockenen Toast, mehr nicht. Diese verdammte Stadt wird noch mein Ruin, wenn ich nicht aufpasse.«

»Gut. Dann geh' ich jetzt schnell zum Essen und mach' mich danach wieder auf die Socken.«

»Was soll ich inzwischen tun?«

»Nichts.«

»Ich weiß gar nicht, warum ich dann überhaupt nach New Orleans gekommen bin.«

»Ich auch nicht. Du mußt dir doch was dabei gedacht haben, oder?«

Sie zuckte mit den Schultern. »Dieser verdammte Anwalt, dieser Wichtigtuer, ist schuld daran. Er meinte, wenn du diese Roberta Fenn gefunden hast, solle ich mit ihr sprechen. Eine Frau eigne sich besser dazu als ein Mann. Na, und weil er den Spaß sowieso bezahlen muß, fand ich, ich könnte ebensogut mitfahren.«

»Selbstverständlich. Warum auch nicht.«

»Es wäre schön, wenn wir uns die Erfolgsprämie verdienen könnten!«

»Und ob!«

»Wie sind die Aussichten?«

»Kann ich noch nicht sagen. Also, bis später. Ich zittere wieder los.«

Ich ging die Royal Street entlang in Richtung Canal Street. Der Bürgersteig bestand aus Kopfsteinpflaster, das schon den Bürgerkrieg miterlebt haben mußte. Es war uneben und schlüpfrig und wirkte vom künstlerischen Standpunkt aus enorm pittoresk. Für einen normalen Fußgänger, der es eilig hatte und auf heile Gliedmaßen Wert legte, hatte es seine Nachteile. Während ich von Stein zu Stein hüpfte, kam mir plötzlich eine Erleuchtung. Ich eilte in die nächste Telefonzelle, schnappte mir das Fernsprechbuch und rief der Reihe nach sämtliche Handelsschulen an.

Schon beim zweiten Anruf erfuhr ich alles, was ich wissen wollte. Nein, eine Edna Cutler kannten sie nicht, aber eine

Miss Fenn hätte bei ihnen einen Kursus in Buchhaltung, Maschineschreiben und Stenografie belegt und mit Glanz und Gloria absolviert. Es sei ihnen auch gelungen, ihr eine Stellung zu verschaffen, und zwar als Sekretärin beim Geschäftsführer einer Bank. Wenn ich mich einen Moment lang gedulden wolle, würden sie mir die Adresse heraussuchen. So einfach war das.

Robertas Chef erwies sich als äußerst entgegenkommend und verständnisvoll. Als ich ihn fragte, ob ich seine Sekretärin in einer Erbschaftsangelegenheit sprechen könnte, war er sofort damit einverstanden. Roberta Fenn sah genauso aus wie auf ihren Fotos. Nach dem Geburtsschein mochte sie sechsundzwanzig Jahre alt sein, aber sie wirkte wesentlich jünger. Sie hatte ein nettes Lächeln, klare, wachsame Augen und eine angenehme, weiche Stimme. »Was kann ich für Sie tun?« erkundigte sie sich freundlich. »Mr. Black sagte mir, es handle sich um eine Erbschaftssache.«

»Stimmt. Ich bin Privatdetektiv und sammle Informationen über einen Mann, der mit einer Familie namens Hale weitläufig verwandt ist.« Sie starrte mich verblüfft an. Der Name Hale sagte ihr offenbar nichts.

»Zwar weiß ich nicht, wie er heißt«, fuhr ich fort, »habe jedoch Grund zu der Annahme, daß Sie ihn kennen.«

»Ich?« fragte sie erstaunt. »Und seinen Namen wissen Sie nicht?«

»Nein.«

»Na, das dürfte eigentlich kein Problem sein. Ich hab' hier nämlich nicht sehr viele Bekannte.«

»Der Mann ist sehr groß und schätzungsweise Mitte Fünfzig. Er hat eine hohe Stirn, ziemlich buschige Augenbrauen, ungewöhnlich lange Arme, große Hände mit dünnen, spitz zulaufenden Fingern und ...« Ich hielt inne und beobachtete sie scharf. Sie runzelte versonnen die Stirn, als ginge sie in Gedanken ihren Bekanntenkreis durch. Nach einem Moment fügte ich betont hinzu: »Ich hab' keine Ahnung, ob das nur eine Angewohnheit von ihm ist oder ob er ein falsches Gebiß hat, aber wenn er lächelt, preßt er immer ...«

»Oh!« rief sie belustigt und lachte auf.

»Wissen Sie, wen ich meine?«

»Ja, natürlich. Die Beschreibung paßt aufs Haar. Woher wußten Sie, daß ich ihn kenne?«

»Mir war bekannt, daß er sich zur Zeit in New Orleans aufhält, und als ich mich ein bißchen umhörte, erfuhr ich, daß er Sie Geschäfte halber aufsuchen würde.«

»So?« sagte sie erstaunt. »Das ist mir neu. Von Geschäften war zwischen uns nie die Rede. Er heißt übrigens Archibald Smith und wohnt in Chicago. Er arbeitet, glaube ich, bei einer Versicherungsgesellschaft.«

»Haben Sie seine Adresse?«

»Ja, aber nicht hier. Zu Hause. Ich hab' sie mir irgendwo notiert.«

»Schade!« Ich machte ein enttäuschtes Gesicht.

»Ich könnte sie Ihnen morgen mitbringen, wenn Ihnen soviel daran liegt.«

»Das wäre sehr nett. Kennen Sie ihn schon lange?«

»Ach nein, eigentlich nicht. Er kam vor drei oder vier Wochen nach New Orleans und brachte mir einen Brief von einer Freundin, in dem sie mich bat, ihn ein bißchen 'rumzuführen. Er blieb nur zwei Tage hier, und ich zeigte ihm ein paar Lokale und Bars und malerische Winkel, na, eben alle die Sehenswürdigkeiten, auf die die Touristen so scharf sind.«

»Auch das französische Viertel?« fragte ich.

»Natürlich. Das ist doch immer die Hauptsache.«

»Stimmt, für die Fremden. Aber für euch Einheimische ist es vermutlich nur ein Viertel wie alle anderen auch.«

»Ja«, antwortete sie unverbindlich.

»Was nun unseren Freund Archibald Smith betrifft, so wäre mir eigentlich viel daran gelegen, ihn so schnell wie möglich aufzutreiben. Können Sie mir seine Adresse nicht noch heute abend zukommen lassen, oder macht Ihnen das zu viele Umstände.«

»Wieso? Ja, gewiß können Sie sie bekommen. Aber dann müssen Sie warten, bis ich zu Hause bin.«

»Haben Sie Telefon?«

»In meiner Wohnung nicht. Aber unten im Haus ist eine Telefonzelle. Wenn Sie wollen, kann ich Sie anrufen.«

Ich warf einen Blick auf meine Armbanduhr. Das brachte ihr zu Bewußtsein, daß unser Gespräch schon ungebührlich lange dauerte. Sie wurde sichtlich nervös und trat ungeduldig von einem Fuß auf den anderen.

»Zu lange möchte ich Sie nicht aufhalten«, sagte ich. »Wohnen Sie in der Nähe?«

»Nein, ziemlich weit draußen, in der St. Charles Avenue.«

Ich überlegte. »Hören Sie zu, ich mache Ihnen einen Vorschlag. Ich komme nach Dienstschluß wieder her. Wir nehmen ein Taxi und fahren zu Ihnen 'raus, und Sie geben mir die Adresse. Mit dem Taxi geht es schneller als mit der Straßenbahn und . . .«

»In Ordnung. Ich gehe um fünf hier weg.«

»Schließt die Bank um fünf?«

Sie nickte.

»Wo soll ich auf Sie warten, falls der Schalterraum schon zu ist?«

»Da drüben, vor dem Nebenausgang.«

»Gut. Schönen Dank, Miss Fenn. Bis nachher also.«

Ich lüftete meinen Hut, ging ins Hotel zurück, hängte ein Schild ›Bitte nicht stören‹ an meine Zimmertür und legte mich für zwei Stunden aufs Ohr.

5

Roberta Fenn war auf die Minute pünktlich. Hübsch, elegant, selbstsicher trat sie aus der Tür und kam mit einem verstohlenen Lächeln in den klaren haselnußbraunen Augen auf mich zu. Ich gab dem Taxichauffeur einen Wink. Er sprang aus dem Wagen und hielt uns die Tür auf.

Roberta lehnte sich behaglich zurück und warf mir einen blitzschnellen Blick zu. »Sie sind also Privatdetektiv?« fragte sie angriffslustig.

»Ja.«

»Komisch. Ich hab' mir Detektive immer ganz anders vorgestellt.«

»So? Wie denn?«

»Oh, ich dachte, das wären große, kräftige Männer mit brutalen Gesichtern oder finstere, unheimliche Gestalten mit falschem Bart und Schirmmütze.«

»Verallgemeinerungen stimmen meistens nicht.«

»Sie müssen ein aufregendes Leben führen.«

»Vermutlich ja. Wenigstens muß es einem Außenstehenden so vorkommen. Ich denk' eigentlich kaum darüber nach.«

»Warum nicht?«

»Weil mir meine Arbeit Spaß macht. Es käme mir nie in den Sinn, meinen Beruf mit anderen Berufen zu vergleichen und mir den Kopf darüber zu zerbrechen, ob er aufregend ist oder nicht. Ich glaube, das tun nur solche Menschen, die mit ihrem Leben nicht zufrieden sind.«

Sie sah versonnen vor sich hin und murmelte: »Da haben Sie vermutlich recht. Man könnte Sie direkt beneiden. Sie sind schon lange in dem Beruf?«

»Ziemlich lange. Mir kommt's wie eine Ewigkeit vor.«

»Wollten Sie von Anfang an Detektiv werden?«

»Nein. Ich hab' Jura studiert und wollte ursprünglich Anwalt werden.«

»Weshalb wurde denn nichts daraus? Ging Ihnen das Geld aus, bevor Sie fertig waren?«

»Keine Spur. Ich hatte sogar schon meine Zulassung.«

»Ja, aber ...?«

»Dann haben sie mir die Zulassung wieder entzogen.«

»Warum?«

»Ach, das ist eine lange Geschichte. Ich entdeckte eine Lücke im Gesetz und bewies, daß jemand einen Mord begehen könnte, ohne dafür belangt zu werden.«

»Dafür wurden Sie gewissermaßen bestraft?« fragte sie atemlos vor Spannung.

Ich zuckte mit den Schultern. »Tja, meine unorthodoxen Ansichten paßten den hohen Herren natürlich nicht. Sie sagten, ich sei verrückt und ein gefährlicher, asozialer Charakter, dem jedes wahre Rechtsempfinden abgehe. Das Ende vom Lied war, daß man mir die Zulassung als Anwalt wieder entzog.«

»Was machten Sie daraufhin?«

»Ich wurde Privatdetektiv und bewies diesen Herren, daß ich mit meiner Behauptung recht hatte.«

»Sie haben doch nicht etwa einen Mord begangen!«

Ich grinste. »Natürlich nicht, aber die Polizei glaubte zuerst, ich wäre es gewesen.«

Sie starrte mich durchdringend an. »Hören Sie mal, halten Sie mich etwa zum besten?«

»Aber nein, keine Spur.«

Sie musterte schweigend mein Gesicht und sagte plötzlich mit schroffer Stimme: »Ich bin wahrscheinlich verrückt, aber – verdammt noch mal, ich glaube Ihnen!«

»Sicher. Warum sollte ich Ihnen auch was vorschwindeln?«

Sie ließ sich wieder gegen das Polster zurückfallen und fragte: »Wie ging die Sache dann weiter? Ich meine, was haben Ihre ehemaligen Kollegen und die Richter und alle diese Leute getan, als Sie die Bombe platzen ließen?«

»Oh, sie bildeten Komitees und brüteten über Abänderungsanträgen und versuchten, die Lücke im Gesetz zu stopfen.«

»Ist ihnen das geglückt?«

»Bis zu einem gewissen Grade. Der Haken bei der Sache ist, daß es sich letzten Endes um eine verfassungsrechtliche Frage handelt, und dafür ist das Oberste Bundesgericht zuständig. Das ist eine langwierige, mühevolle Prozedur. Ein Segen, daß wir uns nicht den Kopf darüber zu zerbrechen brauchen ... Aber was können Sie mir sonst noch über Mr. Smith erzählen?«

Sie lachte. »Aha, jetzt kommt der Detektiv zum Vorschein. Wechseln Sie das Thema immer so plötzlich? Da kann man ja Angst bekommen.«

»Wieso? Hab' ich Sie erschreckt?«

»Ach du liebe Güte, nein. Was wollen Sie denn wissen?«

»Alles.«

»Ich fürchte, da muß ich Sie enttäuschen. Ich weiß nämlich so gut wie gar nichts über ihn. Warten Sie, bis wir in meiner Wohnung sind.«

»Einverstanden.« Ein paar Minuten lang schwiegen wir. Dann begann sie wieder: »Sie sehen sehr jung aus.«

»Bin ich aber nicht.«

»Sie sind Mitte Zwanzig, wie?«

»Nein, älter.«

»Arbeiten Sie für jemanden, oder sind Sie unabhängig?«

»Keins von beiden. Ich bin Teilhaber eines Detektivbüros. Wie wär's, wenn wir der Abwechslung halber mal von etwas anderem reden würden. Über New Orleans, Politik, Ihr Liebesleben oder meinetwegen auch über Sport?«

Sie betrachtete mich mit tiefernster Miene. »Na schön, sprechen wir über mein Liebesleben. Was sagen Sie nun?«

»Daß Ihre Antwort bezeichnend ist. Ich hab' Ihnen mehrere Themen zur Wahl gestellt. Sie haben prompt reagiert, weil Sie sich herausgefordert fühlten. So was nennt man eine Fangfrage.«

Sie dachte eine Weile darüber nach und sagte bewundernd: »Sie sind wirklich auf Draht. Das haben Sie sehr gut gemacht.«

Ich holte ein Päckchen Zigaretten aus der Tasche. »Möchten Sie eine?«

Sie besah sich die Marke und nickte. »Bitte.«

Ich reichte ihr das Päckchen, nahm mir dann auch eine heraus, gab ihr Feuer und zündete dann meine an. Das Taxi fuhr langsamer. Sie warf einen Blick aus dem Fenster und sagte zum Fahrer: »Das nächste Haus rechts.«

»Soll ich auf Sie warten?« fragte der Chauffeur, als ich ihn bezahlte.

Ich sah Miss Fenn an. »Was meinen Sie?«

Sie zögerte einen Augenblick lang. »Nein, das ist nicht nötig«, erwiderte sie und fügte hastig hinzu: »Sie können hier jederzeit ein anderes Taxi erwischen.«

»Ich kann zehn Minuten auf Sie warten, ohne daß die Uhr läuft«, erklärte der Fahrer. »Das macht fünfzig Cent für die Hinfahrt und noch mal fünfzig Cent für die Rückfahrt. Wenn Sie ...«

»Danke, nein«, sagte Roberta entschieden.

Er griff an seine Mütze. Ich drückte ihm ein Trinkgeld in die Hand und ging hinter Roberta her auf das Haus zu. Sie machte den Briefkasten auf, nahm zwei Briefe heraus, die sie, nachdem sie die Absender gelesen hatte, hastig in ihrer Handtasche verstaute. Dann schloß sie die Haustür auf.

Ein Lift war nicht vorhanden. Ihre Wohnung befand sich in der zweiten Etage und bestand aus zwei kleinen Zimmern und einer Kochnische. Sie wies auf einen Stuhl. »Setzen Sie sich doch. Ich muß den Brief meiner Freundin, in dem sie mich bittet, Mr. Smith herumzuführen, erst suchen. Es wird ein Weilchen dauern.«

Sie verschwand im Schlafzimmer.

Ich setzte mich, ergriff eine Illustrierte, schlug sie auf, damit ich notfalls dahinter in Deckung gehen konnte, und stellte in aller Eile ein paar Überlegungen an. Allzulange konnte sie hier noch nicht wohnen. Der Raum wirkte unpersönlich und kahl. Auf dem Tisch lag eine Mappe mit Zeitschriften, die sie abonniert hatte. Aber die Nummern vom vorigen Monat waren nirgends zu sehen. Ich hätte darauf gewettet, daß sie höchstens sechs Wochen hier wohnte.

Nach fünf Minuten kam sie wieder zum Vorschein und

schwenkte triumphierend einen Brief durch die Luft. »Ich hab' ihn gefunden. Leider ist die Zimmernummer nicht angegeben, nur der Name des Gebäudes. So ein Pech.«

Ich holte mein Notizbuch und meinen Füllfederhalter heraus.

Sie faltete den Brief auseinander. »Also, Archibald C. Smith aus – oh, verflixt!«

»Was ist los?«

»Ich dachte, das wäre seine Büroadresse, aber da hab' ich mich geirrt. Warten Sie mal, kurz bevor er sich verabschiedete, hat er mir seine Anschrift gegeben. Ja natürlich, ich hab' sie mir in meinem Adressenbuch notiert. Einen Moment, bitte.«

Sie nahm den Brief, ging ins Nebenzimmer und kam mit einem schmalen, in rotes Leder gebundenen Buch zurück. Der Brief entglitt ihrer Hand und fiel auf den Tisch, während sie in dem Buch blätterte. »Ja, hier ist sie schon: Archibald Collington Smith, Haus Seeblick, Michigan Boulevard, Chicago.«

»Die Zimmernummer haben Sie nicht?«

»Nein, leider nicht. Da muß mir ein Versehen unterlaufen sein.«

»Das ist also seine Geschäftsadresse?«

»Ja. Die Privatadresse kenne ich nicht.«

»Sagten Sie nicht, er wäre bei einer Versicherungsgesellschaft angestellt?«

Sie nickte.

»Hm ... Ich frage mich, ob mir Ihre Freundin nicht einiges über ihn erzählen könnte.« Ich zeigte auf den Brief.

Sie lachte hell auf, und mir wurde klar, daß ich einen Bock geschossen hatte. Der Brief war offenbar nur als Köder gedacht, und ich hatte prompt darauf angebissen. »Ich glaube schon, daß sie das könnte«, sagte sie boshaft. »Aber wenn Ihnen wirklich so viel daran liegt, etwas über Mr. Smith zu erfahren, warum fragen Sie dann nicht Mr. Smith selbst? Er wird Ihnen zweifellos alles erzählen, was Sie wissen müssen. Wenn es sich um eine Erbschaft handelt, sind die Leute meistens sehr entgegenkommend.«

»Eben, da liegt der Hund begraben. Sobald sie Geld wittern, sind sie nicht mehr zu halten. Übrigens: Bei einem so alltäglichen Namen wie Smith muß man doppelt vorsichtig sein. Leute, die Smith heißen, gibt's wie Sand am Meer. Wer garantiert mir, daß ich den richtigen erwischt habe und daß mir der Kerl nicht einen Bären aufhängt? Deshalb ziehen wir erst Erkundigungen ein, bevor wir uns den Betreffenden selbst vorknöpfen. Wenn das so einfach wäre, könnten sich die Testamentsvollstrecker die Kosten für den Privatdetektiv sparen.«

Sie lächelte mich verschmitzt an. »Sie haben sich glänzend aus der Affäre gezogen. Aber Sie müssen mich für eine furchtbare Gans halten.«

»Wie kommen Sie darauf?«

»Na, wissen Sie, ich hab' noch nie gehört, daß man verschollene Erben auf diese Art ausfindig macht. Für gewöhnlich geht das ganz anders vor sich. Der betreffende Anwalt engagiert einen oder mehrere Detektive und sagt: ›Sie sollen einen Archibald C. Smith, Sohn von Frank Soundso, gestorben dann und dann, für mich ausfindig machen. Smith hielt sich zuletzt in Chicago auf und war dort Inhaber eines Ladens für Herrenbekleidung.‹ Die Detektive sausen los, und einer kommt auch zu mir und fragt: ›Entschuldigen Sie, Miss, kennen Sie zufällig einen Archibald Smith aus Chicago? Er hat ein Herrenbekleidungsgeschäft.‹ Darauf antworte ich ihm: ›Nein. Ich kenne zwar einen Archibald Smith aus Chicago, aber der ist bei einer Versicherungsgesellschaft. Wie sieht denn der Mann aus, den Sie suchen?‹ Hierauf sagt der Detektiv: ›Ach, du liebe Güte, Miss, woher soll ich das wissen? Ich hab' den Mann nie gesehen. Ich kenne nur seinen Namen.‹«

»Na und?«

»Das frage ich Sie!«

»Sie finden also, daß meine Methode etwas ungewöhnlich ist?«

»Etwas? Sie ist verdammt ungewöhnlich!«

Ich grinste. »Wirklich?«

Roberta Fenn sah mich ärgerlich an und wollte gerade ihrer Entrüstung Luft machen, als jemand an der Tür klopfte. Fürs erste war ich gerettet. Sie drehte sich schnell zur Tür um und starrte diese verdutzt an.

Es klopfte von neuem. Sie stand auf, ging zur Tür und riß sie auf.

Ein Mann rief mit scharfer, erregter Stimme: »Na, endlich! Ich hab' dir damals gleich gesagt, daß du mich nicht so einfach abschütteln kannst! Aber versuchen mußtest du's trotzdem, wie? Also, mein Schatz, ich . . .«

Als er plötzlich verstummte, wußte ich, daß er sich beim

Sprechen ins Zimmer gedrängt und mich auf meinem Stuhl erspäht hatte. Lässig wandte ich den Kopf.

Ich erkannte ihn sofort. Es war der dicke Mann, der vor Jack O'Learys Bar das Kunststück mit dem Glas und dem Bleistift vollführt und um halb vier Uhr morgens das nervöse Hupkonzert ausgelöst hatte. Dieser Kerl hatte meinen Schlaf auf dem Gewissen.

Roberta fuhr herum, sah zu mir herüber und flüsterte ihrem Besucher zu: »Komm mit 'raus auf den Flur. Da können wir uns ungestört unterhalten.« Sie bugsierte ihn hinaus und lehnte die Tür hinter sich an.

Mir blieben nur ein paar Sekunden. Ich durfte keine Zeit verlieren und mußte jede Bewegung vorher genau berechnen. Ich stand lautlos auf und ergriff den Brief, den Roberta auf dem Tisch hatte liegenlassen. Der Absender in der linken oberen Ecke lautete: ›Edna Cutler, Turpitz Building 935, Little Rock, Ark.‹

Eiligst überflog ich den Inhalt.

›Liebe Roberta! Den Überbringer dieses Briefes, Mr. Archibald C. Smith aus Chicago, lege ich Dir besonders ans Herz. Aus geschäftlichen Gründen wäre es mir lieb, wenn Du Dich um ihn kümmern und ihm seinen Aufenthalt in New Orleans so angenehm wie möglich machen würdest. Zeig ihm das französische Viertel und führ ihn in ein paar der berühmten Restaurants. Du tust mir damit einen großen Gefallen, weil mir Mr. Smith . . .‹

Ich hörte, wie die Tür langsam aufging und der Mann sagte: »Also gut, abgemacht. Aber vergiß es nicht. Du hast's mir versprochen.«

Hastig warf ich den Brief auf den Tisch und zündete mir gerade eine Zigarette an, als Roberta wieder hereinkam.

Sie lächelte mir zu. »Tut mir leid, daß wir gestört wurden. Wo waren wir denn stehengeblieben?«

»Bei nichts Besonderem. Ihr Gast war ziemlich stürmisch, wie?«

»Das kann man wohl sagen! Hören Sie zu, Sie sind doch Detektiv. Können Sie mir verraten, wie dieser Mann ins Haus gekommen ist, ohne vorher bei mir zu klingeln?«

»Na, das ist doch einfach. Vermutlich hat er bei jemand anderem geklingelt und gewartet, bis der Summer ertönte. Oder er hat sich selbst 'reingelassen. Das Schloß an der Haustür taugt nicht viel. Es ist Serienarbeit, und mit ein bißchen Geschick kann man es mit jedem x-beliebigen Schlüssel aufschließen. Was mich dabei interessiert, ist, warum er den Wunsch gehabt haben könnte, so ohne Voranmeldung bei Ihnen aufzukreuzen?«

Sie lachte nervös. »Manche Männer verfallen eben auf die blödsinnigsten Ideen. Wahrscheinlich wissen sie selbst nicht, warum. Also, ich glaube, ich hab' Ihnen über Archibald Smith alles erzählt, was ich weiß.«

Ich verstand den Wink, erhob mich und sagte: »Vielen Dank für Ihre Hilfe.«

»Sind Sie . . . Wohnen Sie in der Stadt?«

»Ja.«

Ich ging langsam zur Tür. »Hoffentlich bin ich nicht schuld daran, daß Sie zu irgendeiner Verabredung zu spät . . .«

»Aber nein, Sie haben mich überhaupt nicht aufgehalten. Auf Wiedersehen.«

Sie blieb in der Tür stehen und sah mir nach. Ich eilte die Treppe hinunter, rannte auf die Straße und blickte mich nach allen Seiten um. Robertas Besuch war wie vom Erdboden verschwunden, und dabei war er höchstens zwei Minuten vor mir weggegangen. Ich nahm die Wagen unter die Lupe, die vor dem Haus und in der Nähe geparkt waren. Er saß in keinem von ihnen. Fast zehn Minuten lang wartete ich verzweifelt auf ein leeres Taxi, bis ich endlich eins erwischte. Der Taxichauffeur versicherte mir, ich hätte Glück gehabt, überhaupt eins zu bekommen. Taxis seien in diesem Stadtteil ein seltener Anblick.

6

Mühsam stapfte ich die steile Holztreppe hinauf und schnappte prustend nach Luft, bevor ich die Tür zum Apartment aufschloß. Bertha fühlte sich hier offenbar wie zu Hause. Sie ruhte in einem bequemen Sessel, die Beine ausgestreckt, die Füße auf der Couch, und schnarchte.

Ich knipste die Deckenbeleuchtung an. Bertha schlief weiter. Ihr Gesicht war verklärt von einem Lächeln himmlischer Seelenruhe.

»Wann gehen wir essen?« sagte ich laut.

Sie erwachte mit einem Ruck, starrte blinzelnd und blöd die fremde Umgebung an und gähnte. Als sie mich erspähte, fiel der Groschen. Ihre harten, gierigen grauen Augen funkelten böse. »Wo zum Teufel, hast du eigentlich die ganze Zeit gesteckt?«

»Gearbeitet, was sonst?«

»Na, es ist jedenfalls ein Wunder, daß du dich hier überhaupt noch mal blicken läßt.«

»Wieso? Hast du dich gelangweilt?«

»Gelangweilt!« Sie schnaubte. »Ich hab' mich in meinem ganzen Leben noch nie so geärgert wie heute nachmittag.«

»Aber was ist denn passiert?«

»Also, ich ging in ein Restaurant und ...«

»Was, schon wieder?«

»Ja. Ich wollte die Gelegenheit ausnutzen und mich ein bißchen umsehen. Wer weiß, wie lange ich noch hier bin, und ich hab' so viel von den berühmten Lokalen in New Orleans gehört.«

»Na schön. Weiter.«

»Das Essen war phantastisch. Aber die Bedienung – einfach schauderhaft!«

»War sie wirklich so schlecht?«

»Im Gegenteil, sie war so verdammt gut, und die Ober waren so vornehm, daß es einen direkt anwiderte! ›Ich empfehle Madame dies; ich empfehle Madame das.‹« Sie schraubte ihre Stimme in die Höhe und versuchte den französischen Akzent des Obers nachzuahmen. »›Madame nimmt zum Fisch natürlich Weißwein und Rotwein zum Fleisch. Falls Madame mit den Weinsorten nicht Bescheid weiß, möchte Madame vielleicht mir die Auswahl überlassen.‹ Sie behandeln einen da, als wäre man gerade erst vom Baum heruntergeklettert und ginge noch auf allen vieren!«

»Was hast du denn dem Kerl darauf geantwortet?« fragte ich grinsend.

»Ich hab' ihm gesagt, er soll sich zum Teufel scheren und mich in Frieden lassen.«

»Hat er sich das zu Herzen genommen?«

»I wo. Er lungerte dauernd um den Tisch herum, tutete mir die Ohren voll und wollte mir vorschreiben, was ich essen sollte. Aber das Beste kommt erst. Als ich zu meinem Steak

Tomatenketchup verlangte, weißt du, was der Kerl mir da geantwortet hat? Er dürfte zu dem Steak keinen Tomatenketchup servieren. Als ich ihn fragte, warum nicht, sagte er: ›Um die Gefühle des Küchenchefs nicht zu verletzen.‹ Nur rohe, ungebildete Menschen äßen ihr Steak mit Ketchup.«

»Da wurdest du wohl wütend?«

»Natürlich. Von so einem Kerl lass' ich mich doch nicht beleidigen. Ich schob meinen Stuhl zurück und sagte, wenn der Küchenchef so verdammt besorgt um sein blödes Steak wäre, dann könnte er es selber essen.«

»Und dann bist du hinausgebraust, wie?«

»Na ja; aber kurz vor der Tür fingen sie mich ab, und danach gab es einen ziemlichen Wirbel. Sie wollten ihr Geld haben, und die Rechnung war gesalzen, das kannst du mir glauben. Ich hab' dann schließlich das bezahlt, was ich gegessen hatte. Aber bei dem Steak bissen sie bei mir auf Granit. Das kann sich der Küchenchef von mir aus hinter den Spiegel stecken. Ich hasse die Lokale, wo einen die Kellner behandeln, als wäre man der erste Mensch!«

»Sie wollten dir eben mit aller Gewalt eintrichtern, daß du dich in einem weltberühmten Feinschmeckerrestaurant befindest. Dort verkehren nur feine Leute.«

»Feine Leute, daß ich nicht lache! Die Bude war knallvoll von Touristen. Ein typischer Laden für Fremde, für hergelaufenes Volk, das einen Hummer nicht von einem Klops unterscheiden kann. Auf dem Rückweg kehrte ich dann noch in einem kleinen Lokal direkt hier an der Ecke ein. Das hat mir sehr gut gefallen.«

»Das ›Haus Bourbon‹?«

»Ja. Erstklassige Küche und ordentliche Bedienung.«

Ich nickte, ließ mich auf die Couch fallen, nahm mir eine Zigarette heraus und sagte: »Hör mal, ist Hale in New York telefonisch zu erreichen?«

»Ja.«

»Auch nachts?«

»Ja. Ich hab' die Nummer von seinem Büro und auch seine Privatnummer.«

»Gut. Dann wollen wir ins Hotel gehen und ihn anrufen.«

»Was ist los? Warum willst du ihn anrufen?«

»Um ihm mitzuteilen, daß wir Roberta Fenn gefunden haben.«

Bertha richtete sich mit einem Ruck auf. »Ist das wieder mal einer von deinen dummen Witzen? Gnade dir, wenn du mich zum Narren hältst, Donald! Wo steckt sie denn?«

»In einem Apartmenthaus in der St. Charles Avenue.«

»Unter welchem Namen?«

»Ihrem eigenen.«

»Mich laust der Affe!« murmelte sie. »Wie hast du das nur so schnell wieder 'rausgefunden, Donald, Liebling?«

»Es war kinderleicht.«

Sie erhob sich schwerfällig aus ihrem Sessel. »Donald, du bist fabelhaft! Du hast Grütze im Kopf, verdammt noch mal!« Ihre Stimme wurde zärtlich. »Ich weiß wahrhaftig nicht, was ich ohne dich anfangen sollte, Liebling. Du bist ... Gerechter Strohsack, das hätte ich beinahe vergessen!«

»Wo brennt's denn jetzt schon wieder?«

Ihre Augen funkelten. »Die Wohnung! Du hast sie doch für eine Woche gemietet, nicht wahr?«

»Ja.«

»Wir können uns aber die Mietvorauszahlung nicht zurückgeben lassen, wenn wir ausziehen, oder?«

»Ausgeschlossen.«

»Das ist doch wieder mal typisch!« brach sie los. »Von allen verdammten Idioten bist du der größte, wahrhaftig! Wirf das Geld nur ruhig zum Fenster 'raus, wir haben's ja! Jetzt haben wir diese verflixte Wohnung am Hals, und dabei werden wir wahrscheinlich schon morgen abreisen. Es ist zum Auswachsen!«

»Reg dich nicht auf. Es sind ja nur fünfzehn Dollar.«

»Nur fünfzehn Dollar! Nur!« Berthas Stimme steigerte sich zu einem Kreischen. »Du tust ja gerade so, als wären fünfzehn Dollar ...«

»Still!« flüsterte ich. »Es ist jemand auf der Treppe.«

»Das sind sicher die Leute aus dem zweiten Stock, ein Mann und eine Frau, die ...«

Die Schritte machten auf dem Treppenabsatz halt. Dann klopfte es.

»Geh du an die Tür«, sagte ich hastig. »Du hast die Wohnung gemietet, hörst du.«

Bertha stapfte wuchtig zur Tür, legte die Hand auf die Klinke und fragte: »Wer ist da?«

Eine kultivierte Männerstimme antwortete: »Wir sind

Fremde und hätten Sie gern für einen kleinen Moment gesprochen.«

»Worum handelt es sich?«

»Es wäre vielleicht besser, wenn Sie die Tür öffneten. Dann brauchen wir beide nicht zu schreien.«

Ich konnte Bertha anmerken, daß sie angestrengt nachdachte. Draußen standen zwei unbekannte Besucher, von denen zumindest einer ein Mann war. Langjährige Erfahrung hatte Bertha vorsichtig gemacht. Sie warf mir einen besorgten Blick zu, als wollte sie abschätzen, wieviel Hilfe sie notfalls von mir erwarten konnte, und öffnete dann langsam die Tür.

Der Mann, der sich lächelnd verbeugte, war offenbar der mit der samtigen, gepflegten Stimme. Er nahm höflich den Hut ab, während sein ungehobelter Begleiter den seinen aufbehielt und Bertha neugierig anglotzte. Dann bemerkte er mich und riß entgeistert die Augen auf.

Störenfried Nummer eins sah Berta an und sagte liebenswürdig: »Ich muß Sie wegen dieses Überfalls vielmals um Verzeihung bitten, meine Gnädigste. Mein Gefährte und ich ziehen in einer für mich äußerst wichtigen Angelegenheit Erkundigungen ein, und wir glauben, daß Sie uns helfen können.«

»Der Meinung bin ich nicht«, erwiderte Bertha kurz.

Der Sprecher trug einen maßgearbeiteten Anzug, der ihn mindestens hundertfünfzig Dollar gekostet hatte, und sein perlgrauer Homburg war schätzungsweise zwanzig Dollar wert. Er wirkte geschniegelt und gebügelt und gepflegt bis in die Fingerspitzen und war schlank, geschmeidig und verbindlich. Störenfried Nummer zwei hingegen hatte ein zerknittertes Sakko und eine ausgebeulte Hose an, beides von der Stange und um ein paar Nummern zu groß. Er war Mitte Fünfzig, dickbäuchig, ungeschliffen und äußerst wachsam.

»Es wäre sehr freundlich, wenn wir für einen Augenblick eintreten dürften«, sagte der Mann mit der samtigen Stimme zu Bertha. »Die anderen Mieter brauchen unser Gespräch ja nicht unbedingt zu hören.«

Bertha blockierte die Tür. »Wenn hier einer redet, dann sind Sie's. Deshalb kann mir's schnuppe sein, ob jemand zuhört oder nicht.«

Der Mann lachte. Es war ein kultiviertes Lachen, das aufrichtige Belustigung verriet. Er betrachtete Berthas grauhaarige, kriegerische Erscheinung mit wachsendem Interesse.

»Na, was ist?« fragte Bertha gereizt. »Schießen Sie los, oder lassen Sie's bleiben, aber entschließen Sie sich endlich!«

Er zog mit schwungvoller Gebärde eine Brieftasche hervor, nahm eine Visitenkarte heraus, schickte sich an, sie Bertha zu überreichen, überlegte es sich anders und sagte statt dessen: »Ich komme aus Los Angeles. Mein Name ist Cutler, Marco Cutler.«

Ich sah Bertha an, um festzustellen, ob ihr der Zusammenhang aufgegangen war. Anscheinend nicht.

Cutler fuhr fort: »Ich ziehe Erkundigungen über meine Frau ein.«

»So? Und was geht mich das an?«

»Sie hat hier gewohnt.«

»Wann?«

»Wenn meine Informationen stimmen, vor drei Jahren.«

Bertha stotterte überrascht: »Oh, Sie meinen, Ihre Frau – das heißt . . .«

Ich trat schnell näher. »Vielleicht kann ich Ihnen helfen, Mr. Cutler. Ich bin der eigentliche Mieter dieser Wohnung und habe sie an diese Dame hier weitervermietet. Sie ist eben erst eingezogen. Wenn Sie sagen, Ihre Frau hätte das Apartment vor etwa drei Jahren bewohnt, dann darf ich wohl annehmen, daß auch Sie hier gewohnt haben.«

»Nein. Ich befand mich damals in Los Angeles. Ich konnte meine Arbeit nicht im Stich lassen. Meinc Frau reiste allein nach New Orleans und gab mir diese Adresse an.« Er zog mehrere Bogen Papier aus seiner Brusttasche, faltete sie auseinander, warf einen Blick darauf und nickte. »Ich habe mich nicht getäuscht. Es war dieses Apartment.«

Sein Begleiter fühlte sich zum erstenmal veranlaßt, auch etwas zur Unterhaltung beizutragen. »Stimmt genau«, pflichtete er mit rauher Stimme bei.

Cutler wandte sich hastig zu ihm um. »Ist das die Wohnung, Goldring?«

»Ja. Ich stand genau hier, als sie die Tür aufmachte und . . .«

Cutler unterbrach ihn hastig. »Die Chancen, etwas über ihren hiesigen Aufenthalt zu erfahren, sind natürlich gering, darüber bin ich mir klar. Leider traf ich die Hauseigentümerin nicht an. Deshalb komme ich zu Ihnen. Es wäre ja immerhin möglich, daß Sie etwas gehört haben, was mir von Nutzen sein könnte.«

»Leider bin ich erst seit fünf Stunden hier«, erklärte Bertha.

Ich lachte. »Vielleicht kann ich Ihnen helfen. Aber wollen Sie nicht hereinkommen und für einen Moment Platz nehmen?«

»Danke, ja«, erwiderte Cutler. »Das wäre mir allerdings sehr lieb.«

Bertha trat zögernd beiseite. Die beiden Männer warfen im Vorbeigehen einen schnellen Blick ins Schlafzimmer und begaben sich in den Wohnraum, der nach der Straße zu lag. »Da drüben ist Jack O'Learys Bar«, sagte Goldring.

Cutler nickte. »Richtig. Mir ist völlig unklar, wie wir hierhergekommen sind. Anscheinend beschreibt die Straße einen Bogen von mindestens neunzig Grad.«

»Stimmt, aber daran gewöhnt man sich«, antwortete Goldring, annektierte Berthas Schlummersessel, deponierte seine Füße auf der Couch und fragte: »Haben Sie was dagegen, wenn wir rauchen, Lady?« Er strich ein Streichholz an seiner Schuhsohle an, ohne Berthas Antwort abzuwarten, die, nachdem sie sich gefaßt hatte, ziemlich schroff erwiderte: »Nein.«

»Wollen Sie nicht auch Platz nehmen, Miss – oder muß es Mrs. heißen?«

»Es heißt Mrs.«, warf ich schnell dazwischen, bevor Bertha mit ihrem Namen herausrücken konnte, und fügte betont hinzu: »Aber bitte, meine Herren, setzen Sie sich doch.«

Goldring hob die Augen und betrachtete mich durch den Zigarettenrauch wie ein lästiges Insekt, das ihm mit seinem Summen auf die Nerven fiel.

Cutler schlug die Beine übereinander und lehnte sich in seinem Stuhl zurück. »Ich will ganz offen mit Ihnen sein. Meine Frau hat mich vor drei Jahren verlassen. Unsere Ehe war nicht sehr glücklich. Es gab Unstimmigkeiten. Meine Frau verließ mich und fuhr nach New Orleans. Es hat mich einige Mühe gekostet, sie hier ausfindig zu machen.«

»Stimmt«, pflichtete Goldring bei. »Ich hab' mir nach der Dame die Hacken abgelaufen.«

»Mir war inzwischen zu meinem Leidwesen klargeworden«, fuhr Cutler mit samtweicher Stimme fort, »daß wir in unserer Ehe endgültig Schiffbruch erlitten hatten. Eine Scheidung schien die einzig mögliche Lösung zu sein. Wenn zwei Menschen sich nicht mehr lieben, wird die Ehe . . .«

Bertha hatte sich in ihrer ganzen Fülle auf der Couch niedergelassen, einem für sie höchst unbequemen Platz, der auf ihre angeborene Reizbarkeit nicht gerade besänftigend wirkte. Sie unterbrach Cutler erbost: »Die langen Vorreden können Sie sich schenken! Ihre Frau machte sich aus dem Staub. Sie hatten die Nase endgültig voll und wollten ihr die Rückkehr ein für allemal versalzen. Na schön, ich nehm's Ihnen nicht übel. Aber würden Sie vielleicht die Liebenswürdigkeit haben, mir zu erklären, was das alles mit mir zu tun hat?«

Er lächelte. »Ihre Offenherzigkeit ist direkt erfrischend, meine Gnädigste. Sie nehmen mir diese Bemerkung hoffentlich nicht krumm. Übrigens haben Sie ganz recht. Mrs. – äh ...«

»Gut«, unterbrach ich. »Kommen wir endlich zur Sache. Wir waren nämlich gerade im Begriff, essen zu gehen. – Sie reichten also vermutlich die Scheidung ein. Ihr Freund Goldring machte sich auf die Suche nach Ihrer Frau und übergab ihr, als er sie endlich aufgestöbert hatte, die Abschrift der Scheidungsklage. Stimmt's?«

»Stimmt«, erwiderte Goldring verblüfft und voller Hochachtung für meinen Scharfsinn.

Cutler nickte. »Nun aber behauptet meine Frau mit einemmal, daß sie die Scheidungspapiere nie bekommen hat«, erklärte er entrüstet. »Eine völlig widersinnige Behauptung, die für mich sehr unangenehme Folgen haben könnte. Zum Glück erinnert sich Mr. Goldring noch ganz genau an die Begegnung mit ihr.«

»Stimmt«, wiederholte Goldring. Anscheinend war das seine Lieblingsvokabel. »Es war am 13. März vor zwei Jahren, so um drei Uhr nachmittags. Sie machte die Tür auf, und ich fragte sie, ob sie Cutler hieße und hier wohnte. Sie sagte, ja. Natürlich hatte ich mich vorher erkundigt und wußte daher, daß die Wohnung an eine Edna Cutler vermietet worden war. Dann fragte ich sie, ob sie mit Vornamen Edna hieße, und sie sagte wieder ja. Dann holte ich die Vorladung und die Abschrift der Scheidungsklage heraus und übergab ihr die Papiere. Wir standen die ganze Zeit da drüben an der Tür.« Er wies mit dem Kopf nach dem Treppenhaus.

»Ja«, sagte Cutler, »genauso spielte es sich ab. Meine Frau behauptet jedoch, sie wäre zu dem fraglichen Zeitpunkt gar nicht in New Orleans gewesen. Dabei hat Mr. Goldring auf Anhieb ein Foto von ihr identifiziert.«

Bertha wollte etwas sagen. Ich versetzte ihr unauffällig einen Schubs, räusperte mich und blickte stirnrunzelnd auf den Teppich. »Wenn ich Sie recht verstehe, Mr. Cutler, geht es Ihnen darum, einen einwandfreien Beweis dafür aufzutreiben, daß Ihre Frau zu dem fraglichen Zeitpunkt dieses Apartment bewohnte und daß ihr die Scheidungspapiere ordnungsgemäß übergeben wurden.«

»Ja.«

»Ich kenne New Orleans recht gut und bin schon ein paarmal hier gewesen, das letzte Mal vor etwa zwei Jahren. Meistens nehme ich mir ein Zimmer im französischen Viertel. Diese verwinkelten Straßen und versteckten Höfe haben für mich einen besonderen Reiz. Beim letztenmal bewohnte ich ein Apartment so ziemlich genau gegenüber. Vielleicht kann ich Mrs. Cutlers Foto identifizieren.«

Sein Gesicht leuchtete auf. »In der Tat, wenn das möglich wäre! Das ist es ja gerade, was ich suche: Zeugen, die sie vor zwei Jahren hier gesehen haben.« Er zog einen Briefumschlag aus der Rocktasche und entnahm ihm drei Fotografien.

Ich betrachtete sie lange und gründlich, um sicherzugehen, daß ich die Frau wiedererkannte, falls sie mir jemals über den Weg lief.

»Nun?« fragte Cutler erwartungsvoll.

»Tja, ich weiß nicht recht. Gesehen hab' ich sie schon mal, das ist sicher. Aber wo, fällt mir im Moment nicht ein. Es könnte hier in einer Bar gewesen sein. Ich muß noch mal darüber nachdenken.« Ich stieß Bertha an und wollte Cutler die Fotos zurückgeben. Bertha riß sie mir ohne viel Umstände aus der Hand und murmelte: »Ganz nett, falls man was für Puppengesichter übrig hat.«

Ich habe die Angewohnheit, bei jedem Foto, das ich sehe, Charakterstudien zu betreiben. Edna Cutler hatte so ziemlich dieselbe Figur wie Roberta Fenn und das gleiche dunkle Haar. Aber das war auch alles. Roberta hatte eine gerade Nase und ernste, nachdenkliche Augen. Ich hielt sie für besonnen und vernünftig. Sie würde sich vermutlich niemals völlig aus der Hand lassen und selbst in der heitersten Stimmung einen kühlen Kopf bewahren. Edna Cutler war offenbar genau das Gegenteil, flatterhaft, eigenwillig, launisch, eine Spielernatur. Sie würde alles auf eine Karte setzen in der festen Überzeugung, daß es für sie nur ein Gewinnen gibt. Auf die Idee, daß sie auch verlieren könnte, kam sie wahrscheinlich gar nicht. Roberta wiederum gehörte zu dem Typ, der alle Risiken einkalkuliert und nur so viel wagt, wie er sich leisten kann.

Bertha gab Cutler die Fotos zurück.

»Sie scheint noch ziemlich jung zu sein«, erkundigte ich mich.

Cutler nickte. »Sie ist zehn Jahre jünger als ich. Der Altersunterschied hat vermutlich auch mitgespielt. Aber ich habe Sie schon lange genug aufgehalten. Meine privaten Sorgen dürften Sie kaum interessieren.«

»Tut mir leid, daß ich Ihnen nicht von Nutzen sein konnte. Vielleicht fällt's mir später wieder ein, wo ich Ihrer Frau begegnet bin. Kann ich Sie irgendwo erreichen?«

Er gab mir seine Karte. Der Aufdruck lautete: ›Marco Cutler, Finanzberater, Hollywood.‹ Ich steckte sie ein und versicherte ihm noch einmal, ich würde mich melden, wenn mir etwas Zweckdienliches einfiele.

»Mein Name steht im Fernsprechbuch«, mischte sich Goldring ein. »Rufen Sie mich an, wenn Sie was hören. Auch wenn Sie mal eine Vorladung oder so was zu übergeben haben, dann wenden Sie sich an mich.«

»Ich werd' mir's merken«, versprach ich und wandte mich wieder an Cutler. »Was ich bei der Sache nicht begreife, ist, warum Sie sich nicht hinter Ihre Frau klemmen. Wenn sie behauptet, daß sie zu dem betreffenden Zeitpunkt hier nicht anwesend war, dann muß sie das zunächst einmal beweisen, und das dürfte nicht so leicht sein. Irgendwo muß sie ja schließlich gesteckt haben, und Sie können zumindest verlangen, daß sie Ihnen darüber Auskunft gibt.«

»Sicher, aber die Sache hat einen Haken. Meine Frau ist leider sehr eigenwillig und Vernunftgründen nicht zugänglich.« Er nickte Goldring zu. Sie erhoben sich. Goldring steuerte nach einem letzten Rundblick auf die Tür zu. Cutler blieb stehen. »Ich habe Ihre Geduld über Gebühr in Anspruch genommen. Entschuldigen Sie vielmals und herzlichen Dank.«

Als sich die Tür hinter den beiden geschlossen hatte, drehte Bertha sich zu mir um. »Der Kerl gefällt mir.«

»Ja, er hat eine angenehme Stimme und . . .«

»Quatsch! Ich meine doch nicht Cutler, ich meine Goldring.«

»Ach so!«

»Dieser Cutler ist ein aalglatter, mit allen Wassern gewaschener, widerlicher Heuchler«, charakterisierte sie ihn. »Jemand, der so höflich ist, kann unmöglich aufrichtig sein. Der Kerl lügt wie gedruckt, verlaß dich drauf. Aber Goldring gefällt mir. Der geht nicht wie die Katze um den heißen Brei. Goldring ist in Ordnung.«

Ich versuchte, Goldrings rauhe Stimme zu imitieren. »Stimmt.«

Bertha funkelte mich erbost an. »Manchmal würde ich dich am liebsten kaltlächelnd erwürgen, du verdammte kleine Kröte, du! Los, komm schon! Wir müssen Hale anrufen. Wenn er noch nicht in New York ist, können wir wenigstens eine Nachricht für ihn durchgeben.«

7

Wir saßen in meinem Hotelzimmer und warteten. Die Zentrale hatte schon ein paarmal vergebens in Hales Büro und seiner New Yorker Privatwohnung angerufen. Es meldete sich niemand. Bertha nahm die Mitteilung entgegen und trompetete in die Muschel: »Wir wissen nicht, wann er in New York ankommt. Auf jeden Fall irgendwann heute nacht. Versuchen Sie's weiter.«

»Ich habe Hunger«, erklärte ich. »Für mich ist's Zeit zum Essen.«

»Schön, dann laß dir was aufs Zimmer bringen. Du kannst jetzt nicht weggehen. Ich möchte, daß du bei dem Gespräch mit Hale dabei bist.«

Vorsichtig wies ich darauf hin, daß wir von Glück sagen könnten, wenn wir noch vor Mitternacht von Hale hören würden, bestellte jedoch um des lieben Friedens willen ein Steak. Bertha studierte die Speisekarte und entschied sich für einen Hummercocktail. »Du weißt ja, es macht mich ganz kribblig, wenn ich jemandem beim Essen zusehen muß«, sagte sie. – Ich nickte.

Dem Kellner schien Berthas leibliches Wohl sehr am Herzen zu liegen. »Nur einen Hummercocktail?« fragte er besorgt.

»Was sind Austern Rockefeller?« erkundigte sich Bertha.

»Gebackene Austern.« Sein Gesicht strahlte. »Mit einer Spur Knoblauch und einer speziellen Sauce. Die Sauce ist ein Geheimnis. Unser Küchenchef persönlich hat das Rezept erdacht.«

»Das klingt gut. Ich werde ein halbes Dutzend probieren – nein, bringen Sie ein Dutzend. Toasten Sie ein paar Scheiben französisches Brot schön braun, schmieren Sie dick Butter drauf, und bringen Sie mir außerdem eine Kanne Kaffee mit viel Sahne und Zucker.«

»Ja, Madame.«

Bertha betrachtete mich mit düsterem Blick. »Nein, lassen Sie die Sahne und den Zucker weg.«

»Ja, Madame. Und wie wär's mit einem Nachtisch?«

»Also, ich will mal sehen, wie ich mich fühle, wenn ich das alles verdrückt habe.«

Nachdem der Kellner gegangen war, sah mich Bertha erwartungsvoll an. Als ich schwieg, sagte sie kriegerisch: »Ich weiß, was du denkst, und ich pfeife drauf. Ich hab' heute sowieso schon mehr gegessen, als ich verkraften kann.«

»Sicher. Solange dir's schmeckt, iß von mir aus so viel, wie du willst. Ich rede dir bestimmt nicht drein.«

Pause. Dann begann sie von neuem. »Hör mal, Donald, Liebling, ich muß dir was sagen.«

»Ja?«

»Du bist ein schlauer, kleiner Kerl, aber von Geld verstehst du nichts. Wenn Bertha nicht ein Auge auf die Kasse hätte, wären wir schon längst verraten und verkauft.«

»Das Lied kenn' ich. Kannst du nicht zur Abwechslung mal 'ne andere Platte auflegen?«

Sie murmelte besänftigend, als hätte sie Angst, wir könnten uns in die Haare geraten: »Die Sache ist nämlich die, wir sind in ein neues Geschäft eingestiegen, während du in Florida warst.«

»Ach, sieh mal an. In was für eins?«

»Eine Baufirma: B. Cool – Hoch und Tief. Ich bin Präsident, und du bist Geschäftsführer.«

»Was bauen wir denn?«

»Im Moment nur Unterkünfte für Soldaten. Das ist ein kleiner Auftrag, den wir leicht bewältigen können. Du brauchst dich darum nicht weiter zu kümmern. Ich mache das schon.«

»Ich verstehe kein Wort von alledem.«

»Na, ich dachte, wir sollten lieber nicht alles auf eine Karte setzen. Die Zeiten sind unsicher. Kein Mensch weiß, was uns noch bevorsteht. Vielleicht müssen wir eines Tages den Laden zumachen oder sonst was.«

»Ja, aber warum hast du dich ausgerechnet aufs Bauen verlegt?«

»Oh, ich konnte einen günstigen Kontrakt erwischen, und da hab' ich die Chance eben ausgenützt.«

»Das klingt nicht sehr überzeugend.«

Bertha holte tief Luft. »Verdammt noch mal, hab' ich vielleicht nicht das Recht, patriotisch zu sein! Andere Leute sind's doch auch. Ich versteh' mich prima auf Geschäfte, aber seitdem du mein Partner bist, vertrödle ich viel zuviel Zeit mit der verflixten Tiefseefischerei. Wenn ich da draußen im Boot hocke, denk' ich an alles mögliche und – und ... Kurz und gut, wir sind in das Baugeschäft eingestiegen, und mehr gibt's darüber nicht zu sagen. Du hast damit weiter nichts zu tun. Ich werde dich ab und zu anrufen, wenn ich eine Auskunft brauche, aber sonst wird Bertha ganz gut allein damit fertig.«

Das Telefon läutete, bevor mir eine passende Antwort einfiel. Bertha kam die Unterbrechung offenbar sehr gelegen. Sie griff erleichtert nach dem Hörer und rief: »Hallo ... Hallo, ich hab' Sie schon zu erreichen versucht ... Wirklich? Ist das nicht drollig? Weshalb haben Sie angerufen? ... Oh, na schön, wenn Sie darauf bestehen. Also, machen Sie sich auf eine Überraschung gefaßt. Wir haben das Mädchen gefunden ... Ganz recht. In einem Apartmenthaus in der St. Charles Avenue ... Wie das Gebäude heißt? Gulfpride ... Nein, G-u-l-f-p-r-i-d-e ... Oh, das ist ein Berufsgeheimnis. Wir haben uns ordentlich ins Zeug gelegt. Sie würden staunen, wenn Sie wüßten, wie vielen Spuren wir nachgegangen sind ... Nein, ich hab' noch nicht mit ihr gesprochen. Aber Donald hat ... Ja, Donald Lam, mein Partner.«

Dann hörte man für eine Weile nur das metallische Krächzen der Stimme des Anrufers. Bertha lauschte aufmerksam. Schließlich sagte sie: »Nun ja, ich denke schon.« Sie sah mich an, bedeckte die Sprechmuschel mit der Hand und erklärte: »Er möchte, daß ich morgen früh hingehe und mit ihr spreche.«

»Warum nicht?«

Sie nahm schnell die Hand weg. »Ja, Mr. Hale, ich verstehe.« Dann hielt sie das Mundstück wieder zu und sagte zu mir: »Ich soll ihr Vertrauen gewinnen und sie ausholen.«

»Gib acht«, warnte ich. »Roberta ist kein Dummkopf. Versprich nicht zuviel und leg dich nicht fest.«

»Gut, Mr. Hale, ich werde tun, was in meiner Macht steht

... Ja, ich nehme Donald mit. Wir fangen sie ab, bevor sie zur Arbeit geht. Und was soll ich ihr sagen?«

Hale erteilte seine Instruktionen. Er sprach so laut, daß ich fast alles mitbekam. Dann war wieder Bertha an der Reihe. »Abgemacht, Mr. Hale, und ich halte Sie auf dem laufenden. Soll ich telegrafieren oder ... Geht in Ordnung. Danke schön ... Ja, wir finden auch, daß wir auf Draht sind ... Gute Nacht, Mr. Hale ... Hallo, warten Sie einen Moment. Wenn Sie von hier aus angerufen werden, dann sagen Sie der Vermittlung, das Gespräch wäre gestrichen ... Also, gute Nacht.«

Bertha drückte die Gabel herunter, rüttelte daran herum und brüllte: »Hallo ... Hallo, Zentrale. Hier ist Mrs. Cool. Ich spreche von Mr. Lams Zimmer aus ... Ja, ganz recht, Mr. Lams Zimmer ... Nein, ich bin ausgezogen ... Richtig. Ich hatte ein Gespräch nach New York angemeldet, mit einem Mr. Hale ... Ja, Sie können es streichen. Ich habe eben mit ihm gesprochen ... Nein. *Er* hat *mich* angerufen ... Ach, zum Kuckuck, streichen Sie's und fragen Sie nicht erst lange ... Ja, Sie brauchen's nur zu streichen!«

Bertha knallte den Hörer auf die Gabel, drehte sich zu mir um und schnappte nach Luft. »Meine Güte, die hat sich angestellt, als wär's ein Verbrechen, wenn man ein Gespräch streichen läßt. Verdammte Wichtigtuerei! Seine Maschine mußte irgendwo zwischenlanden. Ich hab' den Namen von dem Flugplatz nicht mitbekommen. Wo, zum Henker, bleibt unser Essen? Ich ...«

Es klopfte diskret an die Tür.

»Herein«, sagte ich.

Zwei Kellner erschienen, breiteten ein weißes Tuch über den Tisch, deckten ihn mit Tellern, Bestecken, Gläsern, einer Karaffe mit Eiswasser, stellten Wärmplatten zurecht und servierten das Essen.

Bertha läßt sich beim Essen nicht gern stören. Sie stopft sich schweigend voll und ist erst wieder ansprechbar, wenn sie beim Kaffee angelangt ist. Ich wartete, bis sie ihren Teller zurückschob und sich eine Zigarette anzündete. Dann fragte ich: »Wann soll's morgen früh losgehen?«

»Ich bin um sieben unten vor dem Hotel, und weh dir, wenn du mich warten läßt. Ich habe keine Lust, im Taxi herumzusitzen und mit anzusehen, wie die Uhr weitertickt. Wenn ich komme, mußt du auf der Straße stehen und sofort zusteigen. Also, sei gefälligst pünktlich!«

»Zu Befehl!«

Der Kellner tauchte wieder auf und erkundigte sich, ob die Herrschaften einen Nachtisch wünschten. Bertha lehnte friedlich in ihrem Sessel und blies den Zigarettenrauch gegen die Decke. »Ja, bringen Sie mir eine doppelte Portion Schokoladeneis mit Früchten«, bestellte sie genießerisch.

8

Bertha schien ehrlich überrascht zu sein, als ich Punkt sieben aus dem Hotel trat und zu ihr ins Taxi stieg. Ich wünschte ihr einen guten Morgen. Sie antwortete nicht. Ihre harten grauen Augen funkelten grimmig. Sie betrachtete mich und die Welt ringsum mit verkniffener Miene.

»Na, hast du gut geschlafen?« erkundigte ich mich.

»Geschlafen!« wiederholte sie mit einem Knurren, das wie eine Verwünschung klang.

Ich nannte dem Taxichauffeur die Adresse in der St. Charles Avenue.

»Was ist los?« fragte ich Bertha dann. »War's zu laut?«

»Als ich jung war, hängte man seine Techtelmechtel nicht an die große Glocke. Man knutschte sich nicht in aller Öffentlichkeit ab und kreischte auch nicht wie eine Horde Affen.«

»Wieso? Hat dich ein allzu temperamentvolles Liebespärchen am Schlafen gehindert?«

»Eins!« rief Bertha böse. »Es waren mindestens ein Dutzend, und sie machten einen Krach, daß die Scheiben klirrten. Es ist eine Schande, wie sich die jungen Leute heutzutage aufführen. Auf der Straße, und noch dazu ausgerechnet unter meinem Fenster! Ich hab' kein Auge zugetan. Seit heute nacht weiß ich, warum man die jungen Kerle mit Katern vergleicht.«

»Ja? Warum?«

»Weil sie an irgendwelchen Straßenecken herumstehen und ihren Liebeskummer laut in die Gegend hinausjaulen. Aber eins kann ich dir versichern, ich hab' einem paar von den Weibern vom Balkon aus meine Meinung gesagt und dabei kein Blatt vor den Mund genommen.«

Ich grinste. »Hat das was genützt?«

»Nein«, antwortete Bertha verdrossen. »Ein paar wurden wütend, aber die meisten haben's für einen Mordsspaß gehalten.«

»Kein Wunder, daß du bei diesem Zirkus nicht einschlafen konntest.«

»Ach, es war gar nicht so sehr der Lärm. Mich machte nur die Unverschämtheit dieser Flittchen rasend. Na ja, man lebt und lernt.«

»Wirst du nun aus der Wohnung ausziehen?« erkundigte ich mich.

»Ausziehen?« kreischte sie. »Bist du verrückt? Die Miete ist doch bezahlt!«

»Ich weiß, aber was hat es für einen Zweck, eine Wohnung zu behalten, in der man nicht schlafen kann?«

Bertha kniff die Lippen zusammen. »Daran ist nur deine verdammte Extravaganz schuld. Du wirst es eines Tages noch so weit bringen, daß unsere Partnerschaft in die Brüche geht.«

»Vor einer Pleite brauchst du dich doch jetzt nicht mehr zu fürchten. Du hast doch deine gewinnbringende Baufirma.«

Sie überhörte meine anzügliche Bemerkung, wandte den Kopf ab und besah sich die Gegend. Offenbar fand sie die eintönigen grauen Häuserreihen sehr reizvoll, denn sie konnte sich von dem Anblick gar nicht mehr losreißen. Nach einer Weile fragte sie: »Hast du Feuer?«

Wortlos reichte ich ihr meine Streichhölzer, und sie zündete sich eine Zigarette an. Wir fuhren in tiefem Schweigen weiter, bis wir vor dem Gulfpride-Apartmenthaus anlangten.

»Ich schlage vor, daß wir das Taxi behalten. Das letzte Mal hab' ich mir die Beine in den Bauch gestanden, bevor ich eins erwischte, und wir werden wohl nicht lange oben bleiben.«

»Woher willst du das wissen? Glaubst du, ich bezahle den Kerl dafür, daß er hier herumsitzt und Löcher in die Luft starrt?« Sie kletterte schwerfällig aus dem Wagen. »Warten Sie, bis wir im Haus sind«, sagte sie zu dem Taxifahrer. »Wenn niemand da ist, fahren wir wieder mit Ihnen zurück.«

Der Mann beäugte das Zehncentstück, das Bertha ihm als Trinkgeld in die Hand gedrückt hatte, knurrte »okay« und lehnte sich in seinem Sitz zurück.

Bertha preßte ihren Daumen so kräftig auf den Klingelknopf, als wollte sie ihn platt drücken. »Liegt wahrscheinlich noch in den Federn«, schnaubte sie. »Wer weiß, wann sie nach Hause gekommen ist. Würde mich nicht wundern, wenn sie gestern nacht zu der Horde gehört hätte, die unter meinem Fenster den Radau machte. In diesem Viertel fängt das Nachtleben anscheinend erst gegen drei Uhr morgens an. Wie die Leute das aushalten, ist mir schleierhaft.« Sie klingelte noch einmal und ließ den Daumen eine halbe Minute auf dem Knopf.

Plötzlich ertönte der Summer. Ich stieß die Tür auf. Bertha drehte sich um und gab dem Taxifahrer durch ein Zeichen zu verstehen, daß er nicht länger zu warten brauchte. Dann ging sie vor mir durch die kahle, schäbige Halle und schob ihre hundertfünfundsechzig Pfund Lebendgewicht schnaubend und keuchend die steile Treppe hinauf. »Wenn wir oben sind, überläßt du das Reden am besten mir«, murmelte sie und schnappte nach Luft.

»Weißt du denn schon, was du ihr sagen willst?« erkundigte ich mich.

»Na, ich weiß jedenfalls, was ich für Hale herausfinden soll, und das ist die Hauptsache. Die Treppen in dieser verdammten Stadt sind die reinsten Hühnerleitern! Von Komfort haben die Leute wohl noch nie was gehört!«

»Es ist die zweite Tür rechts.«

Bertha erklomm die letzte Stufe, verschnaufte einen Moment lang und steuerte dann im Eiltempo auf die bewußte Tür zu. Sie wollte gerade anklopfen, als sie bemerkte, daß die Tür einen Spaltbreit offenstand. »Wir sollen wohl gleich 'reingehen«, entschied sie und gab der Tür einen Stoß.

»Moment mal.« Ich packte sie am Arm.

Die Tür schwang langsam auf. Zuerst sah man nur ein Paar merkwürdig verdrehte Füße, dann kamen die Beine zum Vorschein und schließlich der Körper und der Kopf. Es war ein Mann, der zusammengesunken auf einem Stuhl hing. Auf seiner weißen Hemdbrust war ein häßlicher dunkelroter Fleck. Ein angesengtes Sofakissen, das neben dem Stuhl auf dem Fußboden lag, verriet, daß der Täter es als Schalldämpfer benutzt hatte.

»Mein Gott«, flüsterte Bertha und trat hastig einen Schritt vor.

Ich packte sie noch fester und zerrte sie am Arm zurück. Sie fuhr wütend herum und wollte empört protestieren, aber als sie mein Gesicht sah, klappte sie ihren Mund wieder zu und starrte mich entgeistert an.

»Anscheinend niemand zu Hause«, sagte ich laut und drängte sie auf die Treppe zu. Bertha hatte noch immer nicht begriffen, was los war. Ich mußte sie mit Gewalt nach unten schleifen, weil sie alle zwei Stufen stehenbleiben und lange Reden halten wollte. Zum Glück kam sie schließlich so außer Atem, daß sie sich widerstandslos auf die Straße bugsieren ließ. Dort klemmte ich sie mir unter den Arm und eilte mit ihr die St. Charles Avenue entlang.

»Sag mal, was ist eigentlich in dich gefahren«, keuchte sie endlich entrüstet. »Der Mann ist ermordet worden, und wir hätten die Polizei benachrichtigen müssen.«

»Mach, was du willst«, sagte ich kurz. »In der Wohnung ist sowieso kein Telefon. Außerdem wärst du nicht mehr lebendig herausgekommen.«

Sie blieb wie angewurzelt stehen und starrte mich mit weit aufgerissenen Augen an. »Was, um alles in der Welt, soll das nun wieder heißen?«

»Du meine Güte, hast du's denn noch immer nicht kapiert? Irgend jemand muß doch den Summer bedient und die Tür oben so einladend offengelassen haben.«

»Wer denn?«

»Zweimal darfst du raten. Entweder war die Polizei schon da und lauerte auf verdächtige Besucher, oder der Mörder lag im Hinterhalt und wartete auf sein zweites Opfer. Ich tippe auf den Mörder.«

Sie dachte angestrengt nach. »Verflixt! Ich glaube beinahe, du hast recht. Aber damit ist ja noch nicht gesagt, daß er auf uns gewartet hat.«

»Nein, natürlich nicht. Aber das Ergebnis wäre das gleiche gewesen.«

»Was meinst du damit?«

»Wenn wir das Zimmer betreten hätten, wären wir ihm direkt in die Arme gelaufen. Dann hätte er sich's nicht mehr leisten können, uns wegzulassen.«

Bertha wurde nachträglich blaß vor Schreck, als ihr klar wurde, wie nahe sie ihrem letzten Stündlein gewesen war. »Ich werd' verrückt«, murmelte sie, ganz benommen. »Also deshalb hast du so laut durch die Gegend trompetet, daß niemand da ist.«

»Stimmt. Dort drüben ist eine Kneipe. Wir können von da aus die Polizei anrufen und gleichzeitig die Haustür im Auge behalten, um zu sehen, ob jemand 'rauskommt.«

»Wer war der Tote?« fragte Bertha, die sich mühsam gefaßt hatte. »Kennst du ihn?«

»Er rannte Roberta gestern abend die Bude ein, und wenn mich nicht alles täuscht, war sie davon keineswegs begeistert. Davor habe ich ihn schon einmal gesehen, und zwar im französischen Viertel.«

»Wann war das?«

»In der Nacht vor deiner Ankunft. Ich konnte nicht schlafen und trat ans Fenster. Er kam aus der Bar gegenüber in Begleitung zweier Frauen. Ein Bursche wartete mit dem Wagen auf sie.«

Erinnerungen an ihre eigenen nächtlichen Erfahrungen im französischen Viertel rüttelten Bertha auf. »Was? Gehörte er etwa zum Autohupenverein?«

»Und ob! Seinetwegen wurde das schlimmste Hupkonzert veranstaltet, das ich je erlebt habe.«

»Na, dann freut's mich, daß er tot ist.«

»Sei still! So was sagt man nicht mal im Scherz!«

»Wer, zum Kuckuck, hat denn behauptet, daß ich scherze! Es ist mein voller Ernst. Müssen wir nicht endlich die Polizei benachrichtigen?«

»Ja, aber das erledige ich auf meine eigene Methode.«

»Ach, und die wäre?«

»Komm mit. Ich zeig's dir.«

Wir gingen in die Kneipe, und ich fragte den Wirt mit erhobener Stimme, ob er die Freundlichkeit haben würde, uns ein Taxi zu bestellen. Er zeigte stumm auf die Telefonzelle neben der Tür und nannte mir die Nummer der Taxizentrale. Ich wählte, brachte mein Anliegen vor und erfuhr, daß der Wagen in zwei Minuten zur Stelle wäre. Ich wartete, bis ich draußen vor dem Lokal das Taxi hupen hörte, warf ein zweites Geldstück ein, wählte die Nummer der Mordkommission und sagte beiläufig: »Haben Sie einen Bleistift zur Hand?«

»Ja.«

»Gut. Dann notieren Sie: Gulfpride-Apartmenthaus in der St. Charles Avenue. Die Wohnungsnummer ist zwei-null-vier.«

»Na und? Wer spricht dort? Was wollen Sie?«

»Ich will einen Mord melden. Wenn Sie schnell ein paar Streifenwagen losschicken, schnappen Sie vielleicht sogar noch den Mörder. Anscheinend steht noch ein weiteres Opfer auf seiner Liste.«

»Sagen Sie mal, wer spricht dort eigentlich?«

»George.«

»George ...? Und weiter?«

»Washington.« Ich hängte ein und verließ die Kneipe. Bertha saß schon im Taxi. Ich schlenderte gemächlich über den Bürgersteig und ließ mir beim Einsteigen Zeit.

»Wohin?« fragte der Taxichauffeur.

Bertha war im Begriff, ihm unser Hotel anzugeben, aber ich kam ihr zuvor. »Zum Hauptbahnhof. Fahren Sie gemütlich. Wir haben keine Eile.«

Wir lehnten uns zurück und gondelten los. Bertha platzte förmlich vor Neugier, aber ich rammte ihr jedesmal, wenn sie den Mund aufmachte, meinen Ellenbogen zwischen die Rippen. Schließlich gab sie alle Versuche auf und begnügte sich mit erbosten Blicken. Am Bahnhof bezahlte ich den Fahrer, lotste Bertha durch die Halle, verfrachtete sie in ein anderes Taxi und nannte das Hotel ›Monteleone‹. Inzwischen stand Bertha mächtig unter Dampf. Sie kochte vor Wut, und ich kam mir langsam vor wie ein Dompteur im Löwenkäfig. Der Dressurakt hatte soweit geklappt, aber allmählich wurde er lebensgefährlich. Ich atmete auf, als wir vor dem ›Monteleone‹ anlangten.

Ich bugsierte Bertha in die Halle, drückte sie in einen bequemen Sessel, setzte mich neben sie und ermunterte sie freundlich: »Also, sag schon, was du auf dem Herzen hast. Sprich, worüber du willst – außer über das, was in der letzten halben Stunde passiert ist.«

Bertha sah mich empört an. »Das fehlte noch! Bildest du dir etwa ein, ich lasse mir von dir vorschreiben, worüber ich reden darf und worüber nicht? Was, zum Henker, fällt dir eigentlich ein ...«

»Was wir bis jetzt getan haben, ist nicht so wichtig. Das bekommt die Polizei vermutlich 'raus, wenn sie sich dahinterklemmt. Aber von jetzt an zählt jeder Schritt. Beherrsch dich also, bis wir in unserem Hotel sind. Dort kannst du von mir aus toben, soviel du willst.«

Bertha schnaubte verächtlich. »Sei nur nicht so verdammt

hochnäsig. Wenn sie uns bis hierher nachspüren, werden sie uns schließlich erwischen, verlaß dich drauf.«

»Nicht unbedingt.« Ich wartete, bis der Angestellte hinter dem Empfangsschalter zufällig in unsere Richtung blickte; dann stand ich auf, schlenderte hinüber, lächelte ihm einschmeichelnd zu und fragte: »Der Flughafenbus hält doch hier vor dem Hotel, nicht wahr?«

»Ja, er fährt in etwa einer halben Stunde ab.«

»Ist es gestattet, daß wir hier auf ihn warten?«

»Selbstverständlich«, antwortete er freundlich.

Ich bedankte mich und kehrte zu meinem Sessel zurück. Nach einer Weile ging ich zum Zeitungsstand hinüber, betrachtete ein paar Titelfotos, gab Bertha verstohlen einen Wink und steuerte auf den Drugstore zu. Auf dem Weg nach draußen warf ich ein Zehncentstück in einen Spielautomaten, wartete das Ergebnis ab und begab mich dann schnell auf die Straße. Bertha schnaufte hinter mir her. Sie war noch immer geladen.

»Wohin jetzt?« erkundigte sie sich gereizt.

»Zuerst ins Hotel. Dort packen wir unsere Siebensachen, bezahlen unsere Rechnung und ziehen aus.«

»Und dann?«

»Dann begeben wir uns in die Wohnung im französischen Viertel.«

»Alle beide?«

»Sicher. Du schläfst im Himmelbett und ich auf der Couch im Wohnzimmer.«

»Zum Kuckuck, was ist eigentlich los mit dir? Du benimmst dich, als hättest du den Kerl auf dem Gewissen.«

»Ich baue nur vor, weil die Polizei nämlich auf denselben Gedanken verfallen könnte.«

»Wieso?«

»Roberta arbeitet in einer Bank. Die Polizei wird sich ihren Chef vornehmen und ihn ausquetschen. Dabei wird sich herausstellen, daß sie gestern nachmittag eine Unterredung mit einem jungen Mann hatte, der sich als Privatdetektiv ausgab und Informationen in einer Erbschaftssache einholte. Derselbe junge Mann wartete um fünf vor der Bank, bestieg mit Roberta ein Taxi und begleitete sie in ihre Wohnung. Er befand sich noch immer dort, als der Ermordete dem Mädchen auf die Bude rückte. Es würde mich nicht wundern, wenn bei den

Ermittlungen herauskäme, daß der Ermordete notorisch eifersüchtig war.«

»Was ist mit Roberta?«

»Da gibt's drei Möglichkeiten. Erstens, sie hat den Kerl umgelegt und sich aus dem Staube gemacht. Zweitens, sie ist auch eine Leiche, und wir haben sie nicht gesehen, weil sie hinter der Tür lag. Drittens, sie war das nächste Opfer auf der Liste des Mörders und ist ihm entwischt.«

Bertha runzelte die Stirn. »Also, meiner Meinung nach sollten wir uns in ein Taxi setzen, zum Polizeipräsidium fahren und denen die ganze Geschichte auseinandersetzen.«

Ich blieb stehen, schwenkte sie herum und zeigte auf ein Taxi, das auf der anderen Straßenseite parkte. »Da drüben ist eins. Los, steig ein!«

Bertha starrte mich unschlüssig an.

»Los, mach schon! Worauf wartest du noch?«

»Du bist nicht dafür, Donald, wie?«

»Nein.«

»Warum nicht?«

»Weil ich mir nicht gern die Pfoten verbrenne.«

»Was willst du damit sagen?«

»Na, findest du es nicht auch komisch, daß Hale von New York nach Los Angeles gondelt, um uns für einen Job in New Orleans zu engagieren? Warum hat er sich nicht an ein Detektivbüro in New York oder in New Orleans gewandt?«

Bertha warf sich in die Brust. »Was soll dabei komisch sein? Er hatte eben Vertrauen zu uns. Wir waren ihm empfohlen worden.«

»Also: Weil er Vertrauen zu uns hat, zahlt er uns ein enormes Honorar plus Reisespesen und Tagegelder für einen Routineauftrag, den der mieseste Schnüffler in New Orleans ebenso schnell und wesentlich billiger erledigt hätte. Das schluck' ich nicht. Übrigens, ganz so vertrauensselig, wie du glaubst, ist er nun auch nicht. Sonst hätte er uns gesagt, wo Roberta Fenn steckt. Das wußte er nämlich die ganze Zeit.«

Bertha verschlug es die Sprache. Sie blickte mich starr an.

Ich nickte ihr zu. »Das ist die reine Wahrheit.«

Sie rang nach Luft. »Du mußt den Verstand verloren haben, Donald! Hale wird sich hüten, die Moneten seines Klienten für nichts und wieder nichts zum Fenster 'rauszuwerfen. Oder glaubst du etwa, er hat uns nur zum Vergnügen und aus purer Nächstenliebe eine Reise nach New Orleans spendiert?«

»Blech! Aber gerade weil ich seinen wahren Beweggrund nicht kenne, halte ich es für besser, die Polizei nicht ins Vertrauen zu ziehen. Du kannst ja hinfahren, wenn du unbedingt willst. Da drüben steht ein Taxi. Beeil dich, sonst schnappt's dir jemand weg.«

Ich setzte mich wieder in Bewegung. Nach kurzem Zögern eilte Bertha hinter mir her. »Deshalb brauchst du nicht gleich so patzig zu sein.«

»Keineswegs bin ich patzig. Ich hab' nur keine Lust, zwischen zwei Stühlen zu sitzen.«

»Aber womit willst du dich herausreden, falls die Polizei dich schnappt und mit dir Schlitten fährt, weil du den Mord nicht gemeldet hast?«

»Ich hab' ihn ja gemeldet.«

Sie dachte darüber nach. »Mag sein, aber gefallen wird ihnen das trotzdem nicht.«

»Das verlangt ja auch niemand von ihnen.«

»Zum Henker, Donald, nimm doch Vernunft an. Das kann verdammt brenzlig für dich werden«, warnte Bertha. Sie paßte sich automatisch meinem Tempo an und überlegte krampfhaft. Schließlich sagte sie: »Hör mal, Donald, diese Sache mit Hale wird bei dir allmählich zur fixen Idee. Du hast ihn von Anfang an vor den Kopf gestoßen mit deinen verrückten Fragen. Woher willst du eigentlich wissen, daß er Roberta Fenn schon gefunden hatte?«

»Weil der Kellner im ›Haus Bourbon‹ sie und Hale aus Jack O'Learys Bar 'rauskommen sah.«

»Ist das sicher?«

»So ziemlich. Der Kellner beschrieb ihn haargenau; er sagte, er hätte so ausgesehen, als hätte er was im Mund.«

»Wann war das?«

»Vor ungefähr einem Monat.«

»Dann weiß sie also über Hale Bescheid?«

»Nein. Sie hält ihn für einen Mann namens Archibald C. Smith aus Chicago, einen Versicherungsfritzen.«

Bertha seufzte. »Daraus werd' ich nicht klug. Das ist wieder einer von diesen verdammten spitzfindigen Fällen, auf die du so versessen bist. Mir können sie gestohlen bleiben.«

»Na, ich bin auch nicht gerade entzückt davon. Aber wir

können uns das lange Palaver schenken. Wir stecken bis zum Hals in der Sache drin. Damit mußt du dich abfinden.«

Sie schnaufte empört. »Also, der Kerl kann sich auf was gefaßt machen. Sobald wir im Hotel sind, ruf' ich ihn an und frag' ihn, was er ...«

»Du wirst nichts dergleichen tun«, unterbrach ich sie. »Vergiß nicht, daß Hale sich alle Fragen verbeten hat. Wir sollten Roberta Fenn ausfindig machen, mehr nicht.«

Bertha versank in abgrundtiefes Schweigen. Kurz vor dem Hotel hatte sie sich zu einem Entschluß durchgerungen, den sie mir umgehend mitteilte. »Ich fahre mit dem nächsten Zug nach Los Angeles zurück. Wir haben das Mädchen gefunden und uns die Erfolgsprämie verdient. Damit ist der Fall für mich abgeschlossen. Ich muß mich um unseren Bauauftrag kümmern. Der ist mir wichtiger.«

»Einverstanden.«

Sie sauste in die Halle und zum Empfangschef hinüber. »Wann geht der nächste Zug nach Kalifornien?«

Der Angestellte lächelte. »Der Portier wird Ihnen alle notwendigen Auskünfte erteilen ... Moment mal, sind Sie nicht Mrs. Cool?«

»Ja.«

»Sie sind gestern abend ausgezogen, wenn ich mich nicht täusche?«

»Stimmt.«

»Heute früh wurde ein Telegramm für Sie abgegeben. Wir haben's zurückgeschickt. Warten Sie einen Augenblick, vielleicht ist es noch nicht weg. Richtig, hier ist es.«

Er nahm es und händigte es Bertha aus. Sie riß es hastig auf und hielt es so, daß ich über ihre Schulter hinweg mitlesen konnte. Es war in der Nacht in Richmond aufgegeben worden und lautete:

Entschloß mich nach Telefongespräch mit Ihnen zur Rückkehr nach New Orleans. Nehme erste verfügbare Maschine.

Emory G. Hale

9

Wir gingen langsam auf einige Sessel zu. Bertha starrte noch immer auf das Telegramm in ihren Händen.

»Er kann jeden Moment hier eintreffen«, sagte ich. »Es gibt eine ganz frühe Maschine von New York. Richmond muß der Ort sein, wo er auf dem Hinflug zwischenlandete.«

»Ja«, antwortete Bertha zerstreut.

»Wenn er da ist, überlaß das Reden mir.«

Sie riß sich zusammen. »Da hast du recht, verdammt noch mal! Sprich du mit ihm. Bertha verfrachtet sich in das nächste Flugzeug und fliegt zurück nach Los Angeles. Falls Mr. Hale sich nach mir erkundigt, kannst du ihm ja sagen, ich müßte mich um einen dringenden Auftrag für die Wehrmacht kümmern. Von unserem Besuch in Robertas Wohnung wirst du ihm vermutlich nichts erzählen, wie?«

»Nein.«

»Mehr wollte ich nicht wissen.«

»Soll ich dich zum Flugplatz begleiten?«

»Kommt nicht in Frage. Das ist mir zu riskant. Du hast uns mit deiner verflixten Wichtigtuerei die Suppe eingebrockt. Jetzt kannst du sie auch allein auslöffeln. Zum Kuckuck, Donald, warum mußt du immer bohren und schnüffeln und alles ganz genau wissen! Du solltest eigentlich mittlerweile gelernt haben, daß nichts dabei herausspringt außer Unannehmlichkeiten. Aber wozu reg' ich mich überhaupt auf. Dir ist doch nicht zu helfen. Bertha verdrückt jetzt noch ein paar Nußwaffeln und verschwindet danach so schnell wie möglich aus New Orleans.«

»Was ist mit dem Schlüssel zum Apartment?«

»Ich lass' ihn in der Tür stecken. Auf Wiedersehen.«

Sie machte kehrt und verließ das Hotel.

Ich begab mich in den Speisesaal, stärkte mich mit einem ausgiebigen Frühstück, ging in mein Zimmer hinauf, machte mir's in einem Sessel bequem, legte die Füße auf einen zweiten und vertiefte mich in die Morgenzeitung.

Hale traf kurz nach zehn Uhr ein. Ich schüttelte ihm jovial die Hand. »Das ging ja erstaunlich schnell. Sie haben den Bogen 'raus.«

Er fletschte die Zähne und grinste. »Das kann man wohl sagen. Aber wenn man mit so fixen Arbeitern zu tun hat wie mit Ihnen beiden, muß man sich 'ranhalten. Wo steckt Mrs. Cool? Unten am Empfangsschalter sagte man mir, sie wäre ausgezogen.«

»Ja, sie wurde leider ganz plötzlich abberufen. Es handelt sich um einen anderen wichtigen Auftrag, der ihre Anwesenheit in Los Angeles unumgänglich macht. Sie läßt Sie grüßen.«

»Danke. Sie arbeiten wohl auch für den FBI-Fahndungsdienst?«

»Das hab' ich nicht behauptet.«

Er lächelte. »Wenn's der Fall wäre, würden Sie es mir vermutlich nicht auf die Nase binden.«

»Bestimmt nicht.«

»Mehr wollte ich auch nicht wissen. Trotzdem finde ich es bedauerlich, daß Mrs. Cool abgereist ist.«

»Sie meinte, daß sie hier sowieso überflüssig wäre, nachdem wir Roberta Fenn ausfindig gemacht haben.«

»Nun ja, bis zu einem gewissen Grad trifft das zu. Sie haben sich wirklich ganz erstaunlich ins Zeug gelegt. Ich hörte unten am Schalter, daß Mrs. Cool schon gestern ausgezogen ist. Dann ist sie wohl noch in der Nacht abgereist?«

»Nein, erst heute früh.«

»Aber sie hat nicht im Hotel geschlafen?«

»Nein. Sie hatte im französischen Viertel ein Apartment gemietet. Kennen Sie das Viertel?«

»Leider nicht. Wo liegt denn die Wohnung?«

»Das ist äußerst schwer zu beschreiben. Es ist eine von diesen verdammten Straßen, wo man dauernd im Kreis herummarschiert, um ein halbes Dutzend Ecken biegt, in ebenso vielen Innenhöfen landet und plötzlich ganz woanders 'rauskommt, als man vorhat. Aber die Wohnung würde Ihnen Spaß machen. Sie ist typisch für das Viertel.«

Pause. Dann ergriff Hale als erster das Wort. »Mrs. Cool hat mir gar nicht erzählt, daß sie so wichtige andere Aufträge ausführt.«

»Sie haben sie nicht danach gefragt, wie?«

»Nein.« Ich nickte. »Sie ist ziemlich zugeknöpft, sogar ihren Klienten gegenüber. Ich hab's noch nicht erlebt, daß sie freiwillig mit irgendwelchen Informationen herausgerückt wäre.«

Er warf mir einen hastigen Blick zu. Ich verzog keine Miene.

»Dann hat sie vermutlich nicht mit Miss Fenn gesprochen, oder?«

»Allerdings nicht«, erwiderte ich überrascht. »Wir nahmen an, daß Sie selbst mit ihr sprechen wollten. Anders konnten wir uns Ihr Telegramm nicht erklären.«

»Nun – ganz so war's nicht gemeint. Miss Fenn wohnt im Gulfpride-Apartmenthaus in der St. Charles Avenue, stimmt's?«

»Ja.«

»Gut. Dann würde ich vorschlagen, daß wir gleich hinfahren. Haben Sie schon gefrühstückt?«

»Aber ja.«

»Also, dann gehen wir.«

»Möchten Sie denn, daß ich bei der Unterredung dabei bin?«

»Ja, unbedingt.«

Wir nahmen uns ein Taxi und gondelten in Richtung St. Charles Avenue los. Ungefähr auf halbem Wege schob der Fahrer die Zwischenscheibe auf und fragte: »Ist das nicht das Haus, wo heute nacht jemand ermordet worden ist?«

»Welches Haus?« fragte ich zurück.

»Na, das Gulfpride.«

»Keine Ahnung. Wer wurde denn ermordet?«

»Irgend so ein Rechtsverdreher. Nostrander hieß er.«

»Nostrander?« wiederholte ich langsam. »Ich glaube nicht, daß ich diesen Namen schon mal gehört habe. Sind Sie sicher, daß es sich um einen Mord handelt?«

»So wurde mir's jedenfalls erzählt. Jemand hat ihn mit einer Achtunddreißiger umgelegt. Herzschuß.«

»In seiner Wohnung?«

»Nein. Sie haben die Leiche in der Wohnung von 'nem Mädchen gefunden.«

»Ach, eine Liebesgeschichte also?«

»Weiß ich nicht. Das Mädchen arbeitet bei einer Bank.«

»Ist sie auch tot?«

»Nein. Sie ist spurlos verschwunden.«

»Ihren Namen wissen Sie nicht zufällig, wie?«

»Moment mal – gehört hab' ich ihn. Einer von den Jungen hat ihn mir gesagt ... Es war ein ganz kurzer Name – so was wie Pen. Nein, das war's nicht, aber er klang ganz ähnlich. Warten Sie – Fenn. Ja, so hieß sie: Roberta Fenn.«

»Hält die Polizei sie für die Täterin?«

»Keine Ahnung. Ich weiß nur das, was ein Kollege am Taxistand erzählt hat. Er mußte einen Polizeifotografen 'rausfahren. Er sagte, es wäre ein scheußlicher Anblick gewesen. Hier ist das Gulfpride. Ein doller Betrieb, was?«

Hale wollte sprechen. Ich kam ihm zuvor. »Allerdings. Für einen Geschäftsbesuch scheint mir hier ein bißchen zuviel Betrieb zu sein. Wie wär's, wenn wir zuerst die andere Partei aufsuchten? Vielleicht legt sich der Rummel inzwischen. Wir können ja dann auf dem Rückweg hier vorsprechen.«

Hale räusperte sich. »Ja, dafür bin ich auch.«

»Also«, sagte ich zum Taxichauffeur, »dann fahren Sie uns bis zur Kreuzung Napoleon und St. Charles Avenue und lassen Sie uns dort 'raus.« Ich lehnte mich zurück und fügte mit lauter Stimme hinzu: »Unser Freund im Gulfpride dürfte sich im Moment mehr für den Mord als für Geschäfte interessieren. Vermutlich schwatzt er im Haus herum und sammelt den neuesten Klatsch ein. Ich glaube, es ist das beste, wenn wir unseren Besuch auf den Nachmittag verschieben.«

»Ist mir auch recht.«

Danach schwiegen wir, bis das Taxi an der Kreuzung hielt. »Soll ich warten?« fragte der Fahrer.

»Nein. Wir haben hier wahrscheinlich ein bis zwei Stunden zu tun.«

Ich gab ihm ein Trinkgeld, und er fuhr ab.

»Was machen wir nun?« erkundigte sich Hale.

»Wir warten auf die Straßenbahn und gondeln in die Stadt zurück.«

»Hören Sie mal zu, Lam«, sagte er erregt. »Ich möchte möglichst viel über diesen Mordfall herausfinden. Sie sind Privatdetektiv. Könnten Sie sich nicht an die verantwortlichen Beamten wenden und einige Erkundigungen einziehen über ...«

»Ausgeschlossen«, erklärte ich entschieden.

»Wieso? Arbeitet denn die Polizei nicht Hand in Hand mit Privatdetektiven?«

»Die Antwort darauf lautet klar und unmißverständlich: nein!«

»Mein lieber Lam, dieser Mord wirft alle meine Pläne völlig über den Haufen. Sind Sie dessen gewiß, daß es sich um dieselbe Roberta Fenn handelt, deren Foto ich Ihnen gegeben habe?«

»Ja.«

»Ich möchte wissen, wo sie steckt.«

»Das fragt sich vermutlich auch gerade die Polizei.«

»Glauben Sie, daß Sie sie aufspüren können?«

»Schon möglich.«

»Ich meine, bevor die Polizei an sie 'rankommt?«

»Vielleicht.«

Seine Miene hellte sich auf. »Wie würden Sie das anstellen, Lam?«

»Weiß ich jetzt noch nicht.«

Eine Straßenbahn ratterte um die Ecke und hielt. Wir stiegen ein und setzten uns. Ich merkte Hale an, daß er inzwischen einen Entschluß gefaßt hatte und darauf brannte, ihn mir mitzuteilen. Aber ich gab ihm keine Gelegenheit dazu. Ich saß steif auf meinem Platz und starrte unverwandt zum Fenster hinaus. Als wir am Gulfpride vorbeikamen, verrenkten wir uns beide den Hals. Es parkten noch immer eine stattliche Anzahl Wagen vor dem Haus. Auf dem Bürgersteig standen Neugierige herum, steckten die Köpfe zusammen und schwatzten. Hale holte tief Luft. »Lam, ich hab's mir überlegt. Ich fahre nach New York zurück. Sie können die Ermittlungen hier weiterführen und mir ab und zu Bericht erstatten.«

»Sie sollten sich lieber ein Zimmer nehmen und ausschlafen.«

»Na ja, aber ich fürchte, hier käme ich doch nicht richtig zur Ruhe.«

»Warum denn nicht? Die Wohnung, die Mrs. Cool gemietet hat, steht Ihnen jederzeit zur Verfügung. Sie können da sofort einziehen und sich aufs Ohr legen, wenn Sie Lust haben. Niemand wird Sie stören. Sie brauchen nur dic Tür hinter sich abzuschließen, und Sie haben Ihre Ruhe.«

Mein Vorschlag schien ihm einzuleuchten.

»Außerdem«, fügte ich nach einer Pause hinzu, »ist die Wohnung auch sonst recht interessant. Roberta Fenn hat dort ein paar Monate lang gewohnt – unter dem Namen Edna Cutler.«

Er fuhr hoch und starrte mich verblüfft an. »Haben Sie sie auf diesem Wege ausfindig gemacht?«

»Ich bekam da einige Hinweise, ja.«

Hale sah mich beunruhigt an. »Es ist direkt unheimlich, Lam, wie Sie sich an die Dinge heranpirschen – wie eine Eule. Als könnten Sie im Dunkeln sehen.«

Ich lachte.

»Vielleicht wissen Sie viel mehr über Miss Fenn, als Sie mir mitgeteilt haben.«

»Sie haben mir den Auftrag gegeben, sie aufzuspüren, oder?«

»Gewiß.«

»Gut, ich habe sie aufgespürt. Unser Geschäftsprinzip ist, Resultate zu liefern und unseren Klienten langweilige Rechenschaftsberichte zu ersparen.«

Er lehnte sich zurück und schüttelte den Kopf. »Sie sind wirklich ein höchst ungewöhnlicher junger Mann, Lam. Es ist mir schleierhaft, wie Sie es fertiggebracht haben, in so kurzer Zeit so viel herauszubekommen.«

»Hier müssen wir aussteigen. Das letzte Stück laufen wir. Es sind nur noch fünf Minuten.

Hale war von der Einrichtung und den altmodischen, hohen Räumen sehr angetan. Er trat auf den Balkon hinaus, besichtigte die Blumen und die nähere Umgebung, probierte die Matratze aus und murmelte: »Ja, ich glaube, hier werde ich gut schlafen. Sehr gemütliches Quartier. Hier hat also auch Roberta Fenn gehaust – das war wirklich eine gute Idee von Ihnen, Lam!«

Ich verabschiedete mich, eilte die Treppe hinunter, suchte eine Telefonzelle auf und machte mich an die Arbeit. Nach einer halben Stunde hatte ich über ein Detektivbüro in Little Rock herausgebracht, daß die Anschrift, die Edna Cutler auf ihrem Brief an Roberta angegeben hatte, nur eine Deckadresse war. Das Turpitz-Gebäude war ein Bürohaus, und im Zimmer Nummer 935 hauste ein junges Mädchen, das Schreibarbeiten übernahm, Telefone beantwortete und Korrespondenz übermittelte. Die tatsächliche Anschrift der Kunden war ein streng gehütetes Geheimnis.

Ich sagte dem Mann in Little Rock, wir würden ihm einen Scheck schicken, und begab mich dann auf die Suche nach einem Vervielfältigungsbüro. Der Angestelltenstab bestand lediglich aus einer jungen Frau, die mich fragend anblickte. »Ich brauche tausend Werbeschreiben. Allerdings würde ich vorher gern ein Muster davon haben.«

»Aber sicher.«

»Gut. Wem könnte ich den Brief diktieren?«

Das Mädchen lächelte mir zu, griff nach Stenogrammblock und Bleistift und sagte: »Sie können beginnen. Ich bin nicht nur die Empfangsdame, ich bin auch die Schreibkraft.«

»Also dann! Auf geht's. Bitte schreiben Sie:

›Sehr verehrte gnädige Frau!

Ihre Freunde bewundern nicht nur Ihren Verstand, sondern auch Ihre schönen Beine. Natürlich wollen Sie sich die Bewunderung Ihrer Freunde erhalten, und wir möchten Sie dabei unterstützen.

Zu schönen Beinen gehören elegante Strümpfe. Das ist eine Tatsache, die niemand bezweifelt. Aber trotz des vielfältigen Angebots ist es schwer, den individuellen Strumpf zu bekommen.

Es ist uns ein Bedürfnis, Ihnen zu helfen. Wir verpflichten uns in einem Exklusivvertrag, Sie mit besonders aparten, hautaktiven Nylonstrümpfen zu versorgen. Es ist erstklassige japanische Ware. Das Schiff mußte in Mexiko notlanden, und es gelang uns, die gesamte Ladung zu erwerben. Wir verkaufen die Strümpfe zum Vorzugspreis und geben Ihnen eine Garantie von dreißig Tagen. Innerhalb dieser Frist können Sie uns defekte Stücke zurückschicken. Sie erhalten dafür ein neues Paar in derselben Farbe. Porto und Zollgebühren gehen zu unseren Lasten.

Falls Sie unser Angebot interessiert, brauchen Sie lediglich Ihren Namen und die genaue Anschrift sowie Größe und Farbe der gewünschten Strümpfe auf dem beiliegenden Bestellschein einzutragen. Stecken Sie ihn in den beigefügten Umschlag und werfen Sie ihn in den Briefkasten. Sie verpflichten sich damit zu nichts.«

»Ist das alles?« murmelte das Mädchen und sah auf.

»Ja. Unterschrift: ›Amex-Strumpfimport‹. Außerdem müssen Sie den Bestellschein und eine Farbskala entwerfen.«

»Wieviel Exemplare benötigen Sie?«

»Tausend Stück. Aber vorher hätte ich ganz gern zwei Muster.«

»In Ordnung.« Sie betrachtete mich forschend. »Und jetzt möchte ich wissen, was Sie mit diesem Schwindel bezwecken?«

Ich starrte sie stumm an.

»Nun, wann sind jemals Strümpfe aus Japan importiert worden?«

Ich grinste. »Sie sind ein verdammt helles Mädchen. Hoffentlich sind die Leute, die die Briefe bekommen, nicht so auf Draht. Ich bin Privatdetektiv und möchte jemanden hinter einer Deckadresse hervorlocken.«

Sie musterte mich von oben bis unten. Das verdutzte Staunen in ihren Augen verwandelte sich in stille Hochachtung. »Donnerwetter! Der Trick ist gut. Sie sind also Detektiv?«

»Ja, und sagen Sie mir nicht, daß man mir das nicht ansieht. Ich hab's allmählich satt, mir das laufend unter die Nase reiben zu lassen.«

»Machen Sie sich nichts daraus! In Ihrem Beruf ist das ein Aktivposten. Sie sollten stolz darauf sein. Wieviel Exemplare brauchen Sie nun wirklich?«

»Nur zwei. Die Briefe können ruhig ein bißchen verschmiert und unscharf sein, damit die Empfänger sich einbilden, es wären die letzten zwei von ein paar tausend. Sie können auch gleich die Umschläge adressieren. Der eine geht an Edna Cutler, Turpitz-Gebäude 935, Little Rock, Arkansas, und der andere an Bertha Louise Cool, Drexel-Gebäude, Los Angeles.«

Sie lachte und schwenkte die Schreibmaschine zu sich herum. »Sie sind wirklich gelungen. Kommen Sie in einer halben Stunde wieder her. Dann hab' ich sie fertig.« Sie zog eine Matrize ein und begann sofort wie wild zu tippen.

Ich schlenderte ein Stück die Straße entlang, kaufte mir eine Zeitung, setzte mich in eine Imbißstube und studierte den Mordbericht.

Obwohl über den Fall noch nicht viel bekannt war, erwies er sich jetzt schon als Knüller. Paul G. Nostrander, ein vielversprechender junger Anwalt, war in der Wohnung von Roberta Fenn erschossen aufgefunden worden. Das Mädchen arbeitete als Sekretärin bei einer Bank und war spurlos verschwunden. Die Polizei hatte die Wohnung durchsucht und festgestellt, daß Miss Fenn nichts mitgenommen hatte, nicht einmal ihre Handtasche. Die Tasche lag in ihrem Schlafzimmer auf dem Toilettentisch und enthielt außer dem Geld auch die Haus- und Wohnungsschlüssel. Man rechnete damit, daß sich das Mädchen innerhalb von vierundzwanzig Stunden der Polizei stellen würde, sofern es nicht vom gleichen Schicksal betroffen worden war wie Paul Nostrander. Die Beamten von der Mordkommission vertraten offenbar zwei Theorien: erstens, daß der Mörder Roberta Fenn mit Waffengewalt entführt hatte, oder zweitens, daß Miss Fenn gegen Morgen nach Hause gekommen war, beim Anblick der Leiche von Panik erfaßt wurde und Hals über Kopf flüchtete. Es gab natürlich noch die dritte Möglichkeit, daß Roberta selbst den Anwalt umgelegt und sich danach aus dem Staub gemacht hatte.

Anscheinend leuchtete der Polizei die gewaltsame Entführung am meisten ein.

Im Zusammenhang mit dem Mord fahndete man nach einem gut aussehenden jungen Mann in einem graukarierten Zweireiher, der Roberta Fenn am Abend vorher von der Arbeit abgeholt hatte. Zeugen hatten beobachtet, daß die beiden in einem Taxi davonfuhren. Die Polizei hatte eine recht genaue Personenbeschreibung von ihm: Größe ein Meter achtundsechzig; Gewicht zirka hundertdreißig Pfund; dunkles, gewelltes Haar; scharfe graue Augen; etwa neunundzwanzig Jahre alt; grauer Zweireiher, braun-weiße Sportschuhe.

Nostrander war seit fünf Jahren als Anwalt tätig. Er war dreiunddreißig Jahre alt, und seine Kollegen rühmten vor allem seine außergewöhnliche geistige Wendigkeit und sein Fingerspitzengefühl in heiklen Fällen. Er war unverheiratet und hatte keine Verwandten außer einem älteren Bruder, der eine leitende Stellung bei einer Reederei innehatte. Der Tote hatte keine Feinde gehabt. Seine zahlreichen Freunde hatten sein plötzliches Hinscheiden mit Entsetzen aufgenommen.

Der Mord war mit einem Colt verübt worden. Laut ärztlichem Befund mußte der Tod auf der Stelle eingetreten sein. Der Schuß hatte das Herz getroffen. Aus der Lage der Leiche und der Waffe ging einwandfrei hervor, daß es sich um einen vorsätzlichen Mord handelte. Allerdings schloß die Polizei einen Selbstmordpakt zwischen Roberta Fenn und Nostrander nicht ganz aus. Das Mädchen hatte möglicherweise nach dem Tod seines Geliebten die Nerven verloren und nicht mehr die Kraft aufgebracht, sich das Leben zu nehmen.

Laut Polizeibericht gab es nur einen Zeugen für die genaue Tatzeit. Es handelte sich um eine junge Frau, Miss Marilyn Winton, Animierdame in der Bar von Jack O'Lantern, deren Wohnung in demselben Stockwerk lag, direkt gegenüber von Miss Fenns Apartment. Ein befreundetes Ehepaar hatte Miss Winton in der Mordnacht nach Hause gefahren. Als Miss Winton die Haustür aufschloß, glaubte sie einen Schuß zu hören. Sie kehrte sofort um, ging zum Wagen zurück und fragte ihre Freunde, ob sie den Knall auch gehört hätten. Das Ehepaar verneinte. Da der Täter ein Kissen als Schalldämpfer benutzt hatte, erschien diese Aussage durchaus einleuchtend. Miss Winton verabschiedete sich von ihren Freunden und ging ins Haus. Weil sie noch immer ein wenig beunruhigt war, warf sie einen Blick auf ihre Uhr. Es war genau sieben Minuten nach halb drei. Ihrer Schätzung nach waren seit dem Schuß höchstens fünf Minuten vergangen.

Auf welche Weise die Polizei das Verbrechen entdeckt hatte, wurde in dem Bericht nicht erwähnt. Von einem anonymen Anruf war nirgends die Rede. Es hieß lediglich, zwei Beamte wären bei einer ihrer routinemäßigen Streifenfahrten zufällig auf die Leiche gestoßen. Da sich der Mord hinter einer dicken Hausmauer und mehreren Zwischenwänden in einer Wohnung im zweiten Stock abgespielt hatte, mußten die beiden Beamten einen erstaunlichen Scharfblick entwickelt haben. Aber das Publikum schluckt ja alles.

Nach der Lektüre des Polizeiberichts zündete ich mir eine Zigarette an und schlenderte zu dem Vervielfältigungsbüro zurück. Ethel Wells, die junge Dame mit dem scharfen Verstand, hatte die beiden Briefe fertig.

»Sie sehen ganz überzeugend aus, wie?« fragte ich.

Sie nickte.

Ich grinste. »›Amex-Strumpfimport‹ macht sich wirklich gut. Jetzt brauche ich nur noch eine plausible, einwandfreie Adresse.«

»Für drei Dollar im Monat dürfen Sie mein Büro als Deckadresse benutzen. Ich hebe die Post für Sie auf, und Sie holen sie sich von Zeit zu Zeit ab. Oder ich kann sie Ihnen auch zuschicken, wenn Ihnen das lieber ist.«

»Kann ich mich auf Ihre Verschwiegenheit wirklich verlassen?«

Sie lachte. »Wie höflich Sie sind! Sie wollen vermutlich wissen, ob ich den Mund halten kann, falls jemand auf die Idee kommt, neugierige Fragen zu stellen?«

»Stimmt.«

»Wenn aber jemand von der Post hier aufkreuzt?«

»Dann sagen Sie ihm die Wahrheit, nämlich, daß Sie weder meinen Namen noch sonst was von mir wissen.«

Sie dachte darüber nach. »Abgemacht. Ich schweige wie ein Grab. Wie heißen Sie eigentlich?«

Ich lächelte und schüttelte den Kopf. »In Ihrem Kassenbuch können Sie mich unter ›Moos‹ führen. Schließlich verdienen Sie durch mich drei Dollar im Monat mehr, von den Kosten für die Schreibarbeit ganz zu schweigen.«

10

Pfeifend ging ich zum Hotel zurück und begab mich auf mein Zimmer, setzte mich ans Fenster und dachte nach. Bertha Cool schwebte irgendwo in den Wolken zwischen New Orleans und Los Angeles. Elsie Brand kümmerte sich in Berthas Abwesenheit um die Geschäfte. Die Gelegenheit war günstig.

Ich nahm den Hörer ab und verlangte eine Verbindung mit unserem Büro in Los Angeles. Nach fünf Minuten meldete sich Elsie mit ausdrucksloser, geschäftsmäßiger Stimme: »Hallo.«

»Hallo, Elsie. Hier ist Donald.«

»Oh, hallo, Donald.« Sie schaltete auf eine zwanglose, persönliche Tonart um. »Ich dachte, Bertha wollte mich sprechen. Wie geht's? Gibt's was Neues?«

»Dasselbe wollte ich Sie fragen.«

»Wieso?«

»Bertha faselte die ganze Zeit etwas von wichtigen Aufträgen und einem Baukontrakt.«

»Wußten Sie nichts davon?«

»Nein.«

»Die Sache läuft seit etwa sechs Wochen. Ich dachte, Sie wären im Bilde.«

»Ich hatte keine Ahnung. Was steckt eigentlich dahinter?«

Sie lachte und antwortete ausweichend: »Bertha hält's vermutlich für eine gute Geldanlage.«

»Hören Sie, Elsie, man arbeitet nicht jahrelang mit Bertha zusammen, ohne daß nicht ein paar von ihren liebenswürdigen Eigenschaften auf einen abfärben. Ich hab' Sie nicht angerufen, um mit Ausflüchten abgespeist zu werden. Dazu ist mir das Ferngespräch zu teuer. Also, was soll das Ganze?«

»Warum fragen Sie nicht Bertha danach, Donald?«

»Ich werde gleich verdammt ungemütlich, Elsie«, sagte ich.

»Aber, Donald, so machen Sie sich doch selbst einen Vers darauf. Sie haben doch genügend Grütze im Kopf. Was kann denn Bertha dazu veranlaßt haben, Heeresaufträge zu übernehmen? Denken Sie mal darüber nach und hören Sie auf, mich zu löchern. Ich will meinen Job nicht verlieren, und Bertha versteht in diesem Punkt keinen Spaß.«

»Sucht sie einen Vorwand, um mich von einer Militärübung loszueisen? Ist das der Grund?«

Am anderen Ende der Leitung herrschte Schweigen.

»Ist das der Grund, Elsie?« wiederholte ich.

»Wir haben hier sehr schönes Wetter«, antwortete sie. »Eigentlich dürfte ich Ihnen das ja gar nicht erzählen, denn es ist Dienstgeheimnis.«

»Wirklich?«

»Ihre drei Minuten sind um«, unterbrach die Vermittlung.

»Sie haben gewonnen«, sagte ich zu Elsie. »Auf Wiedersehen.«

»Wiedersehen, Donald. Viel Glück.«

Ich lehnte mich zurück, legte die Füße auf einen Sessel und dachte über Elsies Andeutungen nach. Das Telefon riß mich aus meiner Grübelei. Ich nahm den Hörer ab und sagte: »Hallo.« Eine männliche Stimme erkundigte sich vorsichtig: »Sind Sie Mr. Lam?«

»Ja.«

»Sie sind Privatdetektiv, und Ihre Agentur befindet sich in Los Angeles, stimmt's?«

»Ganz recht.«

»Ich möchte Sie sprechen.«

»Wo sind Sie denn?«

»Unten in der Halle.«

»Wer sind Sie überhaupt?«

»Wir sind einander schon begegnet.«

»Ihre Stimme kommt mir allerdings bekannt vor, aber ich kann mich im Moment nicht daran erinnern, bei welcher Gelegenheit . . .«

»Wenn Sie mich sehen, wird es Ihnen wieder einfallen.«

Ich lachte. »Gut. Kommen Sie 'rauf.«

Jetzt galt es, schnell zu handeln. Ich knallte den Hörer auf die Gabel, schnappte mir meinen Hut, den Mantel und die Aktenmappe, steckte den Zimmerschlüssel ein, schlug die Tür hinter mir zu und eilte den Korridor entlang. Kurz vor dem Liftschacht schaltete ich auf normale Gangart, schlenderte weiter, bog um eine Ecke und wartete. Der Fahrstuhl landete mit einem Ruck. Die Tür glitt auf. Ich spähte um den Mauervorsprung.

Leider sah ich nur einen Rücken, einen Hinterkopf und ein Paar Beine in maßgeschneiderten Hosen, aber das alles kam mir irgendwie bekannt vor. Die Polizei konnte es nicht sein. Polizisten treten immer paarweise auf. Außerdem kannte ich keinen einzigen der hiesigen Beamten. Sehr erleichtert verließ ich meinen Beobachtungsposten und stelzte hinter dem Mann her. Als er nach links bog, erhaschte ich einen Blick auf sein Gesicht. Es war Marco Cutler.

Cutler klopfte gerade zum zweitenmal an meine Tür, als ich neben ihm auftauchte. »Oh, guten Tag, Mr. Cutler.«

Er fuhr erschrocken zusammen. »Ich dachte, Sie wären in Ihrem Zimmer.«

»Ich? Aber nein, ich komme eben von unten.«

Er betrachtete die Aktenmappe, den Hut, den Mantel. »Merkwürdig. Ich habe gerade bei Ihnen angerufen und hätte schwören können, daß ich Ihre Stimme hörte.«

»Muß die falsche Nummer gewesen sein.«

»Ausgeschlossen. Ich habe der Zentrale ganz deutlich Ihre Nummer genannt.«

Ich trat ein paar Schritte zurück und senkte die Stimme: »Sie haben tatsächlich mit jemandem gesprochen?«

Er nickte beklommen.

»Da stimmt was nicht. Kommen Sie.« Ich nahm seinen Arm und zog ihn von der Tür weg. »Wir wollen uns den Hoteldetektiv vorknöpfen.«

»Meinen Sie ... Glauben Sie, daß es ein Einbrecher war?«

»Ich tippe eher auf die Polizei. Sie haben Ihren Namen nicht angegeben, oder?«

Ihm war offenbar äußerst flau zumute. »Nein – zum Glück nicht. Machen wir lieber, daß wir wegkommen.«

Wir setzten uns in Bewegung. »Jetzt wundert's mich nicht mehr, weshalb mir Ihre Stimme so fremd vorkam«, gestand er.

»Wie haben Sie mich eigentlich ausfindig gemacht?«

»Ach, das ist eine ziemlich komische Geschichte. Heute vormittag suchte ich Ednas ehemalige Wirtin auf, um mir das Apartment zu sichern. Da ich wußte, daß Sie die Wohnung nur für eine Woche genommen hatten, bot ich ihr das Doppelte der jetzigen Miete, um ...«

»Den Schmus können Sie sich schenken. Weiter.«

»Ich sagte der Hauseigentümerin, meine Frau Edna hätte eine Zeitlang in dem Apartment gewohnt. Sie bestätigte das und erklärte sich sogar bereit, diese Tatsache vor Gericht zu bezeugen. Daraufhin zeigte ich ihr ein Foto meiner Frau und bat sie, es zu identifizieren. Sie behauptete, das wäre nicht die Edna Cutler, der sie die Wohnung vermietet hätte, und im Lauf einer etwas erregten Auseinandersetzung stellte sich heraus, daß Sie vor ein paar Tagen bei ihr aufgekreuzt waren mit einem Foto der wirklichen Mieterin. Die Frau sagte, sie hätte das Foto auf den ersten Blick wiedererkannt.

Das machte mich natürlich stutzig. Ich begab mich zu der Wohnung, um mit Ihnen zu sprechen. Als sich auf mein Klopfen niemand meldete, verlor ich die Beherrschung und trommelte gegen die Tür. Nach einer Weile rief von drinnen ein Mann, ich sollte mich wegscheren und ihn nicht länger stören. Aber als ich auf einer Unterredung bestand, öffnete er schließlich ziemlich unwirsch die Tür. Ich hatte mit Ihnen oder mit der dicken Frau gerechnet. Der Mann war eine Überraschung für mich.«

»Wie erklärten Sie ihm denn Ihr stürmisches Vorgehen?«

»Ich entschuldigte mich natürlich bei ihm. Im übrigen sagte ich ihm nur, was ich auch Ihnen bei unserer ersten Begegnung erzählte. Dann fragte ich ihn, ob er wüßte, wo ich Sie erreichen könnte.«

»Was antwortete er Ihnen darauf?«

»Er nannte mir Ihr Hotel und sagte, Sie wären ein ausgezeichneter Detektiv. Ich glaube, er wollte Ihnen einen Auftrag verschaffen, denn er konnte Sie gar nicht genug herausstreichen. Sie werden begreifen, daß mich das alles ein wenig merkwürdig berührte. Ich hatte allmählich den Eindruck, daß Sie – daß Sie ...«

»Daß ich jemanden 'reinzulegen versuchte«, ergänzte ich.

»Nun ja.«

»Ist das alles?«

»Freilich. Mir genügt's jedenfalls.«

»Mir nicht.« Ich betrat den Fahrstuhl. »Wir können uns unten in der Halle weiter darüber unterhalten.«

»Aber da sitzen wir ja direkt auf dem Präsentierteller.«

»Eben. Das ist genau der richtige Platz, wenn man nicht auffallen will.«

»Aber was geschieht mit dem Fremden in Ihrem Zimmer?«

»Wir werden dem Hoteldetektiv einen Wink geben.«

Cutler war von diesem Vorschlag nicht begeistert. Er zog sich vorsichtig zurück, als ich mir den Hausdetektiv schnappte und ihm die Sachlage auseinandersetzte. Ich drückte dem Burschen meinen Zimmerschlüssel in die Hand und sagte ihm, er solle hinaufgehen und selbst nachsehen.

Dann nickte ich Cutler auffordernd zu. »Erledigt. Jetzt können wir uns in aller Ruhe unterhalten.«

Aber Cutler hatte sich von seinem Schrecken noch nicht erholt. »Mein Gott, Lam ... Wenn es die Polizei ist?«

»Sie meinen die Leute in meinem Zimmer?«

»Ja.«

»Das hat nichts zu sagen. Die Polizei hat uns Privatdetektive nun mal auf dem Kieker. Daran gewöhnt man sich mit der Zeit.«

»Ja, aber vielleicht will man Sie verhören, und ich möchte nicht in Unannehmlichkeiten ...«

Ich grinste ihn an. »Sie scheinen die amtlichen Spielregeln nicht zu kennen. Wetten, daß der Hoteldetektiv nach fünf Minuten wieder auftaucht und mit glatter Miene behauptet, es wäre alles okay? Die Polypen lassen sich nämlich nicht gern dabei erwischen, wenn sie ohne Durchsuchungsbefehl in einem Zimmer herumschnüffeln. Vermutlich sind sie längst über alle Berge. Sie brauchen sich wirklich keine Sorgen zu machen.«

Cutler sah mich unschlüssig an. »Ich wollte, ich könnte Ihnen glauben, Lam.«

»Das können Sie. So was passiert einem dauernd. Es gehört praktisch zur Routine, und kein Privatdetektiv macht sich was daraus.«

Er dachte darüber nach. »Es wäre mir äußerst zuwider, wenn die Polizei sich mit meinen Privatangelegenheiten befaßte. Ich ziehe es vor, sie allein und ohne fremde Hilfe ins Lot zu bringen.«

»Das ist sehr löblich.«

Cutler schwieg einen Augenblick, dann räusperte er sich. »Offen gestanden, Mr. Lam, es gibt einige heikle Punkte, die ich nicht publik machen möchte.«

»Und die wären?«

»Meine Scheidung zum Beispiel.«

»Blech. Sie wurden von einem ordentlichen Gericht geschieden. Die Scheidung ist in den Akten vermerkt. Die diesbezüglichen Unterlagen sind vorhanden und jedermann zugänglich und ...«

»Gewiß. Aber das ist nicht alles«, fiel er ein und wand sich dabei mit offensichtlichem Unbehagen. »Sie vergessen meine Frau.«

»Wieso? Ich dachte, sie wäre verschwunden.«

»Die meine ich ja auch nicht.«

»Ach so! Jetzt kapiere ich. Sie haben sich wieder verheiratet, wie?«

»Ja.«

»Sie sitzen wohl ziemlich in der Klemme?«

»Klemme ist gar kein Ausdruck dafür. Mir steht das Wasser bis zum Hals.«

»Das klingt interessant. Erzählen Sie mir ein bißchen mehr darüber.«

»Es ist im Grunde die einfachste Sache von der Welt. Edna verließ mich und ging nach New Orleans. Nach einer Weile reichte ich die Scheidung ein. Solche Dinge brauchen Zeit, und ich war inzwischen meiner jetzigen Frau begegnet. Sobald wir den vorläufigen Bescheid hatten, fuhren wir nach Mexico und heirateten. Natürlich hätten wir damit warten müssen, bis das Urteil rechtskräftig war. Aber ich konnte ja nicht ahnen, daß Edna mir einen solch heimtückischen Streich spielen würde.«

»Ist Ihre jetzige Frau im Bilde?«

»Um Himmels willen, nein. Sie darf um keinen Preis etwas erfahren. Es könnte ihr Tod sein. Sie ist so sensibel. Angenommen, Goldring hat tatsächlich die falsche Edna Cutler erwischt, was für ein Ausweg bleibt mir dann noch? Was kann ich tun?«

»Nichts. Dann sind Sie jenseits aller Hilfe.«

»Ich würde einen guten Rat sehr hoch bezahlen, Mr. Lam.«

»Tut mir leid.«

Er stand auf. »Vergessen Sie mein Angebot nicht. Sollten Sie bei Ihren Ermittlungen auf irgend etwas stoßen, was mir von Nutzen sein könnte, dann lassen Sie es mich wissen. Meine Adresse kennen Sie ja. Ich bin nicht undankbar.«

»Gut, Mr. Cutler. Ich fürchte nur, daß die Rechnungen des Detektivbüros Cool & Lam der Dankbarkeit ihrer Klienten durchaus angemessen sind.«

Er lachte. »Na schön, wir wollen's also zunächst dabei belassen.«

Wir schüttelten einander die Hände, und dann wandte sich Cutler dem Hotelausgang zu.

11

Die Bar von Jack O'Lantern war ein Nachtklub wie alle anderen. Obwohl er im französischen Stadtviertel lag, hatte er nichts Typisches. Es gab die üblichen Vorführungen, ein halbes Dutzend Animierdamen und viele kleine Tische, die man in drei ineinandergehende, ziemlich triste Räume gepfercht hatte. Rechts und links vom Eingang hingen Glaskästen mit den Fotos der auftretenden Künstler.

Offensichtlich kam ich zu zeitig. Das Lokal war noch ziemlich leer. Es hatten sich erst ein paar Gäste eingefunden, Matrosen auf Landurlaub, einige Soldaten, drei oder vier ältere Paare, Touristen vermutlich, die keine Sehenswürdigkeiten verpassen wollten und sich deshalb schon früh am Abend Plätze sicherten.

Ich setzte mich an einen Tisch in einer Ecke und bestellte Cola mit Rum. Nachdem mich der Kellner bedient hatte, begann ich mit bekümmerter Miene in mein Glas zu starren. Der Trick wirkte. Es dauerte keine zwei Minuten, da hatte ich schon Gesellschaft. Eines der Mädchen schlenderte zu mir herüber und sagte aufmunternd: »Hallo, Trauerkloß.«

Gequält zwang ich mich zu einem Grinsen. »Hallo, Funkelauge.«

»Das klingt schon besser. Mir scheint, Sie brauchen jemanden, der Sie ein bißchen in Stimmung bringt.«

»Allerdings.«

Sie stellte sich neben einen Stuhl und wartete auf meine Einladung. Als ich mich erhob und sie höflich bat, bei mir Platz zu nehmen, sah sie mich überrascht an. Offenbar machte man hier nicht viele Umstände. »Wie wär's mit einem Drink?«

»Danke, schrecklich gern.« Ich schob ihren Stuhl zurecht. Sie warf einen Blick in die Runde, um festzustellen, ob die anderen Mädchen diese ungewöhnliche Aufmerksamkeit auch genügend beachteten.

Inzwischen war der Kellner lautlos aufgetaucht.

»Whisky und Wasser«, bestellte sie.

»Und was nehmen Sie?« fragte er mich.

»Danke, mein Glas ist noch nicht leer.«

»Wenn eines der Mädchen mit am Tisch sitzt, bekommen Sie für einen Dollar zwei Drinks. Sonst gibt es nur einen.«

Ich reichte ihm einen Dollar und einen Vierteldollar. »Bringen Sie den Whisky und lassen Sie uns für eine Weile in Frieden.«

Er grinste, steckte das Geld ein und brachte dem Mädchen ein mittelgroßes Glas mit einer blassen, bernsteinfarbenen Flüssigkeit. Sie trank das Zeug in einem Zug hinunter und schob das leere Glas in die Mitte des Tisches, wo es beredt Zeugnis dafür ablegte, daß sie in puncto Alkoholika vernachlässigt wurde. Bevor sie es mir entreißen konnte, griff ich danach und schnupperte daran.

Sie sagte ärgerlich: »Ihr Schlaumeier kommt alle auf die gleiche Idee und haltet euch für wer weiß wie raffiniert. Natürlich ist es kalter Tee. Was haben Sie denn erwartet?«

»Kalten Tee.«

»Na, dann sind Sie jetzt wenigstens nicht enttäuscht. Wenn mein Magen das Zeug verträgt, brauchen Sie sich doch nicht aufzuregen.«

»Ich rege mich ja gar nicht auf.«

»Die meisten tun's.«

Aus meiner Rocktasche zog ich unauffällig einen Fünfdollarschein, zeigte ihn ihr, faltete ihn ganz klein zusammen und schob meine Hand langsam über den Tisch. »Ist Marilyn heute abend da?«

»Ja. Das Mädel da drüben am Klavier, das ist Marilyn. Sie beaufsichtigt uns und dirigiert uns an die verschiedenen Tische.«

»Hat Marilyn Sie hergeschickt?«

»Ja.«

»Was würde passieren, wenn wir Streit miteinander bekämen?«

»Das kommt nie vor. Zum Streiten gehören zwei, und solange Sie mich zum Trinken einladen, ist alles okay. Bestellen Sie keine Drinks mehr für mich und werden Sie ungemütlich, dann geh' ich einfach weg.«

»Angenommen, wir zwei vertragen uns nicht.«

»Dann würden Sie mich auch nicht einladen, stimmt's?«

»Vermutlich nicht.«

Sie grinste. »Eben. Wenn ein Mädel merkt, daß es überflüssig ist, verschwindet es unauffällig. Auf diese Art gibt's keinen Krach.«

»Würde Marilyn Sie zurückschicken?«

»Nein. Zuerst würde sie's mit einem anderen Mädel probieren, und falls das auch nicht zieht, würde sie Sie in Frieden lassen. Wenn das Lokal allerdings überfüllt ist und Ihr Tisch für andere Gäste gebraucht wird, wird man Sie auf die ruhige Tour 'rausekeln. Ist es das, was Sie wissen wollten?« Ihre Hand glitt langsam auf die meine zu.

»In etwa. Wie heißen Sie?«

»Rosalind. Was wollen Sie sonst noch?«

»Könnten Sie Marilyn dazu veranlassen, hierher zu kommen und sich an meinen Tisch zu setzen?«

Sie kniff nachdenklich die Augen zusammen und sah sich um. »Ich glaube, das ließe sich machen.«

»Wie?«

»Ich würde ihr sagen, daß Sie sich in sie verschossen haben und andauernd zu ihr 'rüberstarren und daß es bei Ihnen was zu verdienen gibt. Wir bekommen nämlich Prozente, und wenn das Geschäft flau ist, reißen wir uns um die guten Kunden.«

»Sie meinen also, Marilyn würde darauf anbeißen?«

»Ich könnte es jedenfalls versuchen.«

Ihre Finger berührten meine Hand, und der Fünfdollarschein wechselte seinen Besitzer.

»Sonst noch was?« fragte sie.

»Ist Marilyn eine gute Kraft?«

»Oh, sie ist soweit in Ordnung, aber in den letzten vier, fünf Wochen hat sie ziemlich nachgelassen. Sie vergaffte sich in einen Gast, und der wollte nichts von ihr wissen. Ein Mädchen in unserem Beruf darf sich nicht verlieben.«

»Wie wird man am besten mit ihr fertig? Was muß man tun, um bei ihr Eindruck zu erzielen?«

»Bei Marilyn?«

»Ja.«

Sie grinste. »Das ist doch kinderleicht. Spendieren Sie ihr möglichst viele Drinks und stecken Sie ihr heimlich ein paar Dollar zu. Bargeld lacht, und Marilyn ist auf Geld versessen.«

»Aber in den Burschen, den Sie gerade erwähnten, dürfte sie sich wohl kaum verliebt haben, weil er sie zum Trinken einlud, oder?«

»O nein. Ein Gast, der die Spendierhosen anhat, ist für sie nur ein Trottel, den man ausnehmen kann. Hören Sie mal, Sie haben doch nichts dagegen, wenn ich Ihnen einen Tip gebe?«

»Natürlich nicht. Im Gegenteil.«

»Sie sind ein netter Kerl, sonst würde ich's Ihnen nicht sagen. Nehmen Sie sich vor Marilyn in acht.«

»Ich möchte etwas von ihr.«

»Um so schlimmer. Lassen Sie sich nicht mit ihr ein.«

»Es handelt sich nur um ein paar Informationen.«

»Ach so.«

Wir schwiegen. Ich winkte den Kellner heran, gab ihm noch einmal einen Dollar und einen Vierteldollar Trinkgeld und sagte: »Bringen Sie der Dame noch einen Whisky.«

»Das hätten Sie nicht tun sollen«, belehrte sie mich, als der Kellner sich entfernt hatte.

»Warum denn nicht?«

»Weil Marilyn nicht auf den Schwindel 'reinfällt, wenn Sie mir zu viele Drinks spendieren. Sie weiß verdammt genau, daß es mir schnuppe ist, wen Sie anstarren, solange Sie mich zum Trinken einladen.«

»Die Prozente sind die Hauptsache, wie?« fragte ich lächelnd.

»Sicher. Ich bin nett, solange was dabei herausspringt. Oder bilden Sie sich etwa ein, es wäre Liebe auf den ersten Blick?«

Ich lachte.

»So komisch ist das eigentlich gar nicht«, fügte sie etwas wehmütig hinzu. »Sie sind ein feiner Kerl, das hab' ich gleich gemerkt. Männer, die uns wie Damen behandeln, erkennt man immer sofort ... Jetzt passen Sie auf, Marilyn dreht sich um. Los, starren Sie sie an. Ich tue so, als wäre ich böse.«

Mit betontem Interesse starrte ich zu Marilyn hinüber. Sie war hochgewachsen und schlank, hatte blauschwarzes Haar, tiefliegende dunkle Augen und einen üppigen, geschwungenen Mund, der sich wie eine scharlachrote Wunde in ihrem blassen Gesicht abhob. Plötzlich hielt sie in ihrer geschmeidigen Bewegung inne, als hätte das Mädchen an meinem Tisch ihr einen verstohlenen Wink gegeben, und sah mich einen Moment lang an. In ihren Augen brannte ein kaltes Feuer, aufreizend, fiebrig, unbarmherzig. Dann wandte sie sich langsam ab und blieb reglos stehen. Ihr hautenges rotes Abendkleid unterstrich die graziöse Linie ihres Körpers.

»Heute ist sie nicht ganz auf der Höhe«, sagte Rosalind. »Sie ist eine wichtige Zeugin in dem Mordfall.«

»Meinen Sie den Anwalt, der erschossen wurde?«

»Ja.«

»Teufel auch! Was hat denn Marilyn mit dieser Sache zu tun?«

»Sie hörte den Schuß, als sie gegen halb drei nach Hause kam.«

»Hat sie denn die Tatsache, daß jemand in ihrer unmittelbaren Nachbarschaft ermordet wurde, so angegriffen?«

»Ach, keine Spur. Aber die Polizei hat sie ganz früh aus den Federn gejagt und nach allen Regeln der Kunst ausgequetscht. Sie ärgert sich nur darüber, daß sie um ihren Schönheitsschlaf gekommen ist, das ist alles.«

»Trinkt sie?« erkundigte ich mich.

Das Mädchen sah mich plötzlich forschend an. »Sie sind ein Detektiv, oder?«

Ich zog erstaunt die Brauen hoch. »Aber nein. Wie kommen Sie nur darauf?«

»Doch, Sie sind einer. Sie wollen sie über die Schießerei ausfragen, stimmt's?«

»Mir ist im Leben schon manches passiert, aber Sie wollen doch nicht im Ernst behaupten, daß ich wie ein Detektiv aussehe?«

»Sie sehen nicht so aus, trotzdem sind Sie einer. Na, egal, Sie sind jedenfalls ein sehr netter Schnüffler. Deshalb will ich Ihnen schnell noch einen Tip geben. Marilyn ist so kalt wie eine Hundeschnauze, aber sie ist zuverlässig. Wenn sie sagt, daß sie den Schuß um halb drei gehört hat, dann stimmt das. Ihre Fragen werden daran nichts ändern. Das ist reine Zeitverschwendung.«

»Gut. Trotzdem möchte ich mit ihr sprechen. Sie werden das doch für mich arrangieren?«

Sie nickte. »Mir ist direkt ein Stein vom Herzen gefallen, seit ich weiß, daß Sie beruflich hier sind. Ich fürchtete schon, Sie hätten sich in sie verguckt.«

»Herrje! Das klingt ja, als hätte sie die Angewohnheit, ihre

Verehrer zum Frühstück zu verspeisen. Ich glaube, Sie übertreiben. Sonst hätte sie sich doch nicht in diesen Burschen verliebt. Wie ist das eigentlich passiert?«

»Ach, es ist direkt zum Lachen. Es begann mit dem üblichen Schmus, aber als er merkte, daß sie eine Schwäche für ihn hatte, zeigte er ihr plötzlich die kalte Schulter. Das brachte sie völlig aus dem Gleichgewicht. Sonst ist es nämlich immer gerade umgekehrt. Ihre anderen Verehrer drohen ihr mit Selbstmord und solchem Blödsinn und führen sich auf wie die Verrückten, wenn Marilyn sie abserviert. An Gleichgültigkeit ihr gegenüber ist sie nicht gewöhnt. Das hat sie umgeworfen.«

»Woher wissen Sie das alles?« fragte ich.

»Marilyn hat's mir erzählt.«

»Auch die Sache mit dem Schuß?«

»Ja.«

»Sie halten sie für glaubwürdig?«

»Unbedingt.«

Ich grinste sie an. »Schönen Dank, Rosalind. Sie haben mir alles erzählt, was ich wissen wollte. Ich glaube, ich brauche Marilyn nicht mehr zu bemühen.«

»Ja, aber ich hab' ihr schon ein Zeichen gegeben, und sie wird gleich herüberkommen. Sehen Sie mal, wie sie sich in Positur stellt. Gleich wird sie Ihnen über die Schulter zulächeln. Das macht sie immer. Diese Pose stammt aus einem Filmkalender.«

»Tut mir leid, daß sie ihre Reize umsonst verschwendet. Sie können ihr sagen, ich hätte es mir anders überlegt.«

»Sehe ich Sie wieder?« wollte sie wissen.

»Fragen Sie das alle Ihre Kunden?«

»Natürlich.« Sie sah mich mit kriegerischer Miene an. »Was bilden Sie sich eigentlich ein, zum Kuckuck noch mal! Daß ich an gebrochenem Herzen sterbe? So wachen Sie doch endlich auf, Mann! Sie sind mir ein schöner Detektiv!«

»Danke«, erwiderte ich trocken. »Übrigens ist es möglich, daß Sie mich im Lauf der nächsten Tage wiedersehen. Bis dahin alles Gute.«

»Wohin gehen Sie denn jetzt?«

»Weiß ich noch nicht. Muß mir die Beine vertreten: ein paar Details nachprüfen, Aufträge erledigen, Spuren nachgehen und dergleichen. Ich hasse diesen Kleinkram. Aber was will man machen?«

»Eben. Man muß schließlich leben. Hilf dir selbst und so weiter. Na, Sie wissen schon.«

»Gern sind Sie wohl nicht hier, wie?«

Sie zuckte mit den Schultern. »Nein. Aber es könnte schlimmer sein. Ich hab' ein Kind.«

»Dabei fällt mir ein: Die Informationen waren eigentlich zehn Dollar wert. Hier sind die anderen fünf. Machen Sie sich keine Sorgen. Das geht auf Spesen.«

»Im Ernst?«

Ich grinste. »Klar. Mein Chef ist großzügig.«

Leicht legte sich ihre Hand auf die meine. »Da sind Sie gut dran. Einen großzügigen Chef möchte ich auch mal haben.« Der Fünfdollarschein glitt in ihre Hand. Sie begleitete mich bis zur Tür. »Ich mag Sie gern. Kommen Sie bald mal wieder her.«

Wortlos nickte ich.

»Das sag' ich allen Kunden, aber diesmal meine ich's im Ernst.« An der nächsten Ecke winkte ich ein Taxi heran und fuhr zum Flughafen hinaus. Es handelte sich nur um ein geringfügiges Detail, das die Mühe kaum lohnte. Aber ein gewissenhafter Privatdetektiv geht auch den unscheinbarsten Spuren nach, egal, ob er sich etwas davon verspricht oder nicht.

Ich sah die Passagierliste ein und stellte fest, daß Emory G. Hale gestern um zehn Uhr dreißig nach New York geflogen und heute früh um acht Uhr dreißig wieder in New Orleans gelandet war. Aus den Eintragungen ging einwandfrei hervor, daß er beide Maschinen benutzt hatte.

Zufrieden gondelte ich zum Hotel zurück und legte mich schlafen. Meine Nachtruhe hatte ich mir redlich verdient.

12

Am folgenden Mittag, kurz vor zwölf, erklomm ich die Hühnerstiege zum Apartment. Hale war ausgegangen. Ich machte kehrt und stärkte mich im ›Haus Bourbon‹ mit einer ausgiebigen Mahlzeit, einer Kombination von Frühstück und Mittagessen. Eine Stunde später rückte ich Hale zum zweiten Male auf die Bude. Er war noch immer nicht da.

Darauf stiefelte ich bis zur St. Charles Avenue und unterzog das Gulfpride-Haus im Vorbeigehen einer möglichst gründlichen Prüfung. Anschließend begab ich mich in mein Hotelzimmer und tippte meinen Bericht fürs Büro, wobei ich an die genaue Aufführung der Ausgaben besonders viel Mühe verwendete. Bertha sollte auch ihre Freude haben.

Gegen vier Uhr machte ich mich wieder auf den Weg ins französische Viertel. Diesmal war Hale da. Er empfing mich mit offenen Armen und äußerst aufgeräumt. »Kommen Sie herein, Lam. Kommen Sie herein und setzen Sie sich. Freut mich, Sie zu sehen. Also, junger Mann, ich hab' mich mächtig für Sie ins Zeug gelegt. Ich hab' einen neuen Klienten für Sie aufgestöbert. Was sagen Sie dazu?«

»Danke.«

Wir sahen einander stumm an. Nach einer Weile fuhr er fort: »Das Apartment hier ist riesig interessant. Ich hab' mich ein bißchen darin umgesehen.«

»Wozu?«

»Na, ich dachte, ich könnte irgendeinen nützlichen Hinweis entdecken.«

»Nach fast drei Jahren?«

»Ich weiß, es ist ein bißchen lange her. Aber ich hatte ja sonst nichts vor. Solche alten Wohnungen sind oft eine wahre Fundgrube.«

»Mag sein.«

»Ich hab' auch schon eine Menge altes Zeug aufgestöbert – im Sekretär. Briefe und so was. Es ist nicht einfach, an den Kram 'ranzukommen. Er ist hinter die Schubladen gerutscht. Sie können mir helfen.« Er ging zum Schreibtisch hinüber und zog die oberste Schublade heraus. »Sie haben nicht zufällig eine Taschenlampe bei sich, wie?«

»Nein.«

»Schade. Ich hab's schon mit einem Streichholz versucht, aber das ist ziemlich gefährlich. Ein Funken, und das Zeug geht in Flammen auf.« Er entzündete ein Streichholz und hielt es in die dunkle Öffnung. »Sehen Sie selbst.«

Ganz hinten türmte sich ein Stapel vergilbter Papiere. Dann flackerte das Streichholz auf und erlosch. »Wenn wir die unteren Schubladen 'rausnehmen, müßten wir eigentlich an das Zeug 'rankommen«, sagte ich.

»Nein. Die unteren Schubladen sind kürzer, und dahinter befindet sich eine Zwischenwand. Passen Sie auf.«

Er zog noch eine Schublade heraus. Es stimmte. Sie war kürzer. Dahinter kam eine aus massivem Holz eingebaute Trennwand zum Vorschein und danach ein etwa fünfzehn Zentimeter breiter Hohlraum, der von der Rückwand des Schreibtisches begrenzt wurde. Vielleicht hatte dem Tischler eine Art Geheimfach vorgeschwebt. Mich erinnerte es allerdings mehr an einen Müllabladeplatz. Hale hatte mich jedoch mit seiner Neugier angesteckt. »Ich glaub' zwar nicht, daß der Kram mit unserem Fall was zu tun hat, aber wenn wir schon mal dabei sind, können wir das Zeug auch gleich ganz herausholen.«

»Ja, aber wie?«

»Wir machen den Sekretär leer und stellen ihn auf den Kopf.«

Hale machte sich wortlos an die Arbeit. Er räumte die Fächer aus und förderte eine Menge Kleinkram zutage, den die früheren Mieter zurückgelassen hatten. »Fertig?« fragte er dann.

Ich nickte.

Wir packten das schwere Möbel und zerrten es nach vorn. Während wir wie die Möbelpacker schufteten, sagte Hale keuchend: »Das ist noch solide Werkmannsarbeit. Übrigens, Lam, bin ich auch so ein Stück von einem Privatdetektiv. Wir Anwälte lernen die merkwürdigsten Menschen kennen, und das Studium der menschlichen Natur war von jeher meine Schwäche. Manchmal stößt man da auf ganz komische Sachen. – Jetzt müssen wir das Ding nach vorn kippen. Vorsichtig! So, das hätten wir. – Nach dem Tod einer Klientin fand ich mal einen Koffer voll alter Briefe. Hochinteressant, kann ich Ihnen sagen. Die alte Dame war achtundsiebzig Jahre alt geworden und hatte sämtliche Briefe aufbewahrt, die sie im Laufe ihres langen Lebens erhalten hatte. Ein paar hatten es in sich, pures Dynamit. – Passen Sie auf. Jetzt stellen wir das Möbel auf den Kopf. Nanu, da ist ja was Schweres drin!«

Es war in der Tat ein gewichtiger Gegenstand in dem Hohlraum. Er glitt rumpelnd an der Rückwand hinunter, krachte gegen die Holzverschalung und blieb irgendwo hängen. »Wir müssen das Ding hochheben und schütteln«, sagte ich.

Der Sekretär war verdammt schwer. Wir zerrten uns die Seele aus dem Leib, bevor wir ihn in die richtige Lage gebracht hatten. Als er schräg nach unten hing, plumpste der

Gegenstand heraus, gefolgt von einem Berg Papier, das raschelnd auf den Teppich flatterte. Wir schüttelten noch einmal kräftig, und Hale klopfte mit seiner Riesenpranke gegen die Rückwand des Schreibtisches. »Ich glaube, das war alles«, meinte er. Wir richteten das Möbel wieder auf und wandten uns dann dem Zeug auf dem Fußboden zu. Alte Briefe, vergilbte Zeitungsausschnitte und darunter – ein Revolver vom Kaliber 38. Hale und ich starrten ihn schweigend an.

Ich hob das Schießeisen auf und besah es mir. Vier Kammern waren geladen, zwei enthielten leere Patronenhülsen. Bis auf Rostflecke befand sich die Waffe in gutem Zustand.

»Das Ding muß aus der obersten Schublade in den Hohlraum gerutscht sein«, sagte Hale. »Der Eigentümer hat vermutlich vergessen, daß . . .«

»Augenblick mal«, warf ich ein. »Davon muß ich mich erst überzeugen.« Ich machte die Schublade zu und zog sie schnell wieder auf. »Ausgeschlossen. Der Zwischenraum ist zu schmal. Bei dem Papierkram ist das was anderes. Aber das Schießeisen kann niemals aus Versehen da hineingeraten sein. Mit anderen Worten, jemand hat es ganz bewußt dort versteckt.«

Hale zündete ein Streichholz an und stierte angestrengt in den Schreibtisch. »Sie haben recht, Lam.« Dann hockte er sich auf den Teppich und murmelte: »Und nun zu den Briefen.«

Sie waren wenig aufschlußreich, aber Hale amüsierte sich köstlich. Vor allem der verzweifelte Notschrei eines Mannes, dem das Wasser anscheinend bis zum Halse stand und der seinen Freund in bewegten Worten um zwanzig Dollar bat, hatte es ihm angetan. Er schmunzelte. »So etwas liebe ich. Der Schreiber hat furchtbar übertrieben. Ich würde dem Kerl nicht mal einen Dollar pumpen. Und hier die Klage eines sitzengelassenen Mädchens. Fleht den Schuft an, zu ihr zurückzukehren und sie zu heiraten. Rührend. Finden Sie nicht auch?«

»Ja«, antwortete ich zerstreut. Ich hatte mir einige Zeitungsausschnitte herausgegriffen, und sie entpuppten sich als eine höchst interessante Lektüre. »Hale, ich glaube, Sie hatten recht. Der Schreibtisch ist wirklich eine wahre Fundgrube.«

»Ja, finden Sie das auch?«

»Ich meine die Zeitungsausschnitte. Sie scheinen das Vorhandensein des Schießeisens zu erklären.«

Hale ließ den Brief fallen, in dem er gerade geschmökert hatte, und rief aufgeregt: »Donnerwetter! Tatsächlich?«

»Ich hab' hier einen fünf Jahre alten Ausschnitt aus der *Los Angeles Times.* Es handelt sich um den Mord an einem Mann namens Craig: Howard Chandler Craig, neunundzwanzig Jahre alt, unverheiratet, arbeitete als Buchhalter bei den Roxberry Estates.«

»Sie nehmen an, daß der Mörder flüchtete, hier untertauchte und ...« Hale fischte einen anderen Ausschnitt aus dem Haufen und begann ihn auseinanderzufalten, während ich den Bericht in der *Los Angeles Times* studierte. Als Hale erregt nach Luft schnappte, wußte ich, warum.

»Lam! Sehen Sie her!«

»Ich weiß, ich lese gerade darüber.«

»Aber hier ist ihr Foto!«

Ich betrachtete das ziemlich unscharfe Foto von Roberta Fenn. Es trug die Unterschrift: ›Die 21 Jahre alte Stenotypistin Roberta Fenn saß mit im Wagen, als sich der Überfall auf Howard Craig ereignete.‹

»Lam, ist Ihnen klar, was das bedeutet?«

»Nein.«

»Mir schon.«

»Mit Vermutungen ist uns nicht geholfen. Wir sollten lieber erst die Ausschnitte lesen, bevor wir uns auf kühne Hypothesen einlassen.«

Hale war als erster fertig. »Na?« fragte er.

»Nicht unbedingt.«

»Unsinn, Lam. Der Tatbestand liegt doch auf der Hand. Roberta Fenn war mit diesem Craig eng liiert. Wahrscheinlich wollte sie ihn heiraten, und er weigerte sich. Sie fuhr mit ihm, stieg unter irgendeinem Vorwand aus dem Wagen, ging auf die andere Seite hinüber und knallte ihn nieder. Dann versteckte sie die Waffe und schrie um Hilfe. Später tischte sie der Polizei das Märchen von dem maskierten Banditen auf, der sie überfallen und ausgeraubt hatte: Als er das Mädchen zum Mitgehen zwingen wollte, setzte sich Craig zur Wehr und mußte dran glauben. – Da sich um diese Zeit gerade eine ganze Reihe solcher Überfälle ereignet hatte, zwei davon mit tödlichem Ausgang, zweifelte kein Mensch an der Geschichte des Mädchens.« Hale wies mit einer melodramatischen Geste auf den Revolver und fügte triumphierend hinzu: »Aber das Vorhandensein der Waffe beweist eindeutig, daß es sich um einen kaltblütigen Mord handelte. Sie ist einmal unbehelligt davongekommen und – wahrhaftig – sie hat's noch ein zweites Mal versucht! Aber diesmal wird ihr das nicht gelingen.«

»Langsam. Es ist ja noch gar nicht 'raus, daß das der Revolver ist, mit dem Craig erschossen wurde. Das Kaliber besagt nicht viel.«

»Wollen Sie das Mädchen etwa in Schutz nehmen?« fragte er mißtrauisch.

»Ich will *Sie* vor einer Dummheit bewahren. Solche aus der Luft gegriffenen Beschuldigungen sind manchmal gefährlich. Sie als Anwalt sollten das eigentlich wissen.«

Hale nickte. »Nun ja, wir haben allerdings keinen Beweis dafür, daß die Zeitungsausschnitte und die Waffe zusammengehören.«

»Eben. Die Ausschnitte können versehentlich durch den Spalt gerutscht sein. Bei dem Revolver kommt das nicht in Frage. Der wurde absichtlich da versteckt.«

»Hm ... Das muß ich mir erst noch mal überlegen.«

»Tun Sie das. Vielleicht können Sie mir aber vorher noch mitteilen, warum Sie hinter Roberta Fenn her sind und wer Ihr Klient ist.«

»Nein. Das steht hier gar nicht zur Debatte.«

»Wieso nicht?«

»Weil ich es Ihnen sage. Seien Sie vernünftig, Lam. Sie kennen die Bedingungen für unsere Zusammenarbeit. Sie sind über Ihren Auftrag im Bilde. Das muß Ihnen genügen.«

»Na schön. Was nun den Auftrag betrifft: Ich hab' Roberta Fenn ja inzwischen gefunden.«

»Und gleich danach wieder verloren.«

»Das ist Ansichtssache. Sie kennen Bertha noch nicht sehr lange, wie?«

»Meinen Sie Mrs. Cool?«

»Stimmt.«

»Nein, eigentlich kenne ich sie überhaupt nicht.«

»Sie ist nämlich ziemlich hartgesotten.«

»Das stört mich nicht. Ich bin auch nicht von Pappe.«

»Sie haben uns den Auftrag erteilt, Roberta Fenn ausfindig zu machen«, erklärte ich geduldig. »Außerdem haben Sie uns eine Erfolgsprämie ausgesetzt.«

»Sicher. Das bestreite ich ja gar nicht.«

»Wir haben das Mädchen gefunden.«

»Zugegeben. Aber ein paar Stunden später war es wieder verschwunden.«

»Ich fürchte, Bertha wird diesen Einwand nicht gelten lassen. Sie wird auf den Vertrag pochen und behaupten, wir hätten unsere Pflicht erfüllt. Roberta Fenn wohnte nachweislich im Gulfpride-Haus. Daß sie aus ihrer Wohnung verduftet ist, geht uns nichts an.«

»Ich verstehe. Sie meinen, Mrs. Cool wird auf der Erfolgsprämie bestehen?«

»Genau.«

Er starrte mich an und begann plötzlich schallend zu lachen. »Das ist gut! Das ist wirklich gut! Verdammt noch mal, Lam, sie hat recht! Ich erinnere mich wieder an den Wortlaut unserer Vereinbarung. Mein Klient muß zahlen, daran ist nicht zu rütteln. Als Geschäftsmann bin ich eine Niete. Ach, du liebe Güte!« Er wischte sich die Lachtränen aus den Augen.

»Ich wollte Sie nur schonend darauf vorbereiten. Bertha nimmt kein Blatt vor den Mund. Sie kann verflixt unangenehm werden.«

»Das hab' ich bereits festgestellt. In Ordnung, Lam. Sie haben gewonnen. Ich werde Ihre Firma noch einmal unter Vertrag nehmen und für einen zweiten Bonus sorgen. Ihre Arbeitsweise gefällt mir. Nun aber zurück zu unserem Fund. Ich schlage vor, daß wir ihn der Polizei melden.«

»Wie wollen Sie der Polente die Sache erklären?«

»Keine Bange, Lam. Ich werde mich auf die nackten Tatsachen beschränken: daß mir der Sekretär besonders auffiel, weil ich mich für schöne antike Stücke interessiere, daß ich mir die Rückseite ansehen wollte und dabei bemerkte, daß irgend etwas Schweres gegen die Wand prallte. Daraufhin kippte ich ihn nach vorn und förderte dabei den Papierkram und die Waffe zutage. Natürlich möchte ich vor der Öffentlichkeit nicht als Schnüffler erscheinen, der Möbelstücke demoliert und fremde Briefe liest.«

»Aber Sie sind fest entschlossen, den Fund zu melden?«

»Ja, selbstverständlich.«

»Stört es Sie denn nicht, daß die Polizei dann genauso viel über den Fall weiß wie Sie?«

»Wieso? Nein. Warum auch?«

»Vermutlich haben Sie und Ihr Klient einen ziemlich triftigen Grund für Ihre Suche nach Roberta Fenn?«

»Natürlich. Ein Geschäftsmann neigt im allgemeinen nicht dazu, sein Geld sinnlos zum Fenster hinauszuwerfen.«

»Mir scheint, Sie begreifen noch immer nicht, worauf ich hinauswill.«

»Offen gestanden, nicht. Also, was haben Sie auf dem Herzen?«

»Wir wollen mal annehmen, jemand, Ihr Klient zum Beispiel, interessiert sich für Roberta Fenn. Er läßt es sich einen Haufen Geld kosten, sie ausfindig zu machen. Sie wird gefunden. Wenig später passiert in ihrer Wohnung ein Mord, und sie verschwindet spurlos von der Bildfläche. Bisher wurde sie von der Polizei nicht verdächtigt. Man nimmt an, daß sie von dem Mörder entführt wurde oder, von Panik erfaßt, flüchtete. Gut. Jetzt tauchen Sie mit ein paar alten Zeitungsausschnitten und einem angerosteten Revolver bei der Polizei auf. Was glauben Sie, was daraufhin geschieht? Die Polizei wird den Mordfall Craig wieder aufrollen. Man wird nach Roberta Fenn fahnden, und in jedem Kaff wird ihr Foto samt Steckbrief an den Mauern kleben. Die Zeitungen werden Ihre Entdeckung in Riesenschlagzeilen in die Welt hinausposaunen, und Roberta ist uns für ewig und alle Zeiten verloren. Oder bilden Sie sich etwa ein, daß wir noch eine Chance haben, wenn die Polizei von zwei Staaten, nämlich Louisiana und Kalifornien, Jagd auf sie macht?

Vermutlich werden wir erst an sie 'rankommen, wenn sie schon hinter schwedischen Gardinen sitzt. Falls Ihr Klient wirklich was aus ihr herausholen will, dann dürften sich die Gefängnisgitter als schwer umgehbares Hindernis erweisen.«

Er dachte ein paar Sekunden lang angestrengt nach und zwinkerte heftig mit den Augen. Plötzlich schob er mir das Schießeisen herüber. »Also, Lam, nehmen Sie es.«

»Ich nicht, danke. Ich habe nur den Auftrag, Roberta Fenn für einen Klienten zu suchen, dessen Namen ich nicht kenne. Sie sind der Obermanager.«

»Dann bleibt mir keine andere Wahl, als zur Polizei zu gehen. Als Anwalt bin ich dazu gezwungen.«

Langsam erhob ich mich und klopfte meine Hosen ab. »Gut. Ich habe Sie gewarnt. Machen Sie, was Sie wollen.«

Ich war auf halbem Wege zur Tür, als er mich zurückrief. »Vielleicht sollte ich mir die Sache doch noch ein wenig überlegen, Lam. Ich war wohl etwas voreilig.«

Darauf antwortete ich nichts.

»Schließlich ist ja noch gar nicht erwiesen, daß es sich um die Mordwaffe im Falle Craig handelt. Das war eine reine Vermutung von mir. Eigentlich haben wir der Polizei keine wesentlichen Tatsachen zu berichten. Wir haben lediglich in einem alten Sekretär einige Zeitungsausschnitte und einen Revolver entdeckt. Ich frage mich wirklich, ob es sich lohnt, den Fund an die große Glocke zu hängen.«

»Fertig?«

»Wieso?«

»Na, ich meine, haben Sie sich endlich davon überzeugt, daß Sie tun dürfen, was Sie gern tun möchten?«

»Zum Kuckuck, Lam, darum handelt es sich nicht. Ich erwäge nur das Für und Wider.«

»Schön, und wenn Sie damit fertig sind, teilen Sie mir vielleicht das Resultat Ihrer Erwägungen mit. Bis dahin alles Gute.« Ich wandte mich von neuem zur Tür.

»Lam!«

Ich drehte mich um. »Ja, was ist los?«

Diesmal verzichtete Hale auf alle Ausflüchte. »Wir wollen das Ganze vergessen. Ich werde nicht zur Polizei gehen.«

»Was geschieht mit dem Schießeisen?«

»Das stopfen wir mitsamt dem Papierkram wieder in den Schreibtisch. Wenn wir's brauchen, können wir es jederzeit von neuem entdecken.«

»Okay. Sie sind der Boß.«

Hale nickte und strahlte mich an. »Sie werden mir immer sympathischer, Lam. Jetzt möchte ich Sie noch um einen Gefallen bitten.« – »Und der wäre?«

»Aus den neuen Zeitungsberichten geht hervor, daß die Polizei einen Zeugen für die genaue Tatzeit in der Mordsache Nostrander hat. Ich glaube, es war eine junge Frau, die im gleichen Haus wohnt.«

»Stimmt. Sie hörte den Schuß.«

»Es wäre mir lieb, wenn Sie mich mit ihr bekannt machen könnten. Aber es muß ganz zwanglos wirken, verstehen Sie? Sie darf nicht ahnen, daß wir auf Informationen aus sind.«

Ich nickte. »Wir treffen uns heute abend um neun vor dem Jack-O'Lantern-Klub. Ich hab' die Sache schon eingefädelt.«

»Großartig, Lam. Ihr Scharfblick ist wirklich erstaunlich. Kennen Sie die junge Frau näher?«

»Nein. Also bis heute abend.« Ich steuerte auf die Tür zu. Unten auf der Straße warf ich einen Blick auf meine Uhr. In Kalifornien war es zwei Stunden früher. Elsie würde noch eine Weile im Büro sein. Ich schickte ihr ein Telegramm mit folgendem Text:

Howard Chandler Craig, ermordet vor fünf Jahren. Zusammenhang mit hiesigem Fall möglich. Benötige sämtliche Details sowie Informationen über das Privatleben des Opfers.

13

»Komisches Lokal«, äußerte Hale.

Ich nickte und sah mich suchend um. Ein Kellner trat auf uns zu und führte uns zu einem freien Tisch. Wir setzten uns. »Ist Marilyn Winton da?« erkundigte sich Hale.

»Ja. Sie ist das Mädchen in dem cremefarbenen Abendkleid.«

»Phantastische Figur«, murmelte Hale bewundernd.

»Hm–hm.«

»Glauben Sie – ich meine, wie wollen Sie es anstellen, daß sie von uns Notiz nimmt?«

»Keine Bange. Sie kommt zu uns 'rüber.«

»Woher wissen Sie das?«

»Ich hab' so eine Ahnung.«

Marilyn kannte die Spielregeln ganz genau. Sie spürte unsere Blicke, wandte sich instinktiv um, lächelte und schlenderte auf uns zu. »Hallo«, sagte sie zu mir.

Ich stand auf. »Hallo, Marilyn, das ist ein Freund von mir, Mr. Hale.«

»Oh, wie geht es Ihnen, Mr. Hale?« Sie reichte ihm die Hand.

Hale erhob sich zu voller Höhe und lächelte zu ihr hinunter. Er sah so verzückt aus wie ein kleiner Junge vor dem Weihnachtsbaum.

»Möchten Sie uns nicht Gesellschaft leisten?« fragte ich.

»Gern, danke.«

Sie saß noch nicht richtig, da erschien schon der Kellner, um unsere Bestellung entgegenzunehmen.

»Whisky und Wasser«, murmelte Marilyn.

»Für mich Cola mit Gin«, sagte ich.

Hale schob nachdenklich die Lippen vor. »Also, ich hätte am liebsten einen wirklich guten Kognak.«

»Den gibt's hier nicht«, erklärte ich. »Wenn Sie schon mal in New Orleans sind, warum halten Sie sich dann nicht an die ortsüblichen Getränke? Gin mit Seven-Up, Gin mit Cola, Rum mit Cola und Bourbon mit Cola. Was wollen Sie also haben?«

»Gin mit Cola?« wiederholte er so entsetzt, als hätte ich ihm eine Mischung aus Chlorkalk und Zyankali empfohlen. »Soll das heißen, daß man das Zeug zusammengießt?«

»Bringen Sie ihm einen«, befahl ich dem Kellner.

»Warum haben Sie mich das letzte Mal im Stich gelassen?« fragte Marilyn.

»Wie kommen Sie darauf?«

»Ein kleiner Vogel hat es mir verraten. Außerdem hab' ich Augen im Kopf.«

»Allerdings – und was für welche!«

Sie lachte. »Wie heißen Sie?«

»Donald.«

»Also, Donald, es ist nicht fair, ein Mädel erst neugierig zu machen und dann einfach zu verschwinden.«

Hale mischte sich ein. »Ich wußte gar nicht, daß Sie sich schon mal mit Miss Winton unterhalten haben.«

»Ich hab' sie nur aus der Ferne bewundert. Ich wollte eigentlich mit ihr sprechen, aber es wurde dann nichts draus.«

»Wer wagt, gewinnt, Donald«, sagte sie. »Lassen Sie sich nicht unterkriegen.«

Der Kellner brachte unsere Drinks. Hale bezahlte sie und griff mit einer Miene äußersten Mißtrauens nach seinem Glas. Er probierte die Mischung, verzog erstaunt das Gesicht, nahm noch einen Schluck und rief verblüfft:

»Also, Lam, das ist gar nicht so übel!«

»Na, bitte, was hab' ich Ihnen gesagt?«

Er kostete wieder. »Das Zeug schmeckt sogar ausgezeichnet. Wesentlich angenehmer als der ewige Scotch mit Soda.«

Indessen schlürfte Marilyn ihren kalten Tee. »Ich mag meinen Bourbon mit Wasser lieber. Wenn man so viel trinken muß wie ich, ist er am bekömmlichsten.«

Hale betrachtete sie schockiert. »Müssen Sie denn so viel trinken?«

»Na ja, im Laufe eines Abends kommt ganz schön was zusammen. Da kann man nichts machen. Das gehört nun mal dazu.«

Er riß betroffen die Augen auf und starrte sie forschend an. Aber falls er nach den Spuren dieser bedauerlichen Ausschweifung suchte, erwartete ihn eine Enttäuschung. Kalter Tee ist nicht gefährlich.

Stillvergnügt grinste ich vor mich hin. »Zigarette?«

»Ja, danke.«

Ich gab ihr Feuer. Hale rauchte eine Zigarre.

»Wo kommt ihr Burschen denn her?« fragte sie.

»Mein Freund ist aus New York.«

»Muß ein ganz nettes Städtchen sein. Ich war noch nie dort. Ich glaube, ich habe Angst davor.«

»Warum?« erkundigte sich Hale.

»Ach, ich weiß nicht. Große Städte erschrecken mich. Ich würde mich bestimmt fürchterlich verlaufen.«

Hale fühlte sich als Kosmopolit. »Meiner Meinung nach findet man sich in New York sehr schnell zurecht. Chicago und Saint Louis sind viel unübersichtlicher.«

»Mir sind alle drei zu groß.«

»Sollten Sie jemals nach New York kommen, dann wenden Sie sich nur an mich. Ich werde schon auf Sie aufpassen.«

Sie lachte. »Damit ich nicht verlorengehe?«

»Ja.«

»Oder vom rechten Weg abkomme, wie?«

Hale warf mir einen Blick zu und schmunzelte. »Also, wenn Sie sich in meiner Gesellschaft befinden, ist das kaum zu befürchten.«

»N-e-i-n?« fragte sie im genau richtigen Tonfall mit einem feurigen Blick.

Hale lachte begeistert. »Ich bin wirklich froh, daß Sie mich hierhergebracht haben, Lam. Die Lokale im französischen Viertel sind so behaglich, so intim, so charakteristisch. Gerade, weil hier eine so zwanglose Atmosphäre herrscht, fühlt man sich so wohl hier.«

Ich grinste zu Marilyn hinüber. »Haben Sie das gehört? Mein Freund ist ordentlich in Fahrt.«

»Ja, aber Ihnen scheint's hier nicht besonders zu gefallen.«

»Wieso?«

»Sie sind so still.«

»Tja, ich gehöre eben zu den verschlossenen, wortkargen Typen.«

Rosalind schlenderte an unserem Tisch vorbei. Marilyn paßte auf wie ein Kettenhund. Rosalind verzog keine Miene. Erst, als Marilyn wegsah, warf sie mir ein blitzschnelles Lächeln zu und ging dann langsam weiter. Ich drückte meine Zigarette aus, steckte die rechte Hand in die Rocktasche und schüttete alle Zigaretten bis auf eine aus dem Päckchen.

»Ich muß sagen, das ist eins der angenehmsten Getränke, die mir jemals vorgesetzt worden sind«, gestand Hale.

Marilyn trank den Rest ihres kalten Tees. »Sie müssen zwei oder drei direkt hintereinander trinken. Dann fühlen Sie sich erst richtig wohl. Haben Sie keine Angst. Einen Schwips bekommt man davon nicht. Das Zeug ist ganz harmlos. Es macht einen nur munter.«

»Los, Hale, trinken Sie Ihr Glas aus«, drängte ich ihn. »Marilyn möchte, daß wir eine neue Runde bestellen.«

Ihre Augen streichelten mich. »Woher wußten Sie das?«

»Ich hab' einen Blick dafür.

Der Kellner anscheinend auch. Er war lautlos neben dem Tisch aufgetaucht. »Das gleiche noch einmal.« Ich holte das Zigarettenpäckchen aus der Tasche und hielt es Marilyn hin. »Noch eine Zigarette?«

»Danke.« Sie zog eine heraus, und ich stocherte mit dem Zeigefinger in dem Päckchen herum. »Ich glaube, das war die letzte«, sagte sie.

Erstaunt schüttelte ich das Päckchen, grinste und zerknüllte es. »Na so was. Ich hole gleich eine neue Packung.«

»Der Kellner kann Ihnen doch welche bringen.«

»Danke, das ist nicht nötig. Da drüben ist ein Automat.«

Ich zündete ein Streichholz an, gab ihr Feuer, stand auf und ging zum Zigarettenautomaten hinüber. Danach blieb ich vor dem Spielautomaten stehen und spielte eine Runde. Die losen Zigaretten in meiner Rocktasche zerbröckelte ich und warf sie unbemerkt in eine dunkle Ecke. Ich hatte das Glück, zweimal hintereinander ein Freispiel herauszuholen. Während die Kugel im Zickzack über das grüne Feld sauste, warf ich einen Blick zum Tisch zurück. Marilyn ließ mich nicht aus den Augen. Hale saß vorgebeugt da und redete pausenlos auf sie ein. Der Kellner hatte drei neue Drinks gebracht. Ich winkte den beiden zu und vertiefte mich wieder in das Spiel.

Rosalind wippte an mir vorbei auf den Zigarettenautomaten zu, kramte in ihrer Handtasche nach losen Münzen und murmelte: »Sehen Sie sich nicht um.«

Ich spielte weiter.

»Beachten Sie mich nur nicht. Das würde mich meine Stellung kosten. Marilyn interessiert sich für Sie. Nehmen Sie sich vor ihr in acht.«

»Warum?«

»Sie ist ein Biest. Sie würden's später bereuen.«

»Danke.«

Unmerklich wandte ich den Kopf und beobachtete Hale und Marilyn im Spiegel hinter der Theke. Marilyn starrte Rosalind an. Sie kam mir vor wie eine Schlange, die einen flügellahmen Vogel belauert und kalt ihre Chance abschätzt. Ich schoß ganz mechanisch immer neue Bälle ab, bis die zwei Freispiele zu Ende waren, und begann dann den Apparat mit Zehncentstücken zu füttern. Hale war nun richtig in Fahrt. Er gestikulierte eifrig mit den Händen, sah Marilyn tief in die Augen und riskierte ab und zu einen Blick auf ihre nackten Schultern und den tiefen Ausschnitt. Einem solchen Feuerwerk von Bewunderung vermochte Marilyn auf die Dauer nicht zu widerstehen. Nach einer Weile konzentrierte sie sich nur noch auf ihn.

Einen Moment lang wartete ich noch und ging dann zum Tisch zurück. Ich hörte gerade noch den Schluß von Hales Tirade: ». . . ungemein faszinierend.« Man brauchte kein Privatdetektiv zu sein, um zu erraten, wem das galt.

Marilyn lächelte ihm zu. »Ich bin wirklich froh, daß Sie so denken, weil ich ältere Männer viel anregender finde als Männer meines Alters. Junge Menschen bringen es irgendwie nicht fertig, mich auf die Dauer zu fesseln. Sie langweilen mich entsetzlich. Ich weiß nicht, woran das liegt, Emory. Wissen Sie es vielleicht? Das ist doch nicht normal, oder?«

Er strahlte sie selbstvergessen an. »Aber, meine Liebe, natürlich ist das normal. Sie sind eben anspruchsvoller als der Durchschnitt. Sie haben zuviel Geist, als daß das banale Geschwätz der jungen Laffen Sie beeindrucken könnte. Trotz Ihrer Schönheit und Jugend sind Sie . . .«

Ich hustete laut und trat ein paar Schritte vor.

»Wir dachten schon, Sie wären verlorengegangen«, sagte Marilyn vorwurfsvoll.

»Ich hab' nur den Spielautomaten etwas gefüttert. Zigarette?«

Sie nickte. »Taugt er was?«

»Na ja. Ich hatte ein paar Freispiele, aber am Ende gewinnt doch der Apparat.«

Emory Hale kam die Störung offenbar ungelegen. Er rutschte ungeduldig auf seinem Stuhl hin und her und räusperte sich gewichtig. »Wie ich eben sagte, findet man bei solcher Jugend selten einen Geist, der so reife Ansichten über ...«

Sie unterbrach ihn mit einem Auflachen. »Oh, da ist der Kellner – er sieht zu uns herüber. Wahrscheinlich stört es ihn, daß ich vor einem leeren Glas sitze. Er ist ein komischer Kauz. Leere Gläser sind ihm ein Greuel. Aber, Donald, Sie haben ja noch gar nichts getrunken!«

»Stimmt, das muß sofort nachgeholt werden. Also, prost! Auf eine glückliche Zukunft.«

»Aber ich kann Ihnen nicht zutrinken! Ich hab' nichts mehr im Glas!«

»Oh, Verzeihung. Hale, ich muß mich über Ihre Nachlässigkeit wirklich wundern.«

Hale hatte nur Augen für seine Dame. »Sie haben wundervolles Haar«, murmelte er.

Marilyn schenkte ihm ein schmelzendes Lächeln. »Danke. Joe, noch einen Whisky.«

Der Kellner blickte von Hale zu mir: »Und was möchten Sie?«

»Bringen Sie dem Herrn noch ein Cola mit Gin«, erwiderte ich. »Aber stark, damit die Gesellschaft nicht einschläft.«

»Okay. Und Sie?«

»Ich bin bedient. Danke.«

»Aber Sie haben Anspruch auf noch einen Drink, ohne daß er Sie was extra kostet. Wenn ein Mädchen mit am Tisch sitzt ...«

»Ich weiß, das hab' ich schon gehört. Flitzen Sie ab und bringen Sie endlich was zu trinken, sonst verdursten uns die beiden noch.«

Marilyn lachte. Hale sah sich unruhig im Lokal um. Marilyn zog an ihrer Zigarette, stieß den Rauch aus und sagte beiläufig: »Das, was Sie suchen, befindet sich im Nebenraum, gleich hinter dem Mauerbogen.«

Hale räusperte sich verlegen, schob seinen Stuhl zurück, erhob sich und erklärte würdevoll: »Entschuldigen Sie mich für einen Moment.«

»Anscheinend verträgt er nicht sehr viel«, meinte ich.

»Die meisten alten Knaben vertragen nicht viel; sie wollen's nur nicht zugeben. Aber er ist ein netter Kerl, Donald, stimmt's?« Sie blickte mich gespannt an.

»Hm-hm.«

»Das klingt nicht sehr begeistert.«

»Was erwarten Sie denn von mir? Daß ich in Jubelrufe ausbreche, auf den Tisch springe und seine sämtlichen guten Eigenschaften lauthals verkünde?«

»Seien Sie nicht albern. Ich hab' Sie nur gefragt, ob er ein netter Kerl ist.«

»Na und? Ich habe Ihre Frage ja beantwortet.«

Sie schlug die Augen nieder und lächelte. Es war ein intimes Lächeln, ein Lächeln, das ein geheimes Einverständnis andeutete und um mein Vertrauen warb. »Mißverstehen Sie mich nicht, Donald. Ich halte ihn für einen recht netten Mann, aber ... Nun, Sie wissen ja selbst, wie das ist. Jugend liebt Jugend und ...«

»Weiter«, sagte ich aufmunternd. »Sprechen Sie zu Ende. Und wer liebt das Alter?«

»Niemand.« Ich grinste.

»Na, stimmt das etwa nicht? Alte Frauen sind wild auf junge Männer, und die alten Knaben schwärmen für Backfische. Wenn sich jedermann an seine Altersgenossen halten würde, wären alle miteinander viel glücklicher.«

Sie schob ihre Hand über den Tisch und legte sie auf die meine. »Worüber haben Sie mit dem Mädchen gesprochen?«

»Mit welchem Mädchen?«

»Mit Rosalind. Als Sie am Spielautomat standen, ging sie an Ihnen vorbei. Sie haben sie neulich zu einem Drink eingeladen, wissen Sie das nicht mehr?«

»Oh, die meinen Sie! Ich fürchte, sie ist mir böse, weil ich Sie das letzte Mal die ganze Zeit anstarrte. Sie hat's natürlich bemerkt und krummgenommen.«

»Oh.«

»Vertragen Sie sich denn nicht mit Emory?«

»Doch. Großartig. Warum?«

»Ich hab' mich nur gewundert. Es kam mir so vor, als hätten Sie für ältere Männer nicht allzuviel übrig.«

»Ach, ihm gegenüber empfinde ich anders. Er ist so drollig, so – so altmodisch. Er benimmt sich, als wäre er mein Vater. Was hat er für einen Beruf?«

»Er ist Anwalt – in New York.«

»Wirklich? Ein erfolgreicher Anwalt?«

»Er schwimmt in Geld. Er gehört nicht zu den hartgesottenen Typen, die mit allen Wassern gewaschen sind. Sein Spezialgebiet sind letztwillige Verfügungen. Erbschaftsverträge und lauter so'n Kram. Was Menschenkenntnis und Lebenserfahrung betrifft, ist er ein richtiges Baby.«

»Komisch, und ich hab' mir eingebildet, er hätte Schweres durchgemacht, irgendein Unglück, über das er nicht hinwegkommt. Er schien so dankbar zu sein für jedes verständnisvolle Wort. Vielleicht ist er unglücklich verheiratet. Ja, das ist sicher der Grund: häusliche Schwierigkeiten.«

»Den Eindruck hatte ich nicht. Soviel ich weiß, ist er Witwer – ein wohlhabender Witwer.«

»Oh.«

»Da kommt er. Sehen Sie mal, wie vorsichtig er sich bewegt. Er paßt verdammt genau auf, wohin er die Füße setzt.«

Sie lachte. »Noch ein Cola mit Gin, und seine Füße berühren den Boden nicht mehr. Hören Sie zu, Donald«, fügte sie hastig hinzu, »ich muß Ihnen was sagen – wegen des Mädchens, von dem wir eben sprachen.«

»Meinen Sie Rosalind?«

»Ja. Ich möchte, daß Sie sich mit ihr aussöhnen. Sie ist nämlich bis über beide Ohren in Sie verliebt. Sie können sich sicher vorstellen, wie weh ihr das tut, wenn sie mit ansehen muß, daß der Mann, für den sie eine Schwäche hat, mit einer anderen zusammensitzt. Gehen Sie zu ihr und sagen Sie ihr was Nettes, ja?«

»Aber natürlich! Ich hatte keine Ahnung, daß sie überhaupt noch an mich denkt!«

»Rosalind? Sie ist verrückt nach Ihnen ... Ach, da sind Sie ja wieder, Emory. Gerade rechtzeitig für Ihren Drink. Joe bringt Ihnen einen. Wie fühlen Sie sich?«

»Wie eine Million Dollar«, antwortete Hale.

»Da drüben ist Rosalind. Sie verpulvert ihr ganzes Geld am Spielautomaten. Vor allem tagsüber, wenn das Geschäft flau ist ...« Marilyn sah mich auffordernd an.

»Entschuldigen Sie mich.« Ich stand auf und steuerte gehorsam auf den Spielautomaten zu. Marilyn zwinkerte Rosalind unauffällig zu und wies auf mich. Rosalind empfing mich mit verdutzter Miene. »Hallo, Spürhund. Was haben Sie mit Marilyn angestellt? Sie ist wie ausgewechselt. Erst möchte sie mich fressen, und jetzt wirft sie mich Ihnen in die Arme.«

Ich grinste. »Sie glaubt, sie hätte sich einen Goldfisch geangelt.«

»Ist es wirklich so ein guter Fang?«

»Vielleicht.«

»Ein Freund von Ihnen?«

»Wie man's nimmt. Warum?«

»Ach nichts. Ich hab' mich nur gewundert.«

Ich spielte die Runde zu Ende, steckte ein Geldstück in den Zahlschlitz und fragte: »Wollen Sie's mal probieren?«

Sie begann die Bälle abzufeuern. Joe kam von der Bar herüber und sah mich vielsagend an. Ich bestellte zwei Drinks.

»Was möchten Sie?« erkundigte er sich bei Rosalind.

»Immer dasselbe scheußliche Zeug. Der Bursche hier ist im Bilde, Joe. Bei ihm kannst du dir deine Kniffe sparen. Bring mir den verflixten kalten Tee. Die Piepen bekommst du trotzdem.«

»Und Sie?« fragte Joe grinsend.

»Gin und Seven-Up.«

Rosalind und ich lehnten am Automaten, machten dann und wann ein Spielchen und tranken in aller Ruhe unsere Gläser aus.

»Gehen Sie wieder zu den beiden zurück?«

»Wahrscheinlich.«

»Marilyn wünscht, daß ich mich um Sie kümmere.«

»Fein. Kommen Sie mit. Ich mache Sie mit Emory bekannt.«

»Sie sind mir hoffentlich nicht böse?«

»Böse? Weshalb denn?«

»Weil ich Sie vor Marilyn gewarnt habe.«

Lächelnd schüttelte ich den Kopf. »Keine Spur. Sie ist sowieso nicht mein Typ.«

»Donald, ich glaube, Sie haben's faustdick hinter den Ohren. Sie haben's auf irgend jemanden abgesehen, stimmt's?«

Ich zuckte mit den Schultern. »Vielleicht. Aber nicht auf Sie, Rosalind. Kommen Sie. Wir gehen zu den anderen.«

Sie betrachtete mich forschend. »Dabei möchte ich wetten, daß Sie ein grundanständiger Kerl sind. Hier in diesem Laden bekommt man einen Blick dafür. Sie würden einem Mädchen niemals absichtlich weh tun.«

Darauf antwortete ich nichts. Langsam schlenderten wir zum Tisch zurück.

»Oh, hallo, Rosalind«, sagte Marilyn beiläufig. »Das hier ist mein Freund Emory. Mr. Emory – Smith.«

Sie wandte den Kopf und blinzelte Hale zu.

»Wie geht's, Mr. Smith?« begrüßte ihn Rosalind. Hale stand auf und verbeugte sich. Ich schob Rosalinds Stuhl zurück. Wir setzten uns. Einen Augenblick lang herrschte Schweigen. Dann murmelte Marilyn: »Ich mag nicht mehr darüber sprechen. Reden wir lieber von was anderem.«

»Was ist los?« fragte ich. »Hat mein Freund Sie gekränkt, Marilyn?«

»Aber nein«, erwiderte Hale verletzt. »Was fällt Ihnen ein? Wir haben uns über den Mord unterhalten. Marilyn hörte den Schuß, mit dem der Anwalt getötet wurde. Erinnern Sie sich nicht mehr daran? Die Zeitungen brachten doch ausführliche Berichte über den Fall.«

»Oh.«

»Sie kam gegen drei Uhr morgens nach Hause«, fügte Hale hinzu.

»Um halb drei«, verbesserte Marilyn.

Hale runzelte die Stirn. »Dann muß ich mich verhört haben. Ich dachte zwischen halb drei und drei.«

»Nein. Es war Punkt halb drei. Ich hab' extra auf die Uhr gesehen, um ganz sicher zu sein.«

»Auf Ihre Armbanduhr?« erkundigte sich Hale.

»Ja.«

Er griff über den Tisch hinweg nach ihrem Handgelenk und betrachtete die mit Diamanten besetzte goldene Armbanduhr. »Ein wundervolles Stück!« rief er bewundernd.

»Nicht wahr?«

»Sicher das Geschenk von einem sehr guten Freund. Es ist ebenso erlesen wie die Trägerin. Darf ich sie mir näher besehen?«

Sie löste den Verschluß und überreichte Hale die Uhr. Er drehte sie behutsam zwischen den Fingern. »Einfach prachtvoll«, murmelte er. »Und so apart.«

»Was ist mit diesem Laden eigentlich los?« fragte ich Rosalind. »Wird hier nicht getanzt?«

»Nein. Aber es gibt eine Vorführung.«

»Wann?«

»Sie muß jeden Moment beginnen.«

Marilyn lachte. »Joe starrt auf dein leeres Glas, Rosalind.«

»Augenblick mal«, sagte Hale. »Ich trinke meins auch leer. Dann kann er gleich eine neue Runde bringen.« Er trank den Rest aus, schnippte mit den Fingern und rief: »Joe!«

Der Kellner verschwendete diesmal keine Zeit. »Das gleiche?« erkundigte er sich lakonisch.

Hale nickte. Er hielt noch immer Marilyns Armbanduhr in der Hand.

Joe brachte die Drinks. Die Schummerbeleuchtung wurde noch düsterer, lediglich ein Scheinwerfer erstrahlte, der die erhöhte Tanzfläche abwechselnd in blaues, rotes und grünes Licht tauchte. »Jetzt beginnt die Vorstellung«, erklärte Marylin. »Sie wird Ihnen gefallen.«

Stühle wurden geräuschvoll zurechtgerückt, als ein Mädchen mit ägyptischem Profil auf der Bühne erschien. Ihre spärliche Bekleidung war mit Hieroglyphen verziert. Sie ließ sich mit gekreuzten Beinen auf dem Boden nieder und vollführte mit Armen und Händen rhythmische Wellenbewegungen. Der Applaus war mäßig. Dann trat ein Vortragskünstler auf, der mit heiserer Stimme ein paar uralte Witze ins Mikrophon brüllte. Danach produzierte sich eine Stripteasetänzerin, die sich neckisch aus ihrer Bekleidung schälte und zum Schluß in dem blauen Licht wie eine Wasserleiche aussah. Sie erntete stürmischen Beifall. Nummer vier war wieder die Dame mit dem ägyptischen Profil, diesmal in einem Baströckchen und mit künstlichen Blumen im Haar. Der Witzbold spielte auf einem Banjo, und sie wackelte dazu mit den Hüften in einer Art Hulahulatanz. Als es hell wurde, gab Hale Marilyn die Armbanduhr zurück, mit der er während der Vorführung herumgespielt hatte.

»Ist das alles?« fragte ich Rosalind.

»Nein«, antwortete Marilyn. »In zwei Minuten geht's weiter. In der Pause können wir uns schnell noch was zum Trinken bestellen.«

Joe wartete bereits hinter ihrem Stuhl.

Hale lächelte beseligt und stierte verschwommen in die Gegend. »Fühl' mich riesig wohl hier. Be-bestes kleines Mädel von der Welt. Be-beste Getränke von der W-welt. W-wenn ich w-wieder in New York bin, lade ich alle meine F-freunde zu G-gin mit C-cola ein. D-das macht einen nicht betrunken. Man wird nur m-munter. St-stimmt's, Lam?«

»Stimmt.«

Marilyn streifte sich die Armbanduhr wieder über. Sie wischte mit einer Papierserviette an ihrem Handgelenk herum, sah mich und Rosalind an und murmelte: »Ein lustiger Abend, Kinder, was?«

Die Schau ging weiter. Der Mann mit dem Banjo und die Dame mit dem ägyptischen Profil brachten diesmal in Frack und Abendkleid moderne Tänze. Dann erschien die Stripteasekünstlerin, nur mit einem großen Fächer bekleidet, und wedelte damit herum. Danach flammten die Lampen wieder auf und Joe produzierte sich. Sein Repertoire war zwar beschränkt, aber er beherrschte sein Fach virtuos.

»Wie viele Joes gibt's hier eigentlich?« erkundigte ich mich bei Marilyn.

»Nur einen. Warum?«

»Ausgeschlossen. Er muß einen Zwilling haben.«

»Wieso? Sehen Sie ihn d-doppelt?« fragte Hale.

»Nein. Aber ein Mensch allein kann unmöglich so viele Bestellungen in so kurzer Zeit erledigen. Das ist wider die Natur.«

Joe grinste halb verächtlich, halb amüsiert, und Hale brach in schallendes Gelächter aus. Er lachte so stürmisch, daß ich befürchtete, er würde jeden Moment vom Stuhl purzeln.

»Noch mal dasselbe, Joe«, sagte Marilyn.

Unvermittelt schob ich meinen Stuhl zurück. »Nicht für mich, Herrschaften. Ich mach' mich jetzt auf die Socken.«

Rosalind sah mich erschrocken an. »Aber, Donald, wie schade! Jetzt wird's doch erst richtig nett.«

Ich griff nach ihrer Hand und hielt sie lange genug fest, um ihr zwei zusammengefaltete Eindollarnoten zuzustecken. »Tut mir leid. Ich fühl' mich ein bißchen flau. Der letzte Drink ist mir anscheinend nicht bekommen.«

Hale schmunzelte selbstgefällig. »Sollten eben nur Gin und Cola trinken. Wunderbares Zeug. Das hebt die Stimmung. Aber ihr jungen Leute könnt eben nichts vertragen. Wir haben ausgepichte Kehlen, Marilyn, stimmt's?« Sein Gesicht war stark gerötet. Seine Äuglein blinzelten lüstern und ziemlich benebelt.

Marilyn lächelte und tätschelte seine Hand. Dann tauchte sie einen Zipfel der Serviette in ein Glas mit Wasser und tupfte damit ihr Handgelenk ab.

»Gute Nacht, alle miteinander«, sagte ich.

Hale spähte zu mir hoch. Sein Gesicht wurde ernst. Er wollte etwas sagen, überlegte es sich anders, wandte sich Marilyn zu; dann fiel ihm etwas Neues ein, und er drehte sich wieder zu mir um. »Mein Freund Donald ist ein komischer Vogel, Marilyn. Direkt ein Unikum.«

»Was für ein Vogel?« fragte sie. »Ein Gimpel?«

»Nein.« Hale entging der tiefere Sinn ihrer Bemerkung. »Eine Eule, eine regelrechte Eule. Kluger Bursche, wissen Sie? Hört das Gras wachsen. Vor ihm muß man sich in acht nehmen. Er ist eine Eule.« Anscheinend hielt er das für einen guten Witz. Als ich mich zum Gehen anschickte, schnappte er prustend nach Luft, und Lachtränen kullerten ihm über die Wangen.

Im Hotel lag ein Telegramm für mich. Bertha war inzwischen in Los Angeles eingetroffen, und der Text war typisch für sie:

Kümmere Dich nicht um Fälle, die längst verjährt sind. Habe nicht genug Leute, um Dir Deine Sonderwünsche zu erfüllen. Wofür hältst Du Dich eigentlich?

Ich befand mich gerade in der richtigen Stimmung, um ihr die Antwort zu telegrafieren, die sie verdiente:

Mord verjährt niemals. Hale hält mich für eine Eule.

14

Um sieben Uhr stand ich auf, duschte, rasierte mich und frühstückte. Dann nahm ich den Revolver, der unserem Detektivbüro gehörte und zu meinem persönlichen Gebrauch bestimmt war, aus meiner Reisetasche. Er hatte ebenfalls Kaliber 38 und einige Rostflecken. Sonst war er in guter Verfassung. Ich steckte ihn ein und machte mich auf den Weg. Hale würde von meinem frühen Besuch nicht entzückt sein. Vermutlich hatte er einen Kater.

Ich trampelte mit Donnergepolter die Treppe hinauf und trommelte gegen die Tür. Hale rührte sich nicht. Schließlich nahm ich die Füße zu Hilfe und schlug fast die Tür ein. Der Kerl hatte einen abnorm festen Schlaf. Ich hörte mit dem Lärm auf, holte meinen Wohnungsschlüssel aus der Tasche und ließ mich ein. Hale war nicht da. Das Bett war nur wenig zerwühlt. Offenbar hatte er nicht länger als eine Stunde darin gelegen. Ich machte einen Rundgang durch sämtliche Räume und inspizierte den Balkon. Sobald ich mich vergewissert hatte, daß die Luft rein war, nahm ich mir den Schreibtisch vor. Ich zog alle Schubladen heraus, kippte sie auf die Seite und angelte mir das Schießeisen aus dem Papiermüll. Behutsam steckte ich es ein, ersetzte es durch meinen eigenen Revolver und brachte das Möbel wieder tadellos in Ordnung.

Es war ein schöner, warmer Tag. Die Morgensonne malte Lichtkringel auf den Fußboden. Auf der Straße herrschte bereits lebhafter Betrieb. Mülltonnen klapperten. Die Jalousien vor den Läden wurden hochgezogen. Ich sah mich noch einmal prüfend um, schloß leise die Wohnungstür und eilte die Treppe hinunter. Im Hof begegnete ich dem farbigen Zimmermädchen. Sie grinste mich an und fragte, ob der große Gentleman schon aufgestanden sei.

Ich antwortete, der Gentleman müsse einen ungeheuer festen Schlaf haben oder ausgegangen sein, denn er habe kein Lebenszeichen von sich gegeben, obwohl ich die Tür beinahe zertrümmert hätte. Sie bedankte sich für die Auskunft und ging weiter.

Im Hotel fand ich die Nachricht vor, ich möchte Lockley 9746 anrufen. Ich dachte an Hales alkoholischen Exzeß und fragte mich, ob er im Krankenhaus oder im Kittchen gelandet sein mochte. Unverzüglich begab ich mich in die Telefonzelle und wählte die Nummer. Eine weibliche Stimme meldete sich.

»Haben Sie Mr. Lam verlangt?«

Sie lachte. »Freilich. Hier ist das Büro von Amex-Strumpfimport. Eine wichtige Nachricht für den Generaldirektor der Firma. Es spricht die Chefsekretärin Ethel Wells.«

»In der Tat? Was gibt's, Miss Wells?«

»Es ist Post für Sie gekommen. Ein Telegramm und ein Brief.«

»Na bitte, das Geschäft blüht. Das liegt an der zugkräftigen Werbung.«

»Oder an der erstklassigen Vervielfältigung«, entgegnete sie schlagfertig. – »Ganz recht. Ich komme sofort 'rüber.«

Ich nahm mir ein Taxi und ließ mich vor dem Vervielfältigungsbüro absetzen. Ethel Wells schien sich über das Wiedersehen tatsächlich zu freuen. »Wie geht's Ihnen an diesem schönen, sonnigen Morgen?« erkundigte sie sich.

»Mäßig.«

»Das tut mir aber leid. Was war denn los?«

»Ich hab' einem Touristen das Nachtleben im französischen Viertel gezeigt.«

»Machen Sie sich nichts draus. Sie sehen so frisch aus wie ein Gänseblümchen.«

»Danke. Der Vergleich ist treffend. Ich fühle mich so flau, als hätte man mir die Blütenblätter einzeln ausgezupft.«

»Ich verstehe. Von Herzen, mit Schmerzen, über alle Maßen und so weiter. Das haben wir schon als Kinder gespielt. Trösten Sie sich. Vielleicht liebt sie Sie.«

Da mir die passende Antwort nicht einfiel, riß ich das Telegramm auf. Es lautete: *An die Amex-Strumpfimport. Schikken Sie mir fünf Dutzend Paar Nylonstrümpfe per Nachnahme. Größe zehneinhalb. Nummer vier auf Ihrer Farbskala.* Unterschrift: *Bertha Cool.* Als Absender hatte sie das Detektivbüro angegeben.

Der Brief kam aus Shreveport in Louisiana. Das Briefpapier war zartblau getönt und duftete angenehm. Der Text bestand aus einer Zeile: *Senden Sie mir sechs Paar Strümpfe, Größe achteinhalb, Farbe Nummer vier.* Unterzeichnet war er mit Edna Cutler unter Angabe der Adresse.

Ich steckte den Brief ein und fragte Ethel Wells: »Wissen Sie, wann ein Zug nach Shreveport abgeht?«

»Wollen Sie unbedingt mit der Bahn fahren?«

»Ein Bus tut's auch.«

Sie griff in ein Fach unterhalb des Schalters, holte ein Kursbuch hervor, schlug es auf und schob es mir herüber.

»Jetzt wird mir erst klar, welchen Fehler ich gemacht habe«, gestand sie.

»Wieso?«

»Ich hätte meine Strümpfe durch die Post bestellen und meine Privatadresse angeben müssen.«

»Warum probieren Sie's nicht mal?«

»Das ist eine gute Idee.« Sie kritzelte mit dem Bleistift Spiralen und Zickzacklinien auf ihren Stenogrammblock. »Ich werde darüber nachdenken.«

Ich gab ihr das Kursbuch zurück. »Ich habe heute außerhalb zu tun, Miss Wells«, erklärte ich würdevoll. »Sollte jemand nach mir fragen, dann sagen Sie bitte, ich sei bei einer wichtigen Konferenz.«

»Ja, Sir. Und was geschieht mit der Post?«

»Es werden keine Briefe mehr kommen.«

»Einer bestimmt. Wollen wir wetten?«

»Gut. Mein Einsatz ist ein Paar Nylonstrümpfe. Und Ihrer?«

»Alles, was Sie wollen. Mal sehen, wer gewinnt.«

»Einverstanden! Die Wette gilt. Aber Sie müssen mir den Brief vorzeigen. Wenn ich die Adresse nicht kenne, kann ich den Auftrag nicht ausführen.«

Sie lächelte. »Ich weiß. Alles Gute für Shreveport.«

15

Gegen acht Uhr abends stand ich vor dem Haus in Shreveport, das Edna Cutler in ihrem Brief angegeben hatte, und klingelte. Die Sprechanlage knatterte, und dann erkundigte sich eine weibliche Stimme: »Wer ist da, bitte?«

»Ein Vertreter der Amex-Strumpfimport.«

»Ich dachte, Sie sind in New Orleans.«

»Ja, aber wir haben überall Zweigniederlassungen.«

»Können Sie nicht morgen noch mal wiederkommen?«

»Nein. Ich muß meine Termine einhalten.«

»Heute abend kann ich Sie auf keinen Fall empfangen.«

»Schade«, sagte ich trocken.

»Warten Sie einen Moment. Wann kann ich Sie sehen?«

»Wenn ich das nächstemal hier durchkomme.«

»Wann ist das?«

»In drei oder vier Monaten.«

»Oh!« rief sie bestürzt. »Wie dumm ... Ich bin nämlich gerade beim Umziehen. Augenblick mal, ich werfe mir schnell was über und mache die Tür auf. Kommen Sie 'rauf.«

Der Summer ertönte. Ich stieg die Treppe hinauf und eilte dann durch einen langen Korridor. Edna Cutler stand, in einen blauen Morgenrock gehüllt, wartend in der Tür. »Ich dachte, Sie verschicken die Strümpfe mit der Post.«

»Sicher.«

»Na, kommen Sie 'rein. Hoffentlich dauert's nicht zu lange. Ich wollte nämlich gerade weggehen. Wozu braucht Ihre Firma überhaupt Vertreter?«

»Wir müssen uns nach den Bestimmungen der F. I. C. richten.«

»Was ist das?«

»Die Bundesimportkommission.«

»Ich verstehe kein Wort von alledem.«

»Meine liebe junge Dame«, begann ich lächelnd, »wir dürfen unsere Waren nur an Privatpersonen absetzen. Sobald wir an den Groß- oder den Einzelhandel verkaufen, machen wir uns strafbar. Im Falle einer Übertretung dieser Vorschrift müßten wir mit einer Geldstrafe von zehntausend Dollar und zwölf Monaten Gefängnis rechnen. Sie werden begreifen, daß wir dieses Risiko vermeiden möchten.«

»Allerdings«, erwiderte sie ein wenig besänftigt.

Sie war dunkelhaarig, wenn auch nicht ganz so dunkel wie Roberta Fenn. Offenbar wandte sie viel Zeit und Geld auf die Pflege ihres Haares, ihrer Augenbrauen, ihrer langen, geschwungenen Wimpern, ihrer Fingernägel und ihrer Haut. Sie war ein Luxusweibchen, aber sie wußte genau, was sie wollte. Die Geldanlage zahlte sich aus. Sie mußte ihr horrende Zinsen einbringen. Ich nahm sie gründlich unter die Lupe.

»Nun?« fragte sie mit einem nachsichtigen Lächeln.

»Wir können Ihnen die Strümpfe nur liefern, wenn wir uns überzeugt haben, daß Sie sie nicht weiterverkaufen wollen.«

»Was fällt Ihnen eigentlich ein? Sie halten mich wohl für eine Hausiererin!« Empört funkelte sie mich an. Obwohl sie nur ein leichtes Negligé trug und von ihren wohlgeformten Beinen genug sehen ließ, um ihren Anspruch auf sechs Paar erstklassige Nylonstrümpfe eindeutig zu beweisen, wirkte sie weder kokett noch dreist. In ihren Augen war ich kein menschliches Wesen. Ich repräsentierte lediglich ein halbes Dutzend Nylonstrümpfe zu einem Spottpreis.

»Ich möchte ein Muster sehen«, sagte sie unvermittelt.

»Die Garantie schützt Sie.«

»Woher soll ich das wissen?«

»Weil Sie erst zu zahlen brauchen, wenn Sie die Strümpfe einen Monat lang ausprobiert haben.«

»Es ist mir unbegreiflich, wie Sie sich das leisten können.«

»Erstens ist die Ware einwandfrei, und zweitens wählen wir unsere Kunden sehr sorgfältig aus. Aber zur Sache. Ich hab' noch ein halbes Dutzend weiterer Namen auf meiner Liste. Sie heißen Edna Cutler und wollen die Strümpfe zum privaten Gebrauch?«

»Ja, natürlich.«

»Gut. Sie wollen sie selbst tragen und vielleicht auch an einige Freundinnen verschenken. Stimmt's?«

»Vielleicht. Aber was geht Sie das an?«

»Ich muß mir die Namen Ihrer Freundinnen notieren. Sonst ist es mit unserer Importgenehmigung Essig.«

Sie betrachtete mich neugierig. »Also, das kommt mir ein bißchen verdächtig vor.«

»Haben Sie eine Ahnung«, erwiderte ich lachend, »wie schwer einem heutzutage die Geschäfte gemacht werden. Bei Importware ist es besonders schwierig.«

»Warum setzen Sie das Zeug nicht in Bausch und Bogen bei den großen Warenhäusern ab?«

Ich zuckte mit den Schultern. »Das dürfen wir nicht. Es hat keinen Zweck, mich nach dem Grund zu fragen. Ich weiß ihn auch nicht.« Mit eisiger Miene zog ich Bleistift und Notizbuch heraus. »Vielleicht sind Sie jetzt so freundlich und geben mir die Namen Ihrer Freundinnen an, die ...«

Die Tür zum Schlafzimmer ging auf, und Roberta Fenn stürzte zu uns herein. Anscheinend war sie gerade mit dem Umkleiden fertig geworden.

»Hallo«, rief sie. »Sind Sie der Mann mit den Strümpfen? Meine Freundin erzählte mir, Sie ...« Plötzlich verstummte sie und starrte mich fassungslos an.

Edna Cutler fuhr herum, sah Robertas bestürzte Miene, sprang auf und schrie: »Mein Gott, Rob, was ist passiert?«

Roberta holte tief Luft. »Nichts. Er ist ein Detektiv, Edna, das ist alles.«

Edna sah mich entrüstet an. Sie benahm sich wie ein aufgescheuchtes, erschrecktes Tier, das instinktiv zum Angriff übergeht, wenn es überrascht wird. »Wie konnten Sie es wagen, unter einem so albernen Vorwand hier einzudringen! Ich könnte Sie verhaften lassen!«

»Sie haben eine Person bei sich aufgenommen, die unter Mordverdacht steht. Das ist strafbar. Wer läßt nun wen verhaften?«

Die beiden Frauen verständigten sich mit einem Blick. »Er ist wirklich klug, Edna«, sagte Roberta. »Ich glaube nicht, daß wir auf diese Art etwas erreichen.«

Sie setzte sich. Edna Cutler folgte nach kurzem Zögern ihrem Beispiel.

»Das war ein raffinierter Trick. Wir haben uns schon gewundert, wie die Strumpfleute zu Ednas Deckadresse gekommen sind und . . .«

»Es war kinderleicht, und ein halbes Dutzend anderer Tricks aus meiner Kiste hätte den gleichen Zweck erfüllt. Jedenfalls habe ich Sie aufgespürt, und die Polizei wird Sie auch aufspüren, darauf können Sie Gift nehmen.«

»Das glaube ich nicht. Sie überschätzen die Polizei.«

»Ich hab' Sie gewarnt. Na, egal, kommen wir endlich zur Sache. Wer war Paul Nostrander?«

Sie wechselten einen Blick und schwiegen.

Ziemlich auffällig sah ich auf meine Armbanduhr. »Los, los! Wir dürfen keine Zeit verschwenden.«

»Ich weiß es nicht«, antwortete Edna Cutler.

Nun blickte ich Roberta an. Sie schlug die Augen nieder. »Gut«, sagte ich zu Edna Cutler, »dann will ich Ihrem Gedächtnis ein bißchen auf die Sprünge helfen. Sie waren mit Marco Cutler verheiratet. Er verlangte die Scheidung von Ihnen, weigerte sich jedoch, Ihre Geldforderungen zu erfüllen. Unglücklicherweise waren Sie ein bißchen unvorsichtig gewesen, und er wußte das.«

»Das ist nicht wahr.«

»Also, wir können's auch anders ausdrücken. Er hatte Zeugen aufgetrieben, die bereit waren, vor Gericht gegen Sie auszusagen und ihre Aussagen zu beschwören.«

»Die Schufte haben gelogen!«

»Vergessen Sie's. Ob sie gelogen haben oder nicht, ist mir gleich. Von mir aus können Sie hundert Liebhaber gehabt haben oder gar keinen, mich interessiert bei der Sache lediglich, daß Sie die Scheidung nicht verhindern konnten, weil Ihr Mann Sie in der Hand hatte.«

»Sagen Sie, was Sie wollen. Ich gebe gar nichts zu.«

»Der Trick, mit dem Sie ihn 'reingelegt haben, war ein Meisterstück.«

»Sie kommen sich wohl sehr schlau vor. Ich weiß gar nicht, wovon Sie reden.«

Ich grinste. »Sie verschwanden aus Kalifornien, und Ihr Mann frohlockte. Er bildete sich ein, er hätte gewonnenes Spiel. Ich habe keine Ahnung, ob er an Ihre Schuld glaubte oder nicht. Auf jeden Fall kam ihm Ihre Flucht sehr gelegen. Sie hatten widerstandslos das Feld geräumt, und er dachte nicht daran, Ihnen auch nur einen Cent zu zahlen.

Nun zu Ihnen selbst. Sie hatten sich nach New Orleans abgesetzt und waren fest entschlossen, Ihrem Mann das Fell über die Ohren zu ziehen. Sie teilten ihm mit, wo Sie waren, daß Sie eine Wohnung mieten würden, und gaben ihm vermutlich auch Ihre Adresse an. Dann sahen Sie sich nach jemandem um, der eine gewisse oberflächliche Ähnlichkeit mit Ihnen hatte und Ihre Rolle für eine Weile übernehmen würde. Jemand, der Sie und Roberta Fenn vom Ansehen kennt, würde Sie beide niemals verwechseln. Aber was Haarfarbe, Größe, Figur, Gewicht betrifft, ist die äußerliche Übereinstimmung immerhin so groß, daß die Personenbeschreibung der einen auch für die andere gilt, und mehr war nicht nötig.«

»Das ist alles dummes Geschwätz«, sagte Edna Cutler verächtlich. »Ich dachte, Sie hätten es eilig.«

»Irrtum. Ich sagte, wir dürften keine Zeit vergeuden, und wenn Sie unser nettes, kleines Plauderstündchen für Zeitverschwendung halten, sind Sie dümmer, als die Polizei erlaubt.«

Roberta Fenn lächelte.

»Weiter«, drängte Edna Cutler.

»Mit Vergnügen. Sie lernten Roberta kennen und stellten fest, daß ihr die zugedachte Rolle direkt auf den Leib zugeschnitten war. Sie war fremd in New Orleans, hatte kein Geld und suchte Arbeit. Sie boten ihr die Wohnung an und setzten ihr wahrscheinlich auch eine feste Summe im Monat aus unter der Bedingung, daß sie Ihren Namen führte, Ihre Post entgegennahm und an Sie weiterleitete und jedem Schnüffler auf die Nase band, sie wäre Edna Cutler. Vielleicht haben Sie ihr auch gesagt, daß Sie in Scheidung lebten und mit der Übergabe der Klageschrift rechneten. Ich nehme jedoch eher an, daß Sie ihr überhaupt nichts gesagt haben.

Na schön, die Falle war gestellt, und Ihr Mann ging Ihnen prompt auf den Leim. Er wandte sich an seinen Anwalt und erklärte ihm die Sachlage. Der Anwalt riet ihm, die Scheidungsklage einzureichen und sich fürs erste mit einer verhältnismäßig harmlosen Begründung zu begnügen. Böswilliges

Verlassen oder so was, gerade genug, um den Richter zu überzeugen und Cutler die Zahlung einer Abfindung zu ersparen. Sollten Sie sich jedoch auf die Hinterbeine stellen, dann würde man die Klage einfach erweitern, die Belastungszeugen aufmarschieren lassen und Ihre schmutzige Wäsche an die Öffentlichkeit zerren – ein uralter Trick, der fast immer funktioniert. Denn kein Mensch hat Lust, sich mehr zu blamieren als unbedingt nötig. Der Anwalt macht sich jedenfalls an die Arbeit und knobelt eine relativ stubenreine Klageschrift aus. Gleichzeitig gibt er Ihnen durch die Blume zu verstehen, was Ihnen blüht, wenn Sie sich gegen die Absichten Ihres Mannes auflehnen.«

Die bloße Erwähnung dieses juristischen Kniffs versetzte Edna in Rage. Ihre Augen funkelten zornig. »Und Sie finden das fair?«

»Keine Spur. Es ist eine Gemeinheit. Aber der Trick ist gang und gäbe. Eine Menge Scheidungen werden auf diese Art gedeichselt.«

»Man lernt eben nie aus. Man hat mich einfach mundtot gemacht und mir die Möglichkeit genommen, um mein Recht zu kämpfen.«

»Keinesfalls hätten Sie sich einschüchtern lassen dürfen. Sie hätten gegen die Klage Einspruch erheben müssen.«

Sie lachte erbittert auf. »Aber wie? Das sagt sich so leicht. Man hatte mich doch verleumdet.«

»Tja, ich weiß. Aber wir wollen diesen Punkt vorläufig zurückstellen und uns zunächst mit den nachfolgenden Ereignissen beschäftigen. Der Anwalt schickt die Vorladung sowie eine Abschrift der Scheidungsklage nach New Orleans an unseren Freund Goldring. Goldring macht sich auf die Socken, begibt sich ins französische Viertel, poltert die Treppe hinauf, klopft an die Tür, nimmt Roberta unter die Lupe, vergleicht sie in Gedanken mit der Personenbeschreibung, die er bekommen hat, und erklärt im Brustton der Überzeugung: ›Sie sind Edna Cutler.‹ Daraufhin überreicht er ihr die Scheidungspapiere und geht wieder. Seinen Auftraggebern teilt er umgehend mit, daß er die Beklagte in New Orleans in der St. Peter Street aufgesucht und ihr am Soundsovielten die Scheidungspapiere ausgehändigt hat. Dabei waren Sie selbst ganz woanders und lachten sich ins Fäustchen.«

»Bei Ihnen klingt das wie ein Komplott. In Wirklichkeit

habe ich erst vor ganz kurzer Zeit überhaupt etwas von der Scheidung erfahren.«

Ich sah Roberta an. »Sie kannten ihre Adresse nicht und konnten ihr deshalb die Scheidungspapiere nicht zustellen, wie?«

Roberta nickte.

»Das war sehr, sehr schlau. Damit wurde eine nahezu hoffnungslose Niederlage in einen hundertprozentigen Sieg verwandelt. Die Scheidung ging ohne Pannen über die Bühne, und Marco Cutler triumphierte. Er hielt sich für rechtskräftig geschieden, und sobald er das vorläufige Urteil in der Tasche hatte, fuhr er nach Mexiko und heiratete wieder. Sie warteten inzwischen geduldig auf Ihre Chance. Ihr Mann war ohnehin geliefert, und Sie wollten nicht in den Verdacht der bewußten Irreführung geraten. Gut. Dann fand sich eines Tages der harmlose Vorwand, nach dem Sie so lange gesucht hatten. Einer Ihrer Freunde reiste nach New Orleans, und Sie gaben ihm einen Einführungsbrief an Roberta mit. Auf diese Art erfuhr Roberta Ihren derzeitigen Aufenthaltsort. Sie teilte Ihnen umgehend mit, daß sie in Ihrem Namen wichtige Papiere entgegengenommen habe und sich dem Überbringer gegenüber verabredungsgemäß als Edna Cutler ausgegeben hätte. Sie ließen sich die Papiere sofort schicken und konnten nun beschwören, daß Sie von der Scheidungsklage keine Ahnung gehabt hatten. Sie hatten für Ihre Behauptung, daß Sie sich bis zu diesem schicksalsträchtigen Augenblick für die rechtmäßige Ehefrau Ihres Gatten gehalten hatten, sogar eine Zeugin, nämlich Roberta Fenn.

Sie schrieben Ihrem Mann einen empörten Brief, was ihm eigentlich einfiele, Sie so schmachvoll zu behandeln; Sie hätten sich zwar im beiderseitigen Einverständnis getrennt, aber er wüßte ganz gut, daß Sie einer Scheidung niemals zugestimmt hätten; im übrigen wäre die Scheidung sowieso nicht rechtskräftig, da Sie weder die Vorladung noch die Abschrift der Klage termingerecht bekommen hätten. Mit andern Worten, Sie hatten ihn da, wo Sie ihn haben wollten, und konnten ihn nun zwingen, tüchtig Geld auszuspucken. Seine zweite Ehe war praktisch ungültig, er hatte sich, wenn auch unwissentlich, der Bigamie schuldig gemacht, und er traute sich nicht, seiner jetzigen Frau reinen Wein einzuschenken. Kurz, er war Ihnen restlos ausgeliefert.«

Ich hielt inne und sah sie abwartend an.

Sie wich meinem Blick aus. »Sie tun so, als wäre das alles ein abgekartetes Spiel von mir gewesen, als hätte ich Marco 'reingelegt, um ihn nach Herzenslust rupfen zu können. Aber Sie irren sich. Ich wollte nur in Frieden gelassen werden, sonst gar nichts. Unsere Ehe war ganz in Ordnung, und dann begann mein Mann plötzlich, mich zu verleumden. Ich hab' keine Ahnung, ob er mich vor meinen Freunden unmöglich machen wollte oder ob er wirklich eifersüchtig war oder ob er vielleicht selbst von jemand anders dazu gezwungen wurde. Ich weiß nur, daß alle seine Bezichtigungen völlig aus der Luft gegriffen waren. Ich will mich bestimmt nicht besser machen, als ich bin. Gut, ich hab' mich amüsiert und auch mal geflirtet, aber das ist schließlich kein Verbrechen. Marco hatte auch nie was dagegen, und plötzlich hetzte er ohne jeden Grund Privatdetektive hinter mir her. Er gab Unsummen dafür aus, und weil sie ihm für sein Geld auch einen Gegenwert liefern mußten, schickten sie ihm einen Haufen zusammengelogener Berichte. Daraufhin bildete sich Marco natürlich ein, er hätte mich in der Tasche und könnte mich sang- und klanglos abschieben.«

Sie hielt inne und biß sich auf die Lippen, um nicht die Beherrschung zu verlieren.

»Und dann?« fragte ich.

»Na, eines Tages ließ er dann die Bombe platzen. Er hielt mir das Zeug unter die Nase und machte mir einen Mordskrach. Als ich diesen Packen unverschämter Lügen gelesen hatte, verlor ich beinahe den Verstand.«

»Sie protestierten gegen diese Beschuldigungen, wie?«

»Natürlich! Ich sagte ihm, sie wären samt und sonders erlogen und die größte Gemeinheit, die ich jemals erlebt hätte. Ich hatte einen richtigen Nervenzusammenbruch und war zwei Wochen lang in ärztlicher Behandlung. Mein Arzt gab mir dann auch den Rat, für eine Weile zu verreisen und mich an einen Ort zurückzuziehen, wo mich nichts an die letzten abscheulichen Ereignisse erinnerte.«

»Er war wohl eine mitfühlende Seele, wie?« fragte ich lächelnd.

»Jedenfalls hatte er viel Verständnis«, erwiderte sie steif.

»Natürlich erteilte er Ihnen diesen Rat schriftlich?«

»Woher wußten Sie das?«

»Reine Vermutung.«

»Na, Tatsache ist, daß ich nach San Francisco fuhr und ihm von dort aus einen Brief schrieb. Ich schilderte ihm meine Gemütsverfassung und fragte ihn um Rat. Er schrieb zurück, ein Ortswechsel wäre genau das richtige Heilmittel für mich. In einer anderen Umgebung würde ich mich von meinem Schock am besten erholen.«

»Diesen Brief haben Sie natürlich aufgehoben. Bitte weiter.«

»Ich fuhr nach New Orleans, und drei Wochen lang ging alles ganz gut. Ich hatte mich vorübergehend in einem Hotel eingemietet und suchte eine Wohnung. Aber dann kam plötzlich etwas dazwischen.«

»Würden Sie sich bitte deutlicher ausdrücken.«

»Ich traf jemanden auf der Straße.«

»Bekannte aus Los Angeles?«

»Ja. Deshalb beschloß ich, für eine Weile unterzutauchen.«

»Das zieht nicht, meine Beste. Dasselbe hätte Ihnen in Little Rock, Shreveport oder meinetwegen auch in Timbuktu passieren können.«

»Nein, Sie mißverstehen mich. Die Bekannte wollte wissen, wo ich wohnte, und ich mußte es ihr sagen. Es war klar, daß sie es brühwarm weitererzählen würde und daß alle meine Freunde demnächst in New Orleans aufkreuzen und mir auf die Bude rücken würden. Sie können sich denken, daß ich, nach allem, was geschehen war, keine Lust hatte, alte Bekannte zu sehen. Andererseits wollte ich eine feste Bleibe haben, in der ich jederzeit unterschlüpfen konnte. Dann traf ich Roberta und freundete mich mit ihr an. Sie war auch in der Klemme, und als ich sie fragte, ob es ihr recht wäre, wenn wir für eine Weile die Namen tauschten, hatte sie nichts dagegen einzuwenden. Ich bat sie, eine nette Wohnung zu mieten und für mich bereitzuhalten, bis ich zurückkäme. Natürlich habe ich ihr für diesen Freundschaftsdienst etwas bezahlt.«

»Welchen Namen führten Sie währenddessen?«

»Robertas.«

»Wie lange?«

»Nur zwei bis drei Tage.«

»Und danach?«

»Meinen eigenen. Mir war klargeworden, daß ich mich verdächtig machte, wenn ich unter falschem Namen lebte. Mein Mann konnte es als Schuldbekenntnis auslegen und behaupten, ich hätte ihn verlassen und mich vor ihm versteckt. So gab es eben einfach zwei Frauen namens Edna Cutler. Die eine wohnte in New Orleans und hieß in Wirklichkeit Roberta Fenn, und die andere war die richtige Edna Cutler.«

»Eine ergreifende kleine Geschichte. Selbst der hartgesottenste Richter wäre von ihr zu Tränen gerührt.«

»Mitleid will ich nicht. Ich verlange nur Gerechtigkeit.«

»Das haben Sie wunderschön gesagt. Bei mir können Sie sich diesen Schmus sparen. Ich bin über Sie besser informiert, weiß mehr, als Ihnen erwünscht sein könnte. Sie sind sicher ganz gerieben, aber auf diesen Dreh sind Sie nicht von selbst gekommen.«

»Was meinen Sie damit?«

»Ich meine damit, daß das raffinierte Täuschungsmanöver, mit dem Sie Ihren Mann 'reingelegt haben, nicht auf Ihrem eigenen Mist gewachsen ist. Nur ein Anwalt konnte auf so einen geschickten Schachzug verfallen, und ich kenne mich in dieser Branche aus. Es gibt nicht viele Juristen, die für so was genug Grütze im Kopf haben.«

»Aber glauben Sie mir doch, von einem Plan kann dabei überhaupt nicht die Rede sein. Es ergab sich einfach so.«

»Erzählen Sie mir keine Märchen. Somit wären wir wieder bei Paul Nostrander angelangt. Sie kannten ihn, wie?«

Sie zögerte und dachte angestrengt nach. Ich grinste. »Sie haben wohl nicht erwartet, daß ich die Frage so formulieren würde, was? Lassen Sie sich bei der Antwort ruhig Zeit.«

»Nein, ich kannte ihn nicht«, erwiderte sie trotzig.

Roberta machte ein verblüfftes Gesicht.

»Schade. Jetzt ist Ihnen ein verhängnisvoller Fehler unterlaufen.«

»Wieso?«

»Erstens wird sich Nostranders Sekretärin wahrscheinlich an Sie erinnern, falls Sie ihn jemals im Büro aufgesucht haben. Zweitens dürfte aus seinen Geschäftsbüchern hervorgehen, daß Sie ihm, wenigstens zu Beginn Ihrer Bekanntschaft, ein Honorar gezahlt haben. Drittens wurden Sie bestimmt von allen möglichen Leuten mit ihm zusammen in Jack O'Learys Bar beobachtet. Ihr Mann würde es sich ein Vermögen kosten lassen, wenn er Sie damit ein für allemal abservieren könnte. Eine einzige unvorsichtige Lüge kann Sie Kopf und Kragen ...«

Sie unterbrach mich. »Also schön. Ich kannte ihn.«

»Gut?«

»Ich – konsultierte ihn.«

»Was riet er Ihnen?«

»Er sagte, ich sollte aufhören, mir Sorgen zu machen und die Übergabe der Scheidungspapiere abwarten. Sobald das geschehen sei, sollte ich mich erneut an ihn wenden.« Anscheinend war sie selbst ganz erstaunt über die Durchschlagskraft ihrer Ausrede.

Ich nickte. »Das klingt schon besser. Vor allem läßt es sich nicht widerlegen. Nostrander ist tot. Er kann Sie also nicht mehr Lügen strafen.«

Sie starrte mich wütend an, hielt jedoch wohlweislich den Mund.

Jetzt wandte ich mich an Roberta. »Sie kannten ihn auch?«

»Ja.«

»Woher?«

Edna warf hastig ein: »Das ist eine Falle, Rob. Er möchte von dir hören, daß ich dir Nostrander vorgestellt habe. Du hast ihn in einer Bar kennengelernt, du weißt doch?«

Roberta sagte gar nichts.

»Das ist der zweite schwache Punkt in Ihrer Geschichte, Mrs. Cutler«, erklärte ich grinsend. »Ich fürchte, Sie haben Roberta bereits zuviel erzählt.«

»Unsinn. Ich hab' ihr ja gar nichts zu erzählen.«

Ich zuckte mit den Schultern. »Na gut, sprechen wir von was anderem. Wenn Sie nicht lügen wollen und Angst haben, Edna mit Ihren Aussagen zu schaden, dann halten Sie am besten die Klappe. Warum sind Sie Nostrander aus dem Weg gegangen?«

»Was meinen Sie damit?« fragte Roberta.

»Na, Sie wohnten fast ein Jahr lang im französischen Viertel. Sie aßen regelmäßig im ›Haus Bourbon‹ und wurden häufig in Jack O'Learys Bar gesehen. Ursprünglich sollten Sie so lange in dem Apartment bleiben, bis Edna nach New Orleans zurückkehrte. Statt dessen zogen Sie von einem Tag auf den anderen aus, nahmen Ihren eigenen Namen wieder an, belegten einen Kursus für Buchhaltung und setzten keinen Fuß mehr ins französische Viertel. Erst vor ein paar Wochen wagten Sie sich in Begleitung von Archibald Smith wieder in das eine oder andere Lokal, weil Sie glaubten, man hätte Sie dort vergessen. Das war jedoch ein Irrtum. Jemand gab Nostrander einen Wink, und er begann Ihnen nachzuspüren. Schließlich stöberte er Sie dann auch auf. Warum sind Sie so Knall und Fall aus der Wohnung in der St. Peter Street ausgezogen?«

»Du brauchst die Frage nicht zu beantworten, Rob«, sagte Edna.

»Ich kann Sie alle beide nicht zwingen, meine Fragen zu beantworten«, erklärte ich. »Bei der Polizei ist das etwas anderes. Da müssen Sie Farbe bekennen, ob Sie wollen oder nicht.«

»Ach, machen Sie sich doch nicht lächerlich. Weshalb sollte sich die Polizei überhaupt für uns interessieren?« entgegnete Edna ungeduldig. – »Begreifen Sie das wirklich nicht?«

»Nein.«

»Also gut. Passen Sie auf. Wo waren Sie Donnerstag nacht um halb drei?«

»Mit wem sprechen Sie eigentlich? Sie sehen mich an, aber Sie meinen natürlich Rob, stimmt's?«

»Irrtum. Ich meine Sie.«

»Was soll der Blödsinn? Ich war hier im Bett.«

»Aber beweisen können Sie das natürlich nicht, und die Polizei wird sich über kurz oder lang ziemlich intensiv mit diesem Problem beschäftigen. Vorläufig verfügt sie erst über eine Anhäufung unzusammenhängender Tatsachen. Sobald sie jedoch etwas Ordnung in den Wirrwarr gebracht hat, dürfte sich ungefähr folgendes Bild ergeben: Sie hatten sich einen raffinierten Plan ausgedacht, um Ihren Mann 'reinzulegen. Nostrander spielte eine Rolle dabei, desgleichen Roberta Fenn. Roberta kannte die Einzelheiten nicht. Nostrander kannte sie. Er hatte den Dreh nämlich ausgeknobelt.

Na gut, die Sache klappte erstklassig. Die Falle schnappte zu. Von Rechts wegen hätte Ihr Mann jammernd um Gnade winseln müssen. Aber er dachte nicht daran, und das war Ihr Pech. Er ist verdammt zäh. Außerdem steht für ihn zuviel auf dem Spiel. Er kam nach New Orleans und nahm sich den Mann vor, der Ihnen die Scheidungspapiere übergeben sollte. Er schnüffelte auf eigene Faust im französischen Viertel herum und wird vermutlich demnächst Privatdetektive mit Ermittlungen beauftragen, falls er das nicht schon längst getan hat. Er war über Nostranders Rolle im Bilde. Nostranders Lage war keineswegs beneidenswert. Wenn Sie sich verplapperten und es Ihrem Mann gelang, ihm bewußte Irreführung und Verschwörung nachzuweisen, dann konnte das verdammt eklig für ihn werden. Ein paar massive Drohungen und eine hübsche Bestechungssumme hätten ihn wahrscheinlich weich gemacht und Sie um die Früchte Ihrer Intrige gebracht. Andererseits war alles in Butter, solange er seinen Mund hielt. Im übrigen gab es ein todsicheres Mittel, Nostrander ein für allemal zum Schweigen zu bringen. Sie wissen, was ich meine. Ein einziger gutgezielter Schuß – peng –, und Ihre diesbezüglichen Sorgen hatten ein Ende. Was tut man nicht alles, um sich einen netten Notgroschen zu sichern. Sie hatten ein zwingendes Motiv. Manche Menschen haben eines wesentlich geringfügigeren Anlasses wegen zur Waffe gegriffen.«

»Sie sind ja verrückt!«

»Darauf können Sie Gift nehmen, daß die Polizei von dieser Theorie sehr angetan sein wird.«

Mrs. Cutler warf einen beinahe hilflosen Blick auf Roberta Fenn.

»Wie wär's, wenn Sie mir jetzt mal erzählten, woher Sie Archibald Smith kennen und warum Sie ihm einen Brief für Roberta mitgaben?«

Sie starrte mich verblüfft an. »Smith! Du liebe Güte, was hat das alte Fossil mit alledem zu schaffen?«

»Das möchte ich ja gerade von Ihnen erfahren.«

»Also, Sie sind wirklich verrückt. Smith hat mit der ganzen Sache überhaupt nichts zu tun.«

»Das nehm' ich Ihnen nicht ab. Wann ist er zum erstenmal hier bei Ihnen aufgetaucht? Was . . .«

Die Türklingel setzte sich stürmisch in Bewegung.

»Sehen Sie nach, wer da ist«, sagte ich zu Edna.

Sie ging zur Sprechanlage und fragte: »Wer ist dort, bitte?« Ihr Gesichtsausdruck verriet mir, was los war. Ich wandte mich an Roberta. »Haben Sie irgendwelche persönlichen Dinge hier? Vielleicht eine Reisetasche, Garderobe, Toilettenzeug?«

Angsterfüllt schüttelte sie den Kopf. »Nein, das ist alles in meiner Wohnung zurückgeblieben. Ich ließ mir von Edna Geld schicken, aber ich bin noch nicht dazu gekommen, mir neue Sachen anzuschaffen. Ich . . .«

»Schnappen Sie sich sofort alles, was Ihnen gehört und was Ihre Anwesenheit verraten könnte. Los, wir hauen ab.«

»Ich verstehe nicht . . .«, wandte sie ein. »Was . . .?«

»Drücken Sie auf den Summer«, sagte ich zu Edna. »Dann nehmen Sie den Aschenbecher – schnell, schnell! – und werfen Sie alle Zigarettenstummel zum Fenster ’raus. Tun Sie so, als hätten Sie gerade den Morgenrock übergezogen, wenn Sie die Tür aufmachen.«

Edna tastete stumm nach dem Knopf für den Summer.

»Ja, aber . . .? Wer ist denn unten?« wollte Roberta wissen.

Edna wandte ihr das vor Schreck verzerrte Gesicht zu. Sie bewegte die zitternden Lippen, brachte jedoch keinen Ton hervor.

»Die Polizei, wer sonst«, antwortete ich, packte Roberta am Arm und sauste mit ihr auf den Korridor hinaus.

16

Etwa sieben Meter von Ednas Wohnungstür entfernt machte der Korridor eine Biegung. Ich zerrte Roberta hinter mir her um die Ecke und blieb stehen.

»Aber was? . . .« rief sie erregt. »Warum . . .?«

»Still«, flüsterte ich. Von der Treppe her waren Schritte zu hören. »Wenn’s nur einer ist, warten wir hier. Sind’s zwei, dann hauen wir ab.«

Es waren zwei Männer. Ihre Schritte dröhnten durch den Korridor und machten vor Ednas Wohnung halt. Verstohlen blickte ich um die Ecke und sah zwei breite Rücken und einen Schimmer von Ednas bleichem Gesicht. Dann drängten sich die beiden Hünen in die Wohnung, und die Tür fiel hinter ihnen zu. Ich wartete noch einen Augenblick lang, wandte mich zu Roberta und nickte ihr zu. Sie ging hinter mir her.

Auf dem Treppenabsatz fragte sie: »Warum hätten wir gewartet, wenn es nur einer gewesen wäre?«

»Polizisten jagen für gewöhnlich zu zweit. Manchmal bleibt der eine unten im Wagen sitzen. Da diesmal beide ’raufgekommen sind, ist die Luft rein. Hoffen wir’s wenigstens.«

Wir liefen die Treppe hinunter und spähten auf die Straße. Vor dem Haus stand ein Streifenwagen. Er war leer.

»Alles okay. Los, gehen wir.«

Ich nahm ihren Arm, damit sie mir nicht davonrannte. »Nicht so schnell. Es beißt Sie ja niemand.«

»Doch. Ich hab' das Gefühl, daß mir jemand dicht auf den Fersen ist. Am liebsten würde ich die Beine in die Hand nehmen und losrasen.«

»Das wäre das Verkehrteste, was Sie tun könnten. Machen Sie ein unbefangenes Gesicht. Lachen Sie mich an. So ist's recht. Langsam gehen. Ja, sehen Sie mal da, was für ein scheußlicher Deckel.« Ich blieb vor einem Schaufenster stehen und zeigte auf einen Damenhut. Der letzte Schrei war anscheinend noch nicht bis nach Shreveport gedrungen. Roberta lachte nervös auf. Ich lotste sie um die nächste Ecke.

»Kennt Sie hier jemand?« erkundigte ich mich.

»Nein.«

»Gut, dann gehen wir in irgendein Lokal und essen was. Oder haben Sie schon zu Abend gegessen?«

»Nein, wir waren gerade beim Umziehen, als Sie kamen.«

Wir schlenderten die Straße entlang und hielten Ausschau nach einem Restaurant. Roberta versuchte ein paar Fragen anzubringen, aber ich sagte ihr, damit solle sie bis nachher warten. Schließlich entdeckten wir ein recht gemütliches Lokal. Wir wählten einen Tisch in einer Nische, möglichst weit von der Tür entfernt. Der Kellner brachte uns die Speisekarte, und ich bestellte zwei Cocktails.

Sobald der Kellner außer Hörweite war, sagte ich: »Sprechen Sie leise. Wieviel wußten Sie von Ednas Plan?«

»Nichts«, erwiderte sie. »Es spielte sich alles genauso ab, wie Sie es dargestellt haben, nur, daß ich von der Scheidung und der Übergabe der Papiere keine Ahnung hatte.«

»Warum war Nostrander so versessen darauf, Sie wiederzufinden?«

»Er hatte sich in mich verliebt und führte sich auf wie ein Verrückter. Das war furchtbar lästig, kann ich Ihnen sagen.«

»Nur, weil ein Mann, den Sie nicht mochten, Sie mit seinen Anträgen verfolgte, zogen Sie aus der Wohnung aus? Ist das nicht ein bißchen übertrieben? Außerdem veränderten Sie ja auch Ihre gesamte Lebenshaltung. Sie wollen mir doch nicht einreden, daß Sie das alles nur taten, um Nostrander abzuschütteln.«

»Nun – nein, nicht ausschließlich aus diesem Grunde. Sehen Sie, ich hatte das Faulenzerleben, das ich da führte, allmählich satt. Ich brauchte nicht zu arbeiten. Solange ich das Apartment bewohnte und mich als Edna Cutler ausgab, bekam ich alles bezahlt. Ich stand immer erst gegen elf oder zwölf Uhr auf, ging frühstücken, machte einen Spaziergang, kaufte mir ein paar Illustrierte, hockte den Nachmittag über zu Hause, las oder döste vor mich hin, ging abends wieder essen, badete, warf mich in Schale und ging aus. Entweder war ich mit jemandem verabredet, oder ich zog einfach allein los. New Orleans ist in dieser Beziehung einmalig. Man setzt sich in irgendeine Bar, und noch nicht fünf Minuten später hat man einen netten Mann kennengelernt. Niemand findet was dabei. In jeder anderen Stadt würde man sich den Mund darüber zerreißen, und der Mann würde das Mädchen für ein Flittchen halten und auch so behandeln. In New Orleans will sich jeder nur amüsieren, mehr nicht.«

Der Kellner brachte die Cocktails. Wir stießen miteinander an und nahmen einen Probeschluck. Der Kellner wartete stumm auf weitere Bestellungen.

»Bringen Sie mir ein paar Austern mit reichlich Cocktailsauce, etwas Meerrettich und Zitrone«, sagte ich, »danach Garnelen, Zwiebelsuppe, ein sechs Zentimeter dickes Steak, das nur leicht gegrillt ist, Pommes frites, gebackene Zwiebeln, ein paar Scheiben Toast mit viel Butter und einer Spur Knoblauch, eine Flasche Chablis auf Eis, eine Portion Eiscreme, eine Tasse schwarzen Kaffee und zuletzt die Rechnung.«

Der Kellner zuckte nicht mit der Wimper. »Sehr wohl, Sir. Sie werden bestimmt zufrieden sein.«

»Was möchten Sie?« fragte ich Roberta.

»Bitte das gleiche.«

Ich nickte dem Kellner zu, wartete, bis die grünen Vorhänge hinter ihm zugefallen waren, und schoß plötzlich die Frage ab: »Wo waren Sie Donnerstag nacht um halb drei?«

»Wenn ich Ihnen erzähle, was in dieser Nacht passiert ist, werden Sie mir's nicht glauben.«

»So schlimm?«

»Ja.«

»Na, wir werden ja sehen.«

»Also, es war mir gelungen, Nostrander fast zwei Jahre lang aus dem Wege zu gehen. Vielleicht glaubte er sogar, ich wäre gar nicht mehr in New Orleans. Dann kam er mir eines Tages doch auf die Spur und stand plötzlich vor meiner Tür. Sie haben diesen denkwürdigen Moment ja miterlebt. Ich war gar nicht begeistert, das können Sie mir glauben, und

Ihre Anwesenheit machte alles noch schlimmer. Nostrander war nämlich krankhaft eifersüchtig, und die ewigen Szenen hatten ihn mir auch so widerwärtig gemacht. Wenn ich mit jemand anderem ausging oder nur mit einem anderen tanzte, dann führte er sich auf wie ein Verrückter. Er war sicher ein sehr kluger Mensch, aber für meinen Begriff hatte er manchmal nicht alle Sinne beieinander. Die Frau, die ihn jemals geheiratet hätte, konnte einem wahrhaftig leid tun. Er hätte vermutlich auch den Milchmann und den Briefträger verdächtigt.«

»Haben Sie ihn deshalb nicht in die Wohnung gelassen?«

»Natürlich. Als er Sie erblickte, quollen ihm ja förmlich die Augen aus dem Kopf. Ich dachte schon, er würde auf der Stelle überschnappen und irgendwas ganz Verzweifeltes anstellen. Deshalb bugsierte ich ihn auf den Korridor hinaus und sagte ihm, ich hätte Sie noch nie zuvor gesehen, es handelte sich nur um etwas Geschäftliches. Natürlich glaubte er mir kein Wort. Er fuchtelte mit seinem Revolver herum, erklärte, er würde zuerst mich und dann sich selbst töten, ich hätte kein Herz, kurz, wir waren genau wieder da angelangt, wo wir vor zwei Jahren aufgehört hatten. Weil ich der Sache ein Ende machen und ihn schnell loswerden wollte, versprach ich ihm, am Abend mit ihm auszugehen.«

»Wahrscheinlich quetschte er Sie über mich aus?«

»Sicher.«

»Was erzählten Sie ihm?«

»Na, die Wahrheit natürlich: daß Sie Privatdetektiv sind und Erkundigungen über einen Mann namens Smith einziehen.«

»Daraufhin wollte er alles über Smith wissen, wie?«

»Ja. Man brauchte nur den Namen eines Mannes vor ihm zu erwähnen, schon wurde er ungemütlich. Es war zum Auswachsen. Ich sagte ihm, Smith sei ein Bekannter von Edna.«

»Das spielte sich also alles in den drei oder vier Minuten draußen auf dem Korridor ab?«

»Nein, später. Als wir vor der Tür standen, sagte ich ihm lediglich, ich hätte keine Zeit, mich länger mit ihm herumzuzanken. Ich müßte Sie zunächst mal loswerden, wenn ich mit ihm ausgehen wolle. Er erklärte sich daraufhin bereit, zu warten.«

»Moment mal. Wo hat er eigentlich gewartet?«

»Keine Ahnung. Er sagte nur, er würde draußen warten und wiederkommen, sobald Sie weg wären.«

»Kam er dann zurück?«

»Selbstverständlich. Höchstens eine Minute, nachdem Sie gegangen waren.« Sie bemerkte meine verblüffte Miene. »Was ist los? Warum machen Sie denn ein so erstauntes Gesicht?«

»Lassen Sie mich mal nachdenken. Soviel ich mich erinnere, gibt es in dem Haus nur eine Etage mit Wohnungen. Sie liegen zu beiden Seiten des Korridors, und der Korridor erstreckt sich völlig gradlinig über die gesamte Länge des Gebäudes. Im Erdgeschoß befindet sich nur ein riesiger Lagerraum, und im ersten Stock sind Büros. Ist das so richtig?«

»Ja.«

»Auf dem Korridor kann man sich demnach nicht verstekken. Trotzdem hab' ich ihn nicht gesehen, als ich wegging. Unten auf der Straße oder in einem der geparkten Wagen war er meines Wissens auch nicht.«

»Ach, dafür gibt's bestimmt eine ganz einfache Erklärung. Ich könnte fast wetten, daß er sich am Ende des Korridors in eine Ecke gedrückt hatte und Sie von da aus beobachtete. Er war ein furchtbarer Geheimniskrämer und spionierte dauernd hinter einem her. Als ich noch im französischen Viertel wohnte, stellte er sich an, als wäre ich ein feindlicher Ausländer und er der gesamte FBI-Fahndungsdienst in einer Person. Er beobachtete meine Fenster durch ein Fernglas und bewachte von irgendeinem Winkel aus meine Haustür. Überall schnüffelte er herum. Ich wagte nicht mal einen Freund mit 'raufzunehmen und zu einem Drink einzuladen ...«

Der Kellner erschien mit den Speisen und servierte. Wir stürzten uns darauf, als hätten wir seit einer Woche nur von trockenem Brot und Wasser gelebt.

»Soll ich weitererzählen, Donald?« fragte Roberta nach einigen Minuten angestrengtester Kautätigkeit.

»Später – wenn wir das Essen hinter uns haben. Ich hab' einen Mordshunger.«

Für eine ganze Weile war außer dem Klappern von Messer und Gabel überhaupt nichts zu hören. Mit dem Grad der Sättigung stieg auch die gute Stimmung. Roberta entspannte sich immer mehr. Als wir beim Kaffee angelangt waren, betrachtete sie mich mit nahezu zärtlicher Miene. »Wissen Sie was, Donald?«

»Nein.«

»Ich hab' das Gefühl, daß ich Ihnen vertrauen kann. Ich werde Ihnen die Wahrheit sagen, egal, wie unwahrscheinlich sie auch klingt.«

»Tun Sie das. Ich bin ganz Ohr.«

Sie schob ihren Teller zurück, nahm sich eine Zigarette und beugte sich vor, als ich ihr Feuer gab. Dabei griff sie nach meiner Hand und dem Streichholz und hielt beides fest. »Danke.« Mit Behagen stieß sie den Rauch aus und lehnte sich zurück. »Also Paul und ich gingen wie verabredet aus. Es dauerte gar nicht lange, da waren wir schon wieder mitten im schönsten Krach. Er fragte mich ungeniert über Sie aus, wollte mir durchaus nicht glauben, daß Sie ein Privatdetektiv wären und benahm sich wie ein Wüterich. Außerdem betrank er sich, so daß ich schließlich endgültig genug von ihm hatte. Ich erklärte ihm, er hätte sich in den zwei Jahren auch nicht ein bißchen geändert. Seine verdammte Eifersucht hinge mir zum Halse heraus, und ich hätte keine Lust, das ganze Elend noch mal durchzumachen. Er könne sich zum Teufel scheren, und wenn er mich künftig nicht in Frieden ließe, würde ich mich an die Polizei wenden.«

»Wie reagierte er darauf?«

»Er tat etwas sehr Komisches: Er ergriff einfach meine Handtasche.«

»Weshalb? Damit Sie ohne Geld dasäßen?«

»Das dachte ich anfänglich auch. Ich kam erst später hinter seine wahren Absichten.«

»Er hatte es auf Ihren Wohnungsschlüssel abgesehen, wie?«

»Stimmt.«

»Wo befanden Sie sich, als das passierte?«

»In Jack O'Learys Bar. Das war seine Stammkneipe.«

»Wie spielte sich denn das Ganze ab?«

»Na, ich sagte ihm ordentlich die Meinung und gab ihm praktisch den Laufpaß. Die Bar war sehr voll, und falls er seinen Revolver gezückt oder sonst was Verrücktes angestellt hätte, wären mir die anderen Gäste bestimmt zu Hilfe gekommen. Außerdem hatte ich so lange in ständiger Angst vor diesem Wahnsinnigen gelebt und seine ewigen Nachstellungen so satt, daß mir schon beinahe alles egal war. Es war wirklich ein Jammer. Bevor er sich in mich verliebte, war er nämlich ein blendender, witziger Gesellschafter.«

»Sie lernten ihn durch Edna kennen?«

»Ja.«

»Wie stand er zu ihr?«

»Also, ich glaube, er hatte eine Affäre mit ihr. Vermutlich war er ihr in Jack O'Learys Bar begegnet und hatte sich mit ihr angefreundet. Mit der Zeit vertraute ihm Edna dann ihre privaten Sorgen an und bat ihn um Rat. Daraufhin knobelte er den Dreh mit den Scheidungspapieren aus.«

»Edna hat Sie aber nicht ins Vertrauen gezogen?«

»Nein. Sie gab mir natürlich eine Erklärung dafür, warum ich die Wohnung mieten und unter ihrem Namen dort leben sollte, aber den wahren Grund verschwieg sie mir. Ich hatte auch keine Ahnung, wo sie sich aufhielt. Paul Nostrander war der einzige, der es wußte, obwohl er es die ganze Zeit über abstritt. Von ihm bekam ich jeden Monat eine bestimmte Summe ausgezahlt für die Miete, meinen Lebensunterhalt, Kleidung, Friseur und dergleichen.«

»Übergaben Sie ihm die Scheidungspapiere?«

»Nein. Er wollte sie nicht annehmen. Er behauptete, dazu wäre er nicht befugt.«

»Gut. Nun zurück zu dem bewußten Abend. Nostrander eignete sich also Ihre Handtasche an. Was geschah dann?«

»Er verschwand, ohne mich eines Wortes zu würdigen.«

»Bezahlte er nicht wenigstens die Rechnung?«

»In Jack O'Learys Bar wird jeder Drink sofort bezahlt.«

»Er ließ Sie also einfach sitzen?«

»Ja.«

»Was machten Sie daraufhin?«

»Ich saß noch eine Weile in der Bar herum. Dann bemerkte ich an meinem Tisch zwei Soldaten, die mir schöne Augen machten, und da dachte ich, na schön, warum eigentlich nicht. Wenn ich den armen Kerlen ein paar nette Stunden verschaffen konnte, sollten sie sie haben. Ich lächelte ihnen zu, sie kamen zu mir herüber, und wir unterhielten uns. Es waren reizende Burschen aus Milwaukee. Sie waren zum erstenmal in New Orleans und kannten die Stadt überhaupt noch nicht. Ich führte sie herum, zeigte ihnen ein paar Sehenswürdigkeiten, erzählte ihnen alles mögliche über das französische Viertel, und zwischendurch kehrten wir immer wieder ein. Als ich mich verabschiedete, standen sie beide nicht mehr sehr fest auf den Beinen.«

»Und weiter?«

»Danach ging ich zu Fuß nach Hause, den ganzen Weg.«

»Warum nahmen Sie kein Taxi?«

»Wie denn, zum Kuckuck noch mal? Ich hatte doch keinen Cent.«

»Wie wollten Sie in Ihre Wohnung kommen, wo Sie doch keinen Schlüssel hatten?«

»Ich hatte einen Schlüssel.«

»Sie sagten doch, Nostrander hätte ihn mitgenommen.«

»Ja, aber in meinem Briefkasten lag noch ein zweiter. Sehen Sie, es ist mir ein paarmal passiert, daß ich schnell was einholen ging, die Tür zuschlug und zu spät merkte, daß ich den verflixten Schlüssel vergessen hatte. Deshalb lag immer ein zweiter im Briefkasten.«

»Um welche Zeit trennten Sie sich von den Soldaten?«

»Oh, ungefähr um zwei Uhr, schätze ich.«

»Wann trafen Sie zu Hause ein?«

»Ganz genau zwanzig Minuten nach zwei.«

»Woher wissen Sie das so genau? Haben Sie einen Schuß gehört?«

»Nein, gehört hab' ich nichts. Aber ich habe etwas gesehen.«

»Was denn?«

»Meinen Freund Archibald Smith.«

Ich verdaute diese Mitteilung. »Moment mal. Sie können ihn gar nicht gesehen haben. In jener Nacht war er in New York.«

Sie lächelte. »Ich sah ihn aber. Ganz deutlich.«

»Haben Sie miteinander gesprochen?«

»Nein. Das Ganze spielte sich folgendermaßen ab: Er fuhr im Taxi an mir vorbei, als ich vielleicht noch fünfzig Meter vom Haus entfernt war. Er stieg aus, lief die drei Stufen vor der Haustür hinauf und klingelte an meiner Wohnung.«

»Sind Sie sicher, daß es Ihre Wohnung war?«

»Also – ja, ziemlich sicher. Ich konnte die Klingelleiste erkennen und auch, an welcher Stelle er den Knopf drückte.«

»Was geschah, als er feststellte, daß Sie nicht zu Hause waren?«

»Das weiß ich nicht.«

»Wieso?«

»Weil jemand den Summer bediente und er hineinging.«

»Oh!«

»Eben. Das sagte ich in dem Moment damals auch. Als ich ihn ins Haus gehen sah, wurde mir plötzlich alles klar. Ich begriff, daß Paul Nostrander meine Handtasche an sich genommen hatte, weil er meinen Wohnungsschlüssel haben wollte, und daß er nun oben saß und auf mich wartete.«

»Ein ziemlich massiver Annäherungsversuch!«

»Ach, wenn's nur das gewesen wäre! Damit wäre ich schon irgendwie fertig geworden. Aber ich konnte mir ungefähr vorstellen, was in seinem Kopf vorging. Er hatte mir den ganzen Abend über meine Treulosigkeit vorgeworfen. Sehen Sie, als ich vor zwei Jahren plötzlich von der Bildfläche verschwand, mußte er natürlich annehmen, ich wäre mit einem anderen Mann davongelaufen. Er hat sogar in der Seufzerspalte nach mir annonciert. Das Inserat lief fast zwei Jahre lang.«

»Ich weiß. Ich hab's gesehen.«

»Na also. Ich war mir natürlich klar darüber, daß ich ihm irgendwann mal, auf der Straße oder sonstwo, in die Arme laufen würde. Aber ich hoffte, er hätte mich bis dahin vergessen und sich in eine andere verliebt. Fehlanzeige. Er gehörte anscheinend zu den komischen Menschen, die ausgerechnet das haben wollen, was sie nicht bekommen können. Das muß eine Art Komplex sein.« Ich nickte.

»Als ob ich noch nicht genug Ärger mit ihm gehabt hätte«, fuhr sie erbittert fort, »hockte dieser Verrückte nun oben in meiner Wohnung mit seinem Schießeisen und vermutlich halb betrunken und wartete racheschnaubend auf meine Rückkehr. Da er sich's nun mal in den Kopf gesetzt hatte, ich hätte einen Liebhaber, wollte er mich wahrscheinlich in flagranti erwischen.«

»Unser Freund Archibald C. Smith hätte sich wirklich keinen günstigeren Zeitpunkt für seinen Besuch bei Ihnen aussuchen können.«

»Ja, der Arme. Er muß einen schönen Schreck bekommen haben.«

»Mich wundert's nur, was er so spät in der Nacht bei Ihnen wollte. Normalerweise hätten Sie um diese Zeit fest geschlafen. Er hat sich doch wohl nicht eingebildet, Sie würden ihn hineinlassen und ihn zu einem Plauderstündchen einladen.«

»Nein, aber er hat vielleicht angenommen, er könnte wenigstens über die Sprechanlage mit mir reden.«

»Hörten Sie einen Schuß?«

»Nein.«

»Gut. Was taten Sie dann?«

»Ich ging auf die andere Straßenseite hinüber und versuchte einen Blick durchs Fenster in die Wohnung zu werfen. Aber die Vorhänge waren zugezogen. Dann machte ich kehrt und lief in die Stadt zurück.«

»Wie spät war es ungefähr zu diesem Zeitpunkt?«

Sie überlegte. »Es muß kurz vor halb drei gewesen sein. Als ich die Kreuzung erreichte, fuhr Marilyn Winton an mir vorbei mit noch zwei anderen Leuten – einem Mann und einer Frau.«

»Sie kennen Miss Winton?«

»Flüchtig. Sie wohnt mir direkt gegenüber, und da ergibt es sich praktisch von selbst, daß man gelegentlich ein paar Worte wechselt.«

»Weiter.«

»Na ja, ich stiefelte also wieder in die Stadt zurück und ging in eines der kleinen Hotels im französischen Viertel, wo man's mit den Formalitäten nicht so genau nimmt. Ich hatte ja kein Gepäck, keine Zahnbürste, nichts. Geld hatte ich auch nicht. Ich trug mich unter einem falschen Namen ein, weil ich befürchtete, Paul könnte auf die Idee kommen, sämtliche Hotels anzurufen und sich nach mir zu erkundigen. Am nächsten Morgen wanderte ich den gleichen Weg zurück, um mir meine Handtasche und ein paar Toilettensachen aus meiner Wohnung zu holen. Anschließend wollte ich mir ein Taxi nehmen und zur Arbeit fahren. Als ich vor dem Haus ankam, standen einige Wagen davor und ein Haufen neugieriger Leute. Ein Mann erzählte mir dann von dem Mord, der in meiner Wohnung verübt worden war, und daß die Polizei nach der Wohnungseigentümerin fahnde.«

»Und Sie?«

»Ich benahm mich wie eine Idiotin. Anstatt die Sache zu klären, was ja zu diesem Zeitpunkt kein Problem gewesen wäre, bekam ich's mit der Angst zu tun und eilte ins Hotel zurück. Von dort sandte ich Edna sofort ein Telegramm und bat sie, mir schleunigst Geld zu überweisen.«

»Warum haben Sie's nicht zuerst mit einem R-Gespräch versucht?«

»Das hab' ich ja getan, aber sie meldete sich nicht.«

»Wann bekamen Sie das Geld?«

»Am gleichen Nachmittag. Ich bezahlte mein Hotelzimmer und fuhr gegen Abend nach Shreveport.«

Der Kellner erschien wieder, räumte das Geschirr ab und brachte zwei Portionen Eiscreme.

»Können Sie Edna vertrauen?«

»Ich weiß nicht. Bisher hab' ich nicht daran gezweifelt, aber jetzt bin ich nicht mehr so sicher.«

»Nostranders Tod ist für Edna von Vorteil.«

»Ja, wahrscheinlich.«

»Folglich hätte sie ein sehr einleuchtendes Motiv gehabt.«

»Meinen Sie damit etwa, daß Edna ihn getötet haben könnte?«

»Die Polizei dürfte dieser Meinung sein.«

»Aber sie war doch in Shreveport.«

»Nicht, als Sie telefonierten.«

»Also – nein, vielleicht nicht.«

»Sie erhielten das Geld erst am Nachmittag.«

»Ja.«

Wir löffelten die Eiscreme und tranken den Kaffee. Keiner von uns redete viel. Wir waren zu sehr mit unseren Gedanken beschäftigt. Nach einer Weile fragte Roberta: »Was soll ich tun, Donald? Geben Sie mir einen Rat.«

»Haben Sie Geld?«

»Noch einen Rest von dem, was Edna mir schickte. Hören Sie, Donald, wär's nicht das beste, wenn ich einfach zur Polizei ginge und meine Geschichte erzählte?«

»Nein, dazu ist es jetzt zu spät. Sie haben den Anschluß verpaßt.«

»Könnte ich nicht erklären, daß . . .«

Ich schüttelte den Kopf. »Ausgeschlossen.«

»Aber es ist doch die Wahrheit!«

»Sie haben ihn nicht umgebracht, wie?«

Roberta sah mich sprachlos und voller Entsetzen an.

»Na gut. Umgebracht wurde er jedenfalls, und dem Täter könnte nichts Angenehmeres widerfahren, als wenn die Polizei Sie zum Sündenbock machte.«

Sie seufzte. »Da bin ich wieder mal in eine schöne Klemme hineingeraten. Also, Donald, ich tue alles, was Sie wollen. Sie müssen's schließlich am besten wissen.«

Ich bezahlte die Rechnung, erkundigte mich, ob es in dem

Restaurant eine Telefonzelle gab, hängte mich an die Strippe und rief beim Flughafen von New Orleans an.

»Hier spricht Detektiv Lam aus Shreveport«, sagte ich hastig in amtlichem Tonfall. »Am Mittwoch hat ein Mann namens Emory G. Hale einen Flug nach New York gebucht. In New York machte er kehrt und flog wieder nach New Orleans zurück. Stimmt das?«

»Einen Augenblick, bitte«, erwiderte die Stimme am anderen Ende der Leitung. »Ich sehe eben mal in der Passagierliste nach.«

Ich hörte das Rascheln von Papier. Nach einer Minute sagte die Stimme: »Ja, stimmt. Emory G. Hale. New York und zurück.«

»Sie können sich vermutlich nicht mehr erinnern, wie er aussah?«

»Nein, tut mir leid. Aber Moment mal.« Offenbar wandte er sich an seine Kollegen: »Kann sich einer von euch an einen Mann namens Hale erinnern? Er löste am Mittwoch einen Flugschein nach New York. Die Polizei von Shreveport interessiert sich dafür ... Nein, bedaure, wir haben hier niemanden, der sich an ihn erinnert.«

»Vermerken Sie bei der Buchung das Gewicht des Passagiers?«

»Ja.«

»Wieviel hat Hale gewogen?«

»Das kann ich Ihnen sofort sagen. Er wog – Moment mal –, er wog hundertsechsundvierzig Pfund.«

Ich bedankte mich und hängte an. Emory G. Hale mußte mindestens zweihundert Pfund wiegen, wenn nicht mehr. Ich ging an unseren Tisch zurück.

»Was ist los?« erkundigte sich Roberta. »Schlechte Nachrichten?«

»Haben Sie Lust, nach Kalifornien zu reisen?«

»Lust hätte ich schon.«

»Wir werden mit einem Taxi nach Forth Worth fahren und von da aus nach Los Angeles fliegen.«

»Warum ausgerechnet nach Kalifornien?«

»Warum nicht? Hier können Sie nicht bleiben. Louisiana ist gegenwärtig ein zu heißes Pflaster für Sie.«

»Aber werden wir nicht Aufsehen erregen?«

»Hoffentlich. Je mehr, desto besser.«

»Das verstehe ich nicht.«

»Ist doch ganz einfach. Man muß die Neugierde seiner Mitmenschen befriedigen, dann kommen sie gar nicht erst auf dumme Gedanken. Folglich werden wir allen Leuten alles über uns erzählen, angefangen vom Taxifahrer bis zum letzten Passagier unserer Maschine. Wir sind ein frisch verheiratetes Ehepaar aus Los Angeles und auf der Hochzeitsreise. Soeben erreichte uns die betrübliche Nachricht, daß Ihre Mutter plötzlich erkrankt ist. Als pflichtgetreue Kinder eilen wir auf schnellstem Wege an ihr Krankenbett. Eine romantische kleine Geschichte. Junges Eheglück, unterbrochene Flitterwochen, Krankheit der Mutter, so was zieht immer. Die Leute werden uns bedauern und noch lange von dem netten jungen Paar sprechen. Falls die Polizei einen Steckbrief mit Ihrer Personenbeschreibung erläßt, wird ihn kein Mensch mit der armen, kleinen, jungen Frau in Verbindung bringen, die vor Sorge um ihre Mutter völlig außer sich war.«

»Wann geht's los?« fragte sie.

»Sobald ich den Wagen bestellt habe.«

17

Sonntag früh, bei Tagesanbruch, flogen wir über Arizona hinweg. Allmählich verlor die Wüste unter uns ihr fahles, verschwommenes Aussehen. Die Landschaft bekam Form und Farbe. Auf den hoch emporragenden Felsenspitzen zeichnete sich der erste Lichtschimmer ab, während auf dem Grunde der tief eingeschnittenen Canyons und in den ausgetrockneten Flußläufen noch das Dunkel der Nacht lag. Die Sterne wurden zu stecknadelkopfgroßen blaugrünen Punkten, bevor sie ganz verblaßten.

Die Maschine nahm Kurs nach Westen, und das Dröhnen der Motoren hallte von den zerklüfteten Bergwänden wider. Im Osten färbte sich der Himmel rosig. Die Dunstschleier funkelten vielfarbig, als wären sie mit Millionen von winzigen Edelsteinen übersät. Dann erhob sich die Sonne wie ein feuriger Ball über den Horizont und überschwemmte alles mit ihrem Licht. Die matten Farben der Dämmerung schmolzen dahin. Strahlende Helligkeit und die Düsternis der bizarren, zerschundenen Felslandschaft zeichneten sich schroff voneinander ab. Der Schatten des Flugzeugs glitt wie ein mächtiger Vogel über den Boden, überquerte den Colorado River und beschrieb einen Kreis. Wir waren nun in Kalifornien. Die Maschine setzte zur Landung an, und gleich darauf rollten wir über eine Startbahn auf das winzige Flugplatzgebäude zu. Ringsum erstreckte sich noch immer, so weit das Auge reichte, die kahle, unbelebte Wüste. An der Bar stärkten wir uns mit kochend heißem Kaffee und Rührei mit Speck.

Bald ging es weiter. Hohe, schneebedeckte Berge tauchten vor uns auf, Hüter der fruchtbaren Ebenen und Bollwerk gegen Sandstürme und Dürre. Das Flugzeug zwängte sich geschickt durch einen Einschnitt, folgte einem schmalen Tal und ließ die Wüste und die Berge hinter sich. Unter uns erstreckten sich in endloser Folge die regelmäßigen Vierecke der Orangen- und Zitronenplantagen. Die roten Dächer und weißen Mauern der Häuser schimmerten durch das dunkelgrüne Laub. Die Häuser rückten immer enger aneinander, kleine und größere Städte tauchten auf, und je mehr wir uns Los Angeles näherten, desto überwältigender wurden die Üppigkeit und der Reichtum des Landes.

Ich sah Roberta an. »Jetzt dauert's nicht mehr lange.«

Sie lächelte verschmitzt. »Das war die netteste Hochzeitsreise, die ich jemals gemacht habe.«

Dann senkte sich die Maschine jäh nach unten, steuerte die Landebahn an, die Räder setzten mit einem leichten Ruck auf, und wir rollten zum Flughafengebäude hinüber. Wir waren in Los Angeles angelangt. Es herrschte prachtvolles Wetter, kein Wölkchen am Himmel, die Luft spritzig wie Champagner und so klar, daß die Berge am Horizont wie gestochen aussahen.

»Also, wir haben's geschafft«, sagte ich. »Jetzt suchen wir uns zunächst mal ein Hotel, und dann muß ich meiner Partnerin schonend beibringen, was passiert ist.«

»Ist das die Bertha Cool, von der Sie mir schon erzählt haben?«

»Ja.«

»Glauben Sie, daß sie mich mögen wird?«

»Nein.«

»Aber warum denn nicht?«

»Sie hat für gut aussehende junge Frauen nichts übrig.«

»Komisch. Hat sie vielleicht Angst, sie könnte Sie an so eine Sirene verlieren?«

»Bestimmt nicht. Es ist zwecklos, bei Bertha nach dem Grund für irgend etwas zu forschen. Wahrscheinlich hat sie gar keinen. Sie ist ganz einfach aus Prinzip dagegen, das ist alles.«

»Tragen wir uns unter unserem richtigen Namen ein?«

»Nein.«

»Aber Donald, Sie – ich meine, ich . . .«

»Sie tragen sich als Roberta Lam ein, und ich gebe meinen richtigen Namen an. Von jetzt an sind wir Bruder und Schwester. Unsere Mutter ist schwer krank. Wir befinden uns auf dem Wege zu ihr.«

»Donald, ist das nicht gefährlich für Sie?«

»Wieso?«

»Na, praktisch verstecke ich mich hinter Ihrem Namen, und Sie wissen doch, daß ich von der Polizei gesucht werde.«

»Ich hatte keine Ahnung davon. Warum haben Sie mir das nicht gleich gesagt?«

Sie lächelte. »Ich fürchte, mit dieser Ausrede werden Sie niemanden hinters Licht führen. Man wird Sie fragen, warum Sie mich zuerst als Ihre Frau und dann als Ihre Schwester ausgegeben haben.«

»Die Antwort darauf ist einfach: Sie sind eine wichtige Zeugin und können mir vermutlich bei der Aufklärung eines Mordes behilflich sein. Da meine Partnerin an der Lösung des Falles ebenso interessiert ist wie ich, habe ich Sie nach Los Angeles mitgenommen, damit sie die Geschichte von Ihnen selbst hört.«

Sie dachte ein paar Sekunden darüber nach und murmelte dann: »Ich habe das untrügliche Gefühl, daß Ihre Bertha Cool mich vom ersten Augenblick an verabscheuen wird.«

»Schon möglich. Zumindest wird sie Sie nicht liebevoll ans Herz drücken.«

Wir begaben uns in ein Hotel. Der Angestellte hinter dem Empfangsschalter lauschte mit ernster Miene meinem Bericht über unsere todkranke Mutter und zeigte mir die Telefonzelle, als ich ihm sagte, ich müsse dringend jemanden anrufen. Ich wählte Berthas Privatnummer, aber es meldete sich niemand.

Von meinem Zimmer aus rief ich noch einmal in Berthas

Wohnung an. Diesmal meldete sich das Mädchen. »Mrs. Cool ist leider nicht zu Hause.«

»Wann kommt sie zurück?«

»Sie ist schon vor sieben zum Fischen gegangen. Eigentlich müßte sie jeden Moment zurückkehren. Aber genau weiß ich es nicht.«

»Gut. Richten Sie ihr bitte aus, Mr. Lam hätte nach ihr gefragt. Ich werde stündlich wieder anrufen, bis ich sie erreiche. Es ist wichtig.«

»Ja, Sir.«

Anschließend ließ ich mir ein Bad ein und lag fünfzehn Minuten lang im heißen Wasser. Dann zog ich mich wieder an, rasierte mich und streckte mich für ein kurzes Schläfchen auf dem Bett aus. Als Roberta leise durch die Verbindungstür hereinkam, wachte ich auf. »Was gibt's?« murmelte ich.

»Zeit für Sie, Mrs. Cool anzurufen.«

Ich stöhnte, hob den Hörer ab, nannte der Zentrale die Nummer und wartete.

Bertha mußte gerade nach Hause gekommen sein. Als das Mädchen sie rief, stapfte sie mit wuchtigen Schritten zum Telefon und schrie mir mit gellender Stimme ins Ohr: »Warum, zum Henker, bist du nicht in New Orleans geblieben? Ein Ferngespräch ist schon teuer genug! Aber du mußt natürlich zur Berichterstattung nach Los Angeles fliegen! Wenn du glaubst, das Detektivbüro könne sich deine verdammten Extravaganzen leisten, bist du auf dem Holzweg. Ich predige dir das nun schon seit Jahren, aber bei dir ist anscheinend Hopfen und Malz verloren.«

»Bist du fertig?«

»Zum Teufel, nein!« brüllte sie wütend. »Ich hab' noch nicht mal angefangen.«

»Also gut, dann rufe ich dich wieder an, wenn du fertig bist. Ein feiner Mann streitet sich nicht mit einer Dame.« Ich legte auf, ohne mich um Berthas schrille Proteste zu kümmern.

Roberta starrte mich ängstlich an. »Donald, Sie werden sich doch nicht meinetwegen herumstreiten?«

»Vermutlich doch.«

»Bitte, tun Sie's nicht.«

»Mit Bertha muß man sich zanken.«

»Was soll das heißen?«

»Bertha hat zuviel Temperament. Bei ihr hilft nur eine Gewaltkur, wenn man nicht überrollt werden will. Dabei meint sie's gar nicht böse. Sie ist nun mal so gebaut – eine richtige Dampfwalze. Wenn sie auf einen losgeht, muß man ihr zuvorkommen. Anders wird man mit ihr nicht fertig. Ich schlaf' noch ein bißchen. Sie brauchen mich nicht zu wecken. Legen Sie sich lieber auch aufs Ohr.«

Als ich nach fast zwei Stunden aufwachte, rief ich Bertha von neuem an. »Hallo, Bertha, hier ist Donald.«

»Du verdammter kleiner Köter! Du widerlicher Zwerg! Na warte nur, du kannst dich auf was gefaßt machen, wenn ich dich erwische! Was fällt dir eigentlich ein, mitten in einem Gespräch mit mir aufzulegen! Eine solche Unverschämtheit ist mir in meinem ganzen Leben noch nicht vorgekommen!«

»Ich rufe dich in zwei Stunden wieder an«, sagte ich und legte auf.

Roberta hatte die Verbindungstür offengelassen. Sie lag auf ihrem Bett und schlief. Ich schloß leise die Tür, machte es mir in einem Sessel gemütlich und studierte die Berichte in der Sonntagsausgabe.

Nach einer Stunde tauchte Roberta, ausgeruht und lächelnd, auf. »Ich hab' wunderbar geschlafen.« Sie hockte sich auf die Lehne des Sessels, legte eine Hand auf meine Schulter und blickte auf die Zeitung herab. »Haben Sie Mrs. Cool inzwischen noch mal angerufen?«

»Ja.«

»Was hat sie gesagt?«

»Dasselbe wie vorhin.«

»Oh! Was haben Sie daraufhin getan, Donald?«

»Auch dasselbe wie vorhin.«

Sie lachte. »Sie wollten doch so schnell wie möglich mit ihr sprechen.«

»Sicher.«

»Warum tun Sie's dann nicht? Dazu sind Sie ja schließlich nach Los Angeles geflogen.«

»Ich warte, bis Bertha sich beruhigt hat. Das ist alles.«

»Darauf, fürchte ich, können Sie lange warten. Sie muß ja schrecklich wütend sein.«

»Da haben Sie ganz recht. Momentan ist sie so rasend, daß sie eine Portion Nägel ohne Milch und Zucker verschlingen könnte. Außerdem ist sie natürlich auch neugierig. Ihre Neugier wird schließlich über ihre Wut den Sieg davontragen.

Das ist das Geheimnis im Umgang mit Bertha. Möchten Sie die Witzseite haben?«

Sie lachte leise und nervös auf. »Danke, jetzt nicht. Was ist das?« Sie beugte sich vor, um irgendeine Meldung zu lesen. Ihr Haar berührte meine Schläfe. Ich wartete, bis sie den Absatz zu Ende gelesen hatte. Dann ließ ich die Zeitung los und drehte mich halb auf die Seite. Roberta glitt von der Lehne hinunter auf meine Knie. Ich küßte sie.

Einen Moment lang lagen ihre Lippen auf den meinen. Dann sah sie mich plötzlich offen an, hob den Kopf und lächelte. Ihre haselnußbraunen Augen funkelten. »Ich hab' mich schon gewundert, wann Sie sich endlich dazu entschließen würden.«

»Wozu?«

»Zum ersten Annäherungsversuch.«

Ich ließ sie sanft zu Boden gleiten. »Das war kein Annäherungsversuch. Das war ein Kuß.«

»Oh.« Sie saß mit angezogenen Knien zu meinen Füßen und starrte mich stirnrunzelnd an. »Sie sind ein komischer Kauz.«

»Wieso?«

»Ach, ich weiß nicht. Ich werde nicht schlau aus Ihnen. Mögen Sie mich, Donald?«

»Ja.«

»Halten Sie es für möglich, daß ich einen Mord auf dem Gewissen habe?«

Ich zuckte mit den Schultern. »Vielleicht.«

»Sind Sie deswegen so – so abweisend?«

»Komme ich Ihnen denn so abweisend vor?«

»Abweisend ist eigentlich nicht das richtige Wort.« Sie verschränkte die Hände über den Knien und dachte nach. »Sie benehmen sich ganz anders als andere Männer. Wissen Sie, Donald, ich mag Sie schrecklich gern. Sie sind einfach fabelhaft.«

»Ach wo, das bilden Sie sich nur ein.«

»Nein, wirklich, Donald. Mir gegenüber haben Sie sich jedenfalls fabelhaft benommen. Meine Erfahrungen mit Männern waren bisher nicht gerade erfreulich. Der Grund, warum ich zum erstenmal untertauchte, war . . . Ach, ich mag gar nicht darüber sprechen. Es war ein scheußliches Erlebnis. Ich verlor jedes Vertrauen zu den Menschen und . . .« Eine kräftige Faust hämmerte gegen die Tür und zerrte an der Klinke.

Roberta zuckte erschrocken zusammen. »Die Polizei?« flüsterte sie.

Schweigend zeigte ich in Richtung auf ihr Zimmer. Sie erhob sich mit einer graziösen, schwerelosen Bewegung, faßte mich am Kinn, bog meinen Kopf zurück und küßte mich. »Falls das die Polizei ist: Danke schön und auf Wiedersehen.« An der Verbindungstür drehte sie sich noch einmal um. Ihr Gesicht war bleich, aber ihr Blick verriet keine Furcht. »Alles Gute, Donald, und viel Glück.« Sie schlüpfte hinaus und zog die Tür hinter sich zu.

Wieder polterte es an der Tür zum Korridor, und dann ertönte eine altvertraute, anheimelnde Stimme: »Mach auf, Donald! Ich weiß sowieso, daß du da bist!«

Ich riß die Tür auf, und Bertha fegte wie eine Furie ins Zimmer. »Was, zum Kuckuck, ist eigentlich in dich gefahren, du Mondkalb! Du mußt ja völlig übergeschnappt sein!«

»Freut mich, dich zu sehen, Bertha. Nimm Platz. Du hast wohl inzwischen die Zeitungsberichte gelesen. Es muß dich eine hübsche Stange Geld gekostet haben, mich hier aufzuspüren.«

Sie war zu wütend, um sich zu setzen. Ihre kleinen, gierigen grauen Augen funkelten kriegerisch. »Du bist mir ein schöner Partner! Verschwindest einfach von der Bildfläche, ohne einem Menschen was davon zu sagen! Hale hat von New Orleans aus angerufen. Er ist ebenfalls wütend. Kein Wunder. Er glaubt natürlich, du hättest ihn 'reingelegt. Mit der Prämie ist es Essig. Außerdem will er uns wegen Vertragsbruchs verklagen!«

»Zigarette?«

Sie schnappte nach Luft und preßte die Lippen fest aufeinander. Ich zündete mir eine Zigarette an.

»Aber was reg' ich mich eigentlich auf! Ich bin selbst schuld dran, daß ich einen Idioten wie dich zum Partner gemacht habe! Ich hab' dich aus der Gosse aufgelesen, eingekleidet und mit Essen vollgestopft; ich hab' dir einen Job gegeben, als niemand sonst dich haben wollte, und das ist nun der Dank dafür. Nach meiner Meinung fragst du wohl überhaupt nicht mehr. Es wird schließlich noch so weit mit uns kommen, daß ich für dich arbeite!«

»Warum setzt du dich nicht? Allem Anschein nach hast du ja die Absicht, noch für eine Weile hierzubleiben.«

»Allerdings! Ich rühr' mich nicht von der Stelle, bis du die Sache aufgeklärt hast. Wenn's sein muß, leg' ich dir Handschellen an, damit du mir nicht wieder auskneifst. Ruf jetzt sofort Mr. Hale in New Orleans an und sag ihm, daß du eben erst angekommen bist und keine Zeit hattest, vor dem Abflug mit ihm zu sprechen. Du hast die Agentur Cool & Lam in Verruf gebracht. Bring das wieder in Ordnung.«

Ich streckte mich auf meinem Bett lang aus und zog einen Aschenbecher zu mir heran. Offenbar hatte Bertha keine Ahnung, daß Roberta Fenn nebenan wohnte.

»Hast du mich verstanden?« fauchte sie.

»Ja.«

»Wirst du ihn anrufen?«

»Nein.«

Wütend ging sie zum Telefon, riß den Hörer von der Gabel und zischte: »Mr. Lam möchte mit Mr. Emory G. Hale in New Orleans sprechen. Mr. Hale wohnt im Hotel ›Monteleone‹. Die Nummer weiß ich nicht ... Wie? ... Ja, ich bin ... Ja, das ist Mr. Lams Zimmer. Das Gespräch ist für ihn ... Natürlich ist er hier.« Sie umklammerte den Hörer so fest, daß sich die Haut über den Knöcheln spannte. »Ganz recht. Moment mal.« Sie wandte sich zu mir um. »Du sollst den Anruf bestätigen.«

Ich rührte mich nicht.

Sie schob den Apparat zu mir herüber. »Los! Sprichst du nun mit der blöden Ziege am Empfang oder nicht?«

»Ich denke nicht dran.«

Voller Zorn knallte sie den Hörer auf die Gabel und fuhr mit einem Satz auf mich los. »Ich könnte dich in der Luft zerreißen! Der Schlag soll mich treffen, wenn ich mir deine Unverschämtheiten noch länger gefallen lasse! Von allen unausstehlichen, rücksichtslosen, infamen Halunken bist du der schlimmste ...« Ihre Stimme steigerte sich zu einem Kreischen. Dann ging ihr die Puste aus.

»So setz dich doch endlich mal hin, Bertha.«

Sie betrachtete mich einen Moment lang und sagte dann unvermittelt: »Hör zu, Donald, Liebling. Sei vernünftig. Bertha war vielleicht ein bißchen zu heftig, aber sie hat sich deinetwegen gräßliche Sorgen gemacht. Bertha dachte, dir wäre was passiert. Sie sah dich schon als Leiche mit einer Kugel im Rücken.«

»Tut mir leid.«

Wieder brauste sie auf. »Leid tut dir das! Aber es fiel dir natürlich nicht ein, mich anzurufen oder mir wenigstens ein Telegramm zu schicken! Erzähl mir nicht, daß es dort, wo du warst, kein Telefon gab! Du ... Also, Donald, du weißt doch, daß Bertha solche Aufregungen nicht vertragen kann. Ich war halb tot vor Angst.«

»Setz dich auf diesen Sessel da und entspanne dich ein bißchen. Dann werden sich deine angegriffenen Nerven bald beruhigt haben.« – Ohne Widerspruch ließ sie sich in den Sessel nieder.

»Nimm dir eine Zigarette.«

Sie holte ein Päckchen Zigaretten aus ihrer Handtasche, zündete sich eine an und machte ein paar tiefe Züge. Nach zwei Minuten fragte sie mit verhältnismäßig ruhiger Stimme: »Warum bist du nicht in New Orleans geblieben?«

»Weil ich beim jetzigen Stand der Dinge eine eingehende Besprechung für angebracht hielt.«

»Worüber?«

»Das sag' ich dir, sobald du dich völlig beruhigt hast.«

»Sag's mir lieber gleich, Donald.«

»Nein. Erst muß ich sehen, daß du deine Zigarette wirklich genießt. Dann können wir reden.«

Sie lehnte sich seufzend zurück. Ihre Augen funkelten ärgerlich, aber sie verkniff sich jede zornige Bemerkung. Fast zehn Minuten lang sagte sie keinen Ton, und ich auch nicht. Dann zündete sie sich ihre zweite Zigarette an, machte einen langen Zug, blies den Rauch behaglich gegen die Decke und murmelte: »Also, Liebling, jetzt können wir reden.«

»Was hast du über den Mord an Craig herausgefunden?«

»Donald, weshalb interessierst du dich eigentlich für diese ollen Kamellen?«

»Weil ich glaube, daß die Ereignisse in New Orleans irgendwas damit zu tun haben.«

»Na, bis jetzt hab' ich noch nicht viel darüber ergattern können. Du mußt bis morgen warten. Ich hab' ein paar Leute beauftragt, mir das Material zu beschaffen.«

»Gut. Und wie steht's mit Zeitungsausschnitten?«

»Darum hat sich Elsie gekümmert. Donald, du mußt dich sofort an die Arbeit machen und das Mädchen aufstöbern.«

»Welches Mädchen?«

»Roberta Fenn natürlich.«

»Einmal hab' ich sie ja bereits herbeigeschafft.«

»Eben. Dann finde sie auch ein zweites Mal.« Bertha unterdrückte einen erneuten Anfall von schlechter Laune.

»Das ist meine geringste Sorge. Hale macht mir viel mehr Kopfzerbrechen.«

»Wieso?«

»Ich werde das Gefühl nicht los, daß der Kerl uns für dumm verkaufen will.«

»Also, jetzt hör mir mal gut zu, Donald Lam. Von mir aus kann uns der Bursche auch für dumm verkaufen, solange er mit den Moneten nicht kleinlich ist. Wenn ein Klient bei mir aufkreuzt, weil er jemanden ausfindig machen will, dann pfeif' ich auf seine Beweggründe. Hauptsache, er zahlt. Wir sind schließlich kein Weltverbesserungsverein, sondern ein Detektivbüro. Du mußt endlich mal lernen, geschäftsmäßig zu denken.«

»Ja, das predigst du mir andauernd.«

»Oh, ich weiß genau, daß dir meine nüchterne Auffassung gegen den Strich geht. Du spielst lieber den kühnen Ritter, der unglücklichen jungen Mädchen aus der Patsche hilft. Natürlich vergaffen sie sich dann in dich, und du . . .«

»Gut, ich bin also ein kühner Ritter, aber deshalb mach' ich mir trotzdem Sorgen wegen Hale.«

»Ich auch. Ich fürchte, er wird uns die Erfolgsprämie nicht zahlen.«

»Hast du keine schriftliche Vereinbarung mit ihm getroffen?«

»Doch – aber er ist ja ein aalglatter Bursche. Er bringt es womöglich fertig, sich da irgendwie herauszuwinden.« Sie betrachtete mich forschend. »Was hast du denn sonst noch an ihm auszusetzen?«

»Eine ganze Menge. Aber beginnen wir von vorn. Hale kam aus New York nach Los Angeles und gab uns den Auftrag, in New Orleans ein Mädchen ausfindig zu machen. Es war lächerlich einfach, sie aufzustöbern. Ich fand sie praktisch auf Anhieb.«

»Möglich, aber Hale konnte das schließlich nicht wissen.«

»Blech. Natürlich wußte er es. Er kannte ihre Wohnung, ihre Arbeitsstätte, alles. Er hätte jeden Moment seine Hand auf sie legen können. Drei Wochen vorher, kurz ehe er dich in

Los Angeles aufsuchte, unternahm er mit Roberta einen Bummel durchs französische Viertel.«

»Na, wenn schon! Da ist doch weiter nichts dabei.«

»Also gut, überspringen wir diesen Punkt und gehen wir zu etwas anderem über. Wir ...«

»Nix, Donald. Hör auf damit. Hale hat sich alle diese Spekulationen ausdrücklich verbeten.«

»Warum hat er sie sich denn verbeten?«

»Keine Ahnung. Außerdem ist es mir egal. Vermutlich wollte er verhindern, daß wir sein Geld und unsere Zeit mit einem Haufen Narreteien verschwenden.«

»Wir machten Roberta ausfindig, und du solltest sie am folgenden Morgen aufsuchen. Hale war angeblich nach New York zurückgeflogen. Aber das stimmte nicht. Er hat sich überhaupt nicht von New Orleans weggerührt.«

»Woher weißt du das?«

»Weil ich mich beim Flughafen erkundigte. Der Mann, der unter dem Namen Emory G. Hale einen Flug nach New York buchte, wog hundertsechsundvierzig Pfund.«

»Vielleicht ist den Flugleuten bei der Gewichtsangabe ein Fehler unterlaufen.«

Ich grinste sie an.

»Oh, sei nicht so verdammt hochnäsig. Sprich dir alles von der Leber, aber beeil dich ein bißchen. Sonst sitzen wir morgen früh noch hier.«

»Du konntest Hale in New York nicht erreichen. Dann rief Hale dich an und faselte irgendwas von einer Zwischenlandung. Ob seine Behauptung stimmt, wissen wir nicht. Aber er konnte ebensogut nur einen Häuserblock vom Hotel entfernt sein. Alles, was er dazu brauchte, war ein Telefon und ein Mädchen, das in den Hörer flötete: ›New York ruft Mrs. Bertha Cool. Einen Moment, bitte. Ich verbinde Sie.‹«

Bertha sah mich unheilverkündend an. »Weiter«, knurrte sie.

»Als er am nächsten Morgen bei mir im Hotel aufkreuzte und ich ihm sagte, daß ich Roberta Fenn gefunden hätte, da wußte er bereits, daß sie nicht in ihrer Wohnung war.«

»Wieso?«

»Weil er mich anstandslos dort hinbegleitete.«

»Das kapier' ich nicht.«

Ich seufzte. »Du hast manchmal eine verdammt lange Leitung. Roberta kannte ihn doch. Sie hielt ihn für einen Versicherungsfritzen aus Chicago namens Archibald C. Smith. Wenn sie dagewesen wäre, hätte sie ihn vermutlich mit einem überraschten Aufschrei begrüßt und gerufen: ›Hallo Mr. Smith! Ich hab' Sie ja seit einer Ewigkeit nicht mehr gesehen!‹ Damit wäre die Katze aus dem Sack gewesen. Das hätte Hale bestimmt nicht riskiert.«

Bertha beugte sich interessiert vor. »Ich glaube, da ist was dran, Donald. Kommt noch mehr von der Sorte?«

»Sicher. Die einzige Zeugin für die genaue Tatzeit im Fall Nostrander ist eine gewisse Marilyn Winton, Animierdame in einem Nachtklub. Als sie ihre Haustür aufschloß, hörte sie ein Geräusch, das wie ein Schuß klang. Sie warf einen Blick auf ihre Armbanduhr und merkte sich die genaue Zeit. Es war zwei Minuten nach halb drei.«

»Ja, und?«

»Hale wurde dabei beobachtet, als er das Haus zwanzig Minuten nach zwei betrat.«

»Soll das heißen, daß er dem Mädchen nachschnüffelte, obwohl er von Rechts wegen in New York sein sollte?«

»Ob er Roberta nachschnüffelte, weiß ich nicht. Aber im Gulfpride-Apartmenthaus war er, daran ist nicht zu rütteln.«

»Wer hat ihn denn dort gesehen?«

»Das kann ich dir nicht sagen.«

Ihr Gesicht wurde finster. »Was meinst du damit?«

»Es handelt sich um eine vertrauliche Mitteilung, und deshalb muß der Name der Person vorläufig ein Geheimnis bleiben.«

»Ich verstehe«, erwiderte sie sarkastisch. »Irgend so eine Schlampe, die sich bei dir lieb Kind machen will, hat dir dies süße Geheimnis ins Ohr geflüstert! So ein verdammter kleiner Unterrock ist dir natürlich wichtiger als deine eigene Geschäftspartnerin! Aber wenn irgendwas schiefgeht, darf ich es ausbaden. Das ist wirklich der Gipfel!«

»Die Tatsache wurde mir auch von anderer Seite bestätigt.«

»Von wem? Oder darf ich das vielleicht auch nicht wissen?«

»Doch. Von Hale selbst.«

»Donald! Du hast doch nicht etwa mit ihm darüber gesprochen? Wo er's doch ausdrücklich zur Bedingung gemacht hat, daß du dich strikt an deinen Auftrag hältst! Kein Wunder, daß er . . .«

Ich unterbrach sie. »Reg dich nicht auf. Er hat's mir nicht gesagt, er hat sich durch seine Handlungsweise verraten.«

»So?«

»Ja. Er wollte unbedingt diese Marilyn Winton kennenlernen. Ich schleifte ihn in den Nachtklub, und wir gossen uns an die vier, fünf Drinks hinter die Binde. Er wollte herausbekommen, wieviel *sie* wußte, und ich versuchte, *ihm* hinter die Schliche zu kommen.«

»Wer hat die Getränke bezahlt? Er?«

»Natürlich. Ich mag in puncto Moneten blöd sein, aber so vertrottelt bin ich nun doch nicht.«

»Wenigstens ein Lichtblick«, sagte sie kurz. »Weiter.«

»Er verdrehte Marilyn Winton eifrigst den Kopf und kam schließlich auf die Mordnacht zu sprechen und ob sie sich in der Zeit nicht getäuscht hätte. Sie bestritt das sehr energisch und sagte, auf ihrer Armbanduhr wäre es genau zwei Minuten nach halb drei gewesen. Hale betrachtete die Uhr, brach in einen Sturm der Bewunderung aus und wollte sie sich unbedingt näher besehen. Er trank gerade ein Cola mit Gin.«

Bertha schüttelte sich. »Scheußliches Gesöff. Und dann?«

»Es war ziemlich dunkel im Raum, weil gerade eine Vorführung lief. Hale trank einen Schluck, klemmte das Glas unter dem Tisch zwischen die Knie, drehte die Uhr zwischen den Fingern und ließ sie dann für ein paar Sekunden unter dem Tisch verschwinden. Danach schneuzte er sich einige Male heftig die Nase, fuchtelte mit seinem Taschentuch in der Gegend herum, wobei die Uhr wie durch Zufall ins Schnupftuch geriet, und stellte das Glas wieder auf den Tisch. Als es hell wurde, gab er Marilyn die Uhr zurück. Marilyn legte sie sich wieder um, tauchte eine Serviette in ein Glas mit Wasser und wischte ihr Handgelenk und das Uhrenarmband ab.«

»Laß mich mit diesen Albernheiten zufrieden«, fauchte Bertha ungeduldig. »Sie sind doch völlig unwesentlich. Was kümmert's mich schon, wie oft er sich an einem Abend die Nase geputzt hat! Solange er unser Honorar pünktlich blecht, kann er sich von mir aus seinen verdammten Riechkolben putzen, soviel er will!«

»Gewiß. Hales Nase ist mir auch schnuppe. Mich interessiert bei alledem nur, daß das Mädel die Uhr mit der Serviette abwischte. Die Uhr war nämlich klebrig.«

»Wieso?«

»Wenn du eine Armbanduhr in ein Glas mit Gin und Cola tauchst, muß sie danach klebrig sein. Cola enthält Zucker, weißt du.«

»Warum, zum Henker, sollte jemand auf die Kateridee verfallen, eine Uhr mit Gin und Cola zu taufen?« erkundigte sich Bertha erbost.

»Stell dir vor, die Eigentümerin der Uhr wird beim Kreuzverhör über die genaue Tatzeit vernommen. Dann macht es sich nicht gut, wenn sie zugeben muß, daß sie die Uhr ein paar Tage nach der Tat zur Reparatur bringen mußte, weil sie nicht in Ordnung war.«

Bertha blinzelte heftig, als wäre ein sehr greller Blitzstrahl vor ihr niedergefahren. »Mich laust der Affe!«

Schweigend wartete ich, bis sie diese Neuigkeit verdaut hatte.

Nach einer Weile fragte sie: »Bist du sicher, Donald, daß er die Uhr in das Glas getaucht hat?«

»Ich hab's nicht gesehen, wenn du das meinst, aber alles weist darauf hin. Es sind zwar nur Indizien, aber mir genügen sie.«

»Ja. Ich möchte nur wissen, was er in Robertas Wohnung zu suchen hatte.«

»Dafür gibt's zwei Gründe.«

»Roberta Fenn ist der eine, wie?«

»Richtig. Der andere ist Paul Nostrander, der tote Anwalt.«

»Wie? Hängt der etwa auch in der Sache drin, die wir bearbeiten?«

Ich nickte. »Er spielt sogar eine wesentliche Rolle. Damit kommen wir zu unserem Freund Marco Cutler. Du warst dabei, als er sich in bewegten Worten über seine Eheprobleme ausließ. Er wollte seine Frau loswerden und hatte vorsorglich eine Menge Beweise gegen sie zusammengetragen, ziemlich übles Zeug, das verdammt viel Staub aufgewirbelt hätte. Edna Cutler verduftete nach New Orleans und knobelte gemeinsam mit Nostrander einen raffinierten Plan aus. Sie hatte Roberta aufgegabelt und überredete sie, eine Zeitlang ihre Rolle zu übernehmen. So kam es, daß Goldring die Scheidungspapiere der falschen Edna Cutler überreichte.

Marco Cutler wurde dann geschieden. Gleich nach dem Prozeß flitzte er nach Mexiko und heiratete wieder. Seine jetzige Frau ist wahrscheinlich reich und für krumme Sachen nicht zu haben. Vielleicht erwartet sie auch ein Baby. Als Edna aus der Versenkung auftauchte und ihm kaltlächelnd erklärte, sie hätte von der Scheidung keine Ahnung gehabt, war er wie vom Donner gerührt. Er wagte seiner zweiten Frau nichts zu sagen, und Edna hat nun gewonnenes Spiel, es sei denn, er kann ihr nachweisen, daß es sich um eine abgekartete Sache handelte.«

»Kann er das?«

»Er wird's wenigstens versuchen.«

»Wie?«

»Indem er ein paar Spürhunde auf ihre Fährte setzt.«

»Privatdetektive?«

»Ja – uns. Die Detektei Cool & Lam.«

Bertha schnappte nach Luft. »Ich werd' verrückt«, flüsterte sie konsterniert.

»Sind dir die Zusammenhänge jetzt klar?« fragte ich freundlich.

»Natürlich. Ich bin doch nicht blöd. Marco Cutler gehört zu den oberen Zehntausend und schwimmt im Geld. Wenn er ganz offen zu uns gekommen wäre, hätten wir ihn ordentlich geschröpft. Außerdem hatte er Angst, wir könnten ihn erpressen. Deshalb spannte er den Anwalt aus New York ein, sozusagen als Mittelsmann, um uns weiszumachen, daß der Auftraggeber auch in New York sitzt.«

»Weiter. Du bist auf der richtigen Fährte.«

»Hale probiert's erst mal auf eigene Faust. Er knöpft sich das Mädel, die Roberta, vor und versucht sie vorsichtig auszuholen. Als er nichts bei ihr erreicht, kommt er zu uns und erteilt uns den Auftrag, sie ausfindig zu machen, obwohl er genau weiß, wo sie steckt und daß es wahrhaftig kein Kunststück ist, sie aufzuspüren. Ich glaube, er wollte uns nur veranlassen, in ihrer Vergangenheit herumzuschnüffeln. Wahrscheinlich hoffte er, wir würden bei unseren Nachforschungen ein paar anstößige Affären zutage fördern, mit denen er Roberta unter Druck setzen konnte.«

»Ja, deshalb war er auch so sparsam mit seinen Hinweisen. Sobald wir ihm einen handlichen Knochen apportiert hätten, wollte er uns mit einem freundlichen Klaps und der Erfolgsprämie abschieben.«

Bertha schnaufte empört. »Dieser verdammte Teufelsbraten! Und ich Idiot mach' ihm einen niedrigen Preis, weil ich's für eine reine Routinesache hielt. Oh, es ist immer noch zwei- bis dreimal soviel wie das übliche Honorar, für das wir hier arbeiten, aber – herrje, wenn ich das nur eher gewußt hätte!«

»Na, jetzt weißt du's ja. Das ist aber noch nicht alles.«

Sie sah mich gespannt an. »Schieß los!«

»Ich verfrachtete Hale in das Apartment im französischen Viertel. Er war noch nicht richtig drin, da begann er auch schon, die Bude auf den Kopf zu stellen. Tatsächlich entdeckte er in dem alten Schreibtisch ein paar vergilbte Zeitungsausschnitte mit Berichten über den Mordfall Craig. Anscheinend fuhr Craig mit Roberta Fenn spazieren. Als sie an einem einsamen Fleckchen haltmachten, tauchte ein Bandit aus dem Gebüsch auf, raubte Craig aus und wollte sich außerdem Craigs Mädchen unter den Nagel reißen. Craig setzte sich zur Wehr und wurde niedergeknallt. Das ist jedenfalls die Version, die das Mädchen der Polizei auftischte.«

»Weiter.«

»Unter dem Papierkram im Schreibtisch fanden wir noch einen 38er Revolver. Craig wurde mit einer Waffe des gleichen Kalibers umgelegt.«

»Dann war Roberta Fenn die Täterin und ihre Aussage ein Lügenmärchen.«

»Nicht unbedingt.«

»Na, wenn es sich herausstellt, daß es sich bei dem Schießeisen um die Mordwaffe handelt, dürfte ihre Schuld so ziemlich erwiesen sein.«

Ich schüttelte den Kopf. »Ich weiß nicht, ich trau' dem Frieden nicht. Man kann die Sache nämlich auch vom anderen Ende her aufzäumen, und in diesem Fall sind wir die Lakkierten.«

»Was meinst du damit?«

»Vielleicht war der Auftrag von Anfang an nur ein Scheinmanöver, um uns Sand in die Augen zu streuen. Vielleicht drehte es sich gar nicht darum, Roberta Fenn zum Reden zu bringen. Nimm mal an, Cutler und Hale hätten lediglich ein paar zuverlässige, unverdächtige, glaubwürdige Zeugen gebraucht, um ihrer Aktion einen ehrbaren Anstrich zu geben.«

»Welcher Aktion? Kannst du dich nicht ein bißchen klarer ausdrücken?«

»Kann ich. Also, Marco Cutler wollte sich scheiden lassen.

Er wußte, daß Edna die Klage anfechten würde. Andererseits war er nicht scharf darauf, sie zu sehr unter Druck zu setzen. Er hatte selbst Dreck am Stecken und konnte sich einen Skandal nicht leisten. Gut. Edna ist nach New Orleans ausgewichen. Cutler schickt Roberta Fenn hinter ihr her. Sie nimmt Kontakt zu Edna auf, freundet sich mit ihr an und bringt ihr geschickt bei, was für eine fabelhafte Idee es wäre, wenn Edna vorübergehend von der Bildfläche verschwände. Edna stimmt zu. Sobald der Wohnungs- und Namenstausch erfolgt ist, gibt Roberta Marco einen Wink, und Cutler veranlaßt seinen Anwalt, die Scheidungsklage einzureichen. Goldring erhält den Auftrag, die Vorladung und die Abschrift der Klage an Edna auszuhändigen, und Roberta nimmt sie in der Rolle von Edna Cutler entgegen. Edna hat von alledem keine Ahnung. Man hat sie einfach beiseite gedrängt, ohne ihr auch nur die geringste Chance zu geben.«

»Und wie lief die Sache deiner Meinung nach weiter?«

»Alles geht seinen Gang, bis Edna den Braten riecht, Erkundigungen einzieht und zum Gegenschlag ausholt. Cutler mobilisiert Hale, und Hale kommt zu uns. Wenn ich Roberta nicht schon in den ersten paar Tagen aufgespürt hätte, wäre sie mir vermutlich auf der Straße oder in Jack O'Learys Bar oder sonstwo ganz per Zufall in die Arme gelaufen.«

»Weiter. Bei diesen Einzelheiten brauchst du dich nicht aufzuhalten. Die sind mir sowieso völlig klar. Komm lieber zur Sache.«

»Gut. Der springende Punkt ist, daß sich Roberta von mir finden lassen sollte. Sie ist sehr entgegenkommend, ermutigt mich vielleicht sogar zu einem Annäherungsversuch und schüttet mir ihr Herz aus. Natürlich will sie ihrer Freundin Edna um keinen Preis schaden, aber aus ihren Andeutungen geht hervor, daß Edna den ganzen Schwindel inszeniert hat, um ihrem Mann das Fell über die Ohren zu ziehen. Wenn ich diese Geschichte schlucke, ist Edna geliefert. Ich erstatte meinem Auftraggeber Bericht, werde später als Zeuge vors Gericht zitiert, und schon fliegt Edna in hohem Bogen auf die Straße, rechtskräftig geschieden, ohne einen Cent Abfindung, falls man sie nicht noch wegen Irreführung und Verschwörung verdonnert.«

»Verdammt!« murmelte Bertha. »Das hat noch gefehlt! Was werden wir nun tun, Donald, Liebling?«

»Gar nichts – bevor wir nicht ein bißchen klarer sehen, wer wen 'reinlegen will.«

»Du mußt unbedingt das Mädchen herbeischaffen, Donald.«

»Das ist bereits geschehen.«

»Also, Köpfchen hast du, das muß man dir lassen. Wo steckt sie denn?«

Ich grinste sie an. »An einem sicheren Ort. Gib dir keine Mühe, du findest sie nicht, und wenn du ganz New Orleans auf den Kopf stellst.«

»Wozu diese Geheimnistuerei? Sag Hale, wo sie ist, und alles ist in Ordnung.«

»Und dann?«

»Dann haben wir unseren Auftrag erfüllt und streichen die Prämie ein.«

»Was mit Roberta passiert, ist dir wohl schnuppe?«

»Allerdings. Wir sind schließlich kein Wohlfahrtsverein. Ich muß zuerst an Bertha denken.«

»Wenn dir dein eigenes Wohlergehen so am Herzen liegt, würde ich an deiner Stelle ein bißchen gründlicher darüber nachdenken.«

»Was soll das nun wieder heißen?«

»Wir spielen mit gezinkten Karten, nicht? Du möchtest jetzt deinen Gewinnanteil einkassieren, dich zurückziehen und die anderen allein weiterspielen lassen. Gut. Nichts dagegen zu sagen. Aber angenommen, wir hätten die Chance, mit unserem Blatt alle anderen aus dem Felde zu schlagen und den ganzen Gewinn einzustreichen, was dann?«

Geld war das einzige Argument, mit dem man Bertha imponieren konnte. Sie betrachtete mich freudestrahlend. »Ist das dein Ernst, Donald? Und ich habe dich in puncto Zaster immer für einen Idioten gehalten!« Einen Moment lang befürchtete ich, sie würde mich küssen.

Ich begleitete sie bis zur Tür. »Hör mal, Donald, was soll ich Hale sagen, falls er noch mal anruft?« fragte sie besorgt.

»Daß du keine Ahnung hast, wo ich bin.«

Sie runzelte die Stirn. »Na, weißt du, anlügen möchte ich ihn eigentlich nicht gern.«

»Das verlangt ja auch niemand von dir.« Ich grinste und hielt ihr die Tür auf. »Heute abend ist es keine Lüge mehr. Da bin ich nämlich längst woanders.«

18

Ich verschlief fast den ganzen Nachmittag. Gegen sechs Uhr klopfte ich an die Verbindungstür zu Robertas Zimmer.

»Ja?« rief sie. »Was ist los?«

»Haben Sie Hunger?« fragte ich zurück.

»Kommen Sie ruhig 'rein.« Sie lag im Bett, bis zum Hals mit einem Laken zugedeckt, und wenn mich meine Augen nicht trogen, hatte sie sonst nichts an außer der bloßen Haut.

Sie grinste. »Das ist mein Negligé, Donald. Eine Zahnbürste, Kamm und Seife hab' ich mir inzwischen besorgt, aber ein Nachthemd hab' ich noch immer nicht. Ich muß mir unbedingt noch ein paar Sachen anschaffen. Ich komme mir allmählich vor wie eine Landstreicherin.«

»Gegen ein frisches Hemd und ein paar anständig gebügelte Hosen hätte ich auch nichts einzuwenden. Aber heute ist Sonntag, und die Läden sind zu.«

»Ich dachte, Sie wären hier zu Hause. Da müssen Sie doch eine Wohnung haben mit allem, was Sie brauchen.«

»Sicher.«

»Warum holen Sie sich dann nicht ein paar Sachen zum Wechseln?«

Ich schüttelte lächelnd den Kopf.

»Glauben Sie, daß die Polizei ...«

»Ja.«

»Oh, Donald, das tut mir so leid! Ich hab' Ihnen nichts als Unannehmlichkeiten verursacht.«

»Keine Spur. Außerdem mag ich den Anzug, den ich anhabe, ausgesprochen gern.«

»Sie sind ein netter Kerl, Donald«, erwiderte sie lächelnd. »Übrigens hab' ich wirklich Hunger. In zehn Minuten bin ich fertig.«

Eine halbe Stunde später saßen wir bereits in einem der weniger exklusiven Nachtklubs in Erwartung eines ausgezeichneten Dinners. Ich hatte Cocktails bestellt.

Ein Mädchen betrunken zu machen ist immer eine gewagte Sache, weil sich nicht voraussehen läßt, was es im Rausch sagt oder tut. Und falls man das Pech hat, an eine Dame zu geraten, die ungewöhnlich viel verträgt, dann kann es sogar passieren, daß einen das Opfer unter den Tisch trinkt.

Ich schlug einen zweiten Cocktail vor, und Roberta war einverstanden. Einen dritten lehnte sie ab, hatte jedoch gegen eine Flasche Wein zum Essen nichts einzuwenden.

Der Klub gehörte zu den Lokalen, die man aufsucht, um gesehen zu werden, Bekanntschaften zu machen, zu flirten, zu lachen und sich über andere den Mund zu zerreißen. Das Essen diente lediglich als Vorwand, und darüber waren sich die Ober auch völlig im klaren. Sie eilten zwar sehr geschäftig an den Tischen vorbei, ließen sich jedoch beim Servieren Zeit. So ein Dinner dauerte für gewöhnlich anderthalb bis zwei Stunden, und indessen floß der Alkohol in Strömen.

Wir waren mittlerweile bei der zweiten Flasche Wein angelangt, und Roberta hatte schon einen ziemlich netten Zakken. Ich war auch nicht mehr ganz nüchtern.

»Sie haben mir noch gar nicht erzählt, wie die Unterredung mit Ihrer Partnerin verlaufen ist«, begann Roberta.

»Ich wollte Ihre zarten Ohren schonen. Berthas Ausdrucksweise ist nicht gesellschaftsfähig.«

»Sie würden sich wundern, wenn Sie wüßten, was sich meine zarten Ohren schon alles anhören mußten. Wo drückt sie denn der Schuh?« – »So ziemlich überall.«

Sie griff nach meiner Hand. »Sie haben mich in Schutz genommen, Donald, ja?«

»Vielleicht.«

»Dacht' ich's doch! Ihre Partnerin wollte mich ausliefern, und Sie haben ihr das abgeschlagen. Sie hatten einen Streit deswegen, stimmt's?«

»Sie haben wohl an der Tür gehorcht?« fragte ich.

Empört sah sie mich an. »Natürlich nicht! Wofür halten Sie mich eigentlich!«

Ich grinste. »Machen Sie sich nichts draus. Bertha ist in Ordnung. Zuerst hat sie sich auf die Hinterbeine gestellt, aber das hat bei ihr nichts zu sagen. Einen Krach am Tag braucht sie mindestens, sonst geht sie ein.«

Sie nickte feierlich, mit der Würde einer beschwipsten Frau, die sich sagt: ›Aufgepaßt, wenn ich mich nicht zusammenreiße, merkt man mir an, daß ich einen in der Krone habe.‹ Nach einer kurzen Pause begann sie von neuem. »Donald, was hätten wir tun können, wenn es die Polizei gewesen wäre?«

»Nichts.«

»Angenommen, sie erwischt mich. Was soll ich dann machen?«

»Nichts.«

»Wie meinen Sie das?«

»Sie verweigern jede Auskunft, bevor Sie nicht mit Ihrem Anwalt gesprochen haben.«

»Ich hab' keinen Anwalt.«

»Keine Bange. Ich besorge Ihnen einen.«

»Sie sind so gut zu mir«, murmelte sie undeutlich und starrte mir so angestrengt ins Gesicht, als hätte sie Angst, ich könnte mich vor ihren Augen in blauen Dunst auflösen. »Wissen Sie, was?« fügte sie abrupt hinzu. »Ich bin in Sie verliebt.«

»Das bilden Sie sich nur ein. Sie haben einen Schwips.«

»Stimmt. Aber ich bin trotzdem in Sie verliebt. Haben Sie das nicht gemerkt, als ich Ihnen im Hotel den Kuß gab?«

»Nein. Ich hab' mir nichts dabei gedacht.«

Sie riß verblüfft die Augen auf. »Ist denn das die Möglichkeit!«

Ich schob meinen Teller beiseite und beugte mich über den Tisch. »Warum sind Sie damals von Los Angeles weggegangen?«

Diese Frage schien sie zu ernüchtern. »Ich möchte lieber nicht darüber sprechen.«

»Mag sein. Ich möcht's aber wissen.«

»Na schön, Donald, ich werd's Ihnen erzählen, wenn Sie es unbedingt wollen. Könnte ich eine Zigarette haben?«

Ich hielt ihr das Päckchen hin und gab ihr Feuer. »Schießen Sie los, Rob.«

»Was ich Ihnen jetzt erzähle, passierte vor fünf Jahren. Ein Freund hatte mich zu einer Spazierfahrt eingeladen. Wir machten in einem der öffentlichen Parks halt. Ich muß noch erwähnen, daß sich damals schon seit Monaten dauernd Zusammenstöße mit einem Kerl ereigneten, der es besonders auf Liebespaare abgesehen hatte. Er überfiel sie, raubte sie aus und . . . Na, das Weitere können Sie sich sicher denken.«

»Wenn das Mädel hübsch war, borgte er es sich für eine Weile aus, wie?«

»Genau. Uns erging es auch so. Als der Kerl mich mitnehmen wollte, versuchte mein Freund ihn über den Haufen zu fahren. Der Bandit sprang beiseite, knallte ihn nieder und machte sich aus dem Staube.«

»Wurden Sie verdächtigt?«

»Verdächtigt? Warum denn?« fragte sie entgeistert.

»Daß Sie mit dem Mord etwas zu tun hatten.«

»Gerechter Himmel, nein! Alle Leute waren furchtbar nett zu mir und bedauerten mich. Aber – also, ich war von da an gewissermaßen gezeichnet. Meine Arbeitskollegen redeten von nichts anderem, und einmal, als ich mich mit einem Jungen verabredet hatte, den eins der Mädchen nicht leiden konnte, nahm sie mich beiseite und las mir die Leviten. Ein Mann hätte meine Ehre mit seinem Leben verteidigt, und deshalb dürfte ich mich nicht mit jedem dahergelaufenen Schnösel einlassen.«

»Was haben Sie ihr darauf geantwortet?«

»Am liebsten hätte ich ihr eine geknallt. Aber natürlich hab' ich nur freundlich gelächelt und mich bedankt. Ich kündigte und suchte mir eine andere Stellung. Aber überall war es dasselbe Lied. Sobald meine Geschichte bekannt wurde, begannen die Leute, mir Vorhaltungen zu machen. Ich hatte den Mann nicht geliebt, ich hatte ihn nur ganz gern. Ab und zu ließ ich mich von ihm einladen, aber das hinderte mich nicht daran, auch mit anderen Männern auszugehen. Ich hatte nicht die Absicht, ihn zu heiraten. Hätte ich geahnt, was er tun würde, dann hätte ich ihn bestimmt zurückgehalten. Ich habe ja nicht von ihm verlangt, daß er für mich stirbt. Es war tapfer, es war sicher wundervoll – das bestreite ich gar nicht –, aber, verdammt noch mal, es war so blödsinnig extravagant.«

»Vermutlich hätte jeder Mann in einer solchen Situation genau dasselbe getan.«

Sie lächelte. »Es ist statistisch erwiesen, daß das nicht zutrifft. Im Gegenteil.«

Ich wußte, daß sie recht hatte, und schwieg.

»Schließlich hatte ich den ewigen Tratsch und die ständigen Anspielungen auf die Tragödie und die andauernden Ermahnungen so satt, daß ich mich still und heimlich verdrückte. Ich ging nach New York und verschaffte mir einen Job als Fotomodell. Eine Zeitlang war alles in bester Ordnung, dann erkannte mich irgend jemand auf den Fotos, und schon begann das Geschwätz von neuem. Das war verdammt bitter. Fast ein ganzes Jahr lang hatte ich wie ein ganz gewöhnlicher Mensch frei und unangefochten gelebt, von niemandem beachtet und bekrittelt, und da ...«

»Da ergriffen Sie wieder die Flucht.«

»Ja. Ich hätte mir nicht gerade einen Beruf aussuchen dürfen, in dem man so viel fotografiert wird. Deshalb beschloß ich, in einer anderen Stadt neu anzufangen und um jede Kamera, die vor mir auftauchte, einen großen Bogen zu machen.«

»Sie gingen also nach New Orleans?«

»Ja. Den Rest wissen Sie bereits.«

»Wie lernten Sie Edna Cutler kennen?«

»Das weiß ich nicht mehr genau, ich glaube, in einem Café oder Restaurant – es könnte das ›Haus Bourbon‹ gewesen sein. Dort verkehrten nur Stammgäste. Jeder kannte jeden. Na, egal, auf jeden Fall trafen wir uns dann ziemlich oft, und mit der Zeit merkte ich, daß sie auch auf der Flucht war. Eines Tages erzählte sie mir, sie wäre einer ehemaligen Freundin in die Arme gelaufen, und die würde bestimmt die ganze Bande auf sie hetzen. Da schlug ich ihr den Namenstausch vor, damit sie für eine Weile ganz untertauchen konnte.«

»Dieser Punkt ist wichtig, Rob. Denken Sie gründlich darüber nach. Ging der Vorschlag von Ihnen aus oder von Edna?«

Sie überlegte. »Warten Sie, ich glaube, die Idee stammte von ihr. Zuerst hat sie ein bißchen vorgefühlt und ein paar Andeutungen gemacht – und dann ergab es sich fast von selbst.«

»Sind Sie dessen sicher?«

»Ja, absolut. Ich würde ganz gern noch was trinken, Donald. Mein Schwips ist völlig verflogen, und dabei wollte ich heute nacht ein bißchen ausgelassen sein, an Türklinken schellen und die Welt auf den Kopf stellen. Können wir nicht von etwas anderem sprechen?«

»Später, Rob. Vorher möchte ich noch ein paar Einzelheiten erfahren. Wie war Ihnen zumute, als Sie von Nostranders Tod hörten?«

»Versetzen Sie sich doch in meine Lage. Vor Jahren war schon einmal ein Mann um meinetwillen getötet worden, und es hatte mich Mühe genug gekostet, das Gerede und die Neugier meiner lieben Mitmenschen abzuschütteln. Na, und als ich von dem zweiten Mord erfuhr, da tat ich instinktiv das, was ich die ganzen Jahre getan hatte: Ich lief davon.«

»Das genügt nicht, Rob«, erwiderte ich kopfschüttelnd. »Sie müssen sich einen besseren Grund ausdenken.«

»Warum? Es ist zufälligerweise die Wahrheit.«

Ich sah sie ernst an. »Machen Sie sich nichts vor, Rob. Zwei Morde im Leben eines Mädchens sind ein bißchen zu viel des Guten. Das dürfte Ihnen doch klar gewesen sein. Sie müssen sich doch gesagt haben, daß man den alten Fall wieder aufrollen und Sie nach allen Regeln der Kunst ins Verhör nehmen würde. Wahrscheinlich fürchteten Sie, die Polizei könnte Ihnen beide Morde in die Schuhe schieben, und machten sich deshalb aus dem Staub.«

»Nein, Donald, Ehrenwort, auf diesen Gedanken bin ich niemals gekommen. Aber Sie haben natürlich recht. Genau das wird die Polizei tun.«

»Gut. Nun zurück zu diesem Liebespaargangster. Wurde er jemals gefaßt?«

»Ja.«

»Hat er den Mord gestanden?«

»Nein, diesen Mord nicht, aber eine ganze Reihe anderer.«

»Wurden Sie ihm gegenübergestellt?«

»Ja. Zuerst zeigten sie ihn mir mit acht anderen Männern zusammen und dann allein, in einem abgedunkelten Raum, mit Mantel und Hut.«

»Konnten Sie ihn identifizieren?«

»Nein. Beide Male nicht.«

»Der Mann, der Ihren Freund umlegte, trug eine Maske, oder?«

»Ja.«

»Ist Ihnen an ihm irgendwas Besonderes aufgefallen?«

»Ja. Als er hinter den Büschen hervorkam, hinkte er. Aber als er nach der Schießerei wegrannte, lief er ganz normal.«

»Haben Sie das der Polizei erzählt?«

»Sicher. Aber ich glaube nicht, daß es auf die Beamten einen großen Eindruck machte. Bitte, Donald, lassen Sie uns von etwas anderem sprechen und noch was trinken.«

Auf meinen Wink trat der Ober an unseren Tisch. »Dasselbe?« fragte ich sie.

»Keinen Wein mehr, danke.«

»Gut, dann also zwei Scotch mit Soda. Einverstanden, Rob?«

Sie nickte. »Nun möchte ich Sie um noch einen Gefallen bitten, Donald. Geben Sie mir danach nichts mehr zu trinken.«

»Warum?«

»Ich will den Abend genießen. Es wäre scheußlich, wenn ich einen Rausch bekäme und morgen früh mit einem Brummschädel aufwachte.«

»Also, dann gehen Sie mit Ihrem Scotch sparsam um«, sagte ich und grinste dabei. »Es folgt nichts mehr nach.«

Der Ober brachte die zwei Drinks. Ich trank meinen zur Hälfte aus, entschuldigte mich und steuerte auf den Waschraum zu. Sobald ich außer Sichtweite war, begab ich mich zur Telefonzelle und rief Emory G. Hale in New Orleans an.

Nach knapp drei Minuten hatte ich ihn bereits an der Strippe. Während ich den Münzfernsprecher mit Vierteldollarstücken fütterte, hörte ich Hales ungeduldige Stimme. »Hallo. Wer ist dort? Hallo, hallo.«

»Hallo, Hale. Hier ist Donald Lam.«

»Lam! Zum Teufel, wo stecken Sie eigentlich?«

»In Los Angeles.«

»Na, hören Sie mal, Lam, Sie haben mir eine schöne Angst eingejagt. Warum haben Sie mich nicht eher benachrichtigt?«

»Hatte zuviel zu tun. Ich habe Roberta Fenn aufgestöbert.«

»Nein! Wo?«

»In Los Angeles.«

»Famos! Sie sind ein Prachtkerl, Lam. Sie haben sich die Prämie wirklich ...«

Ich unterbrach ihn. »Haben Sie noch einen Schlüssel zu dem Apartment?«

»Ja, natürlich.«

»In Ordnung. Roberta Fenn bewohnte es eine Zeitlang. Die Hausbesitzerin wird ihr Foto identifizieren. Es gab da irgendwelche Schwierigkeiten mit einer Scheidung, und Roberta sprang als Double für Edna Cutler ein. Edna Cutler wohnt in einem Apartmenthaus in Shreveport. Sie schickte Roberta das Geld für die Flucht aus New Orleans.

Setzen Sie sich mit Marco Cutler in Verbindung. Ich weiß nicht, in welchem Hotel er wohnt, aber das dürfte leicht festzustellen sein. Sagen Sie ihm, Edna Cutler hätte ihn 'reingelegt; sie hätte dafür gesorgt, daß Goldring die Scheidungspapiere nicht der richtigen, sondern einer falschen Edna Cutler auslieferte. Führen Sie ihn in das Apartment und lassen Sie *ihn* die alten Zeitungsausschnitte und das Schießeisen finden. Teilen Sie der Polizei Ihre Entdeckung mit und sorgen

Sie dafür, daß die kalifornischen Behörden den Mordfall Craig wiederaufnehmen. Besteigen Sie danach die nächste Maschine nach Los Angeles, und ich werde Ihnen Roberta Fenn auf einem Präsentierteller servieren.«

Gute Laune brodelte in ihm wie der Kaffee in einer Espressomaschine. »Lam, das ist ja prächtig! Roberta Fenn befindet sich also in Los Angeles. Können Sie mir sagen, wo sie im Moment ist?«

»Sicher. Im Augenblick sitzt sie in einem Nachtklub. Sie ist im Begriff wegzugehen.«

»Jemand bei ihr?« erkundigte er sich eifrig.

»Momentan nicht.«

»Verlieren Sie sie nur nicht aus den Augen, Lam!«

»Bestimmt nicht. Ich hefte mich an ihre Sohlen.«

»Fabelhaft! Sie sind wirklich eine dolle Nummer, Donald! Als ich Sie eine Eule nannte, wußte ich noch gar nicht, wie recht ...«

Die Vermittlung unterbrach ihn. »Ihre drei Minuten sind um.«

»Auf Wiedersehen«, sagte ich und knallte den Hörer auf die Gabel.

19

Ich zwängte mich in den Fahrstuhl. Den anderen Fahrgästen, in der Hauptsache Büroangestellte, konnte man förmlich vom Gesicht ablesen, wie sie das Wochenende verbracht hatten. Die Männer hatten sich auf dem Golfplatz oder am Strand herumgetrieben und einen Sonnenbrand geholt. Die Mädchen sahen müde und unausgeschlafen aus und versuchten die Nachwirkungen eines Katers unter einer dicken Schicht Puder zu verbergen. Aber alle blickten verdrossen drein. Nach zwei freien, ungebundenen Tagen erschien ihnen die stickige Enge eines Büros doppelt widerwärtig.

Elsie saß bereits hinter ihrem Schreibtisch. Als ich mich der Glastür mit der Aufschrift ›Cool & Lam, Privatdetektei‹ näherte, hörte ich das Klappern ihrer Schreibmaschine.

»Hallo, Donald. Fein, daß Sie wieder da sind. Hatten Sie eine gute Reise?«

»Es ging.«

»Was macht der Job in New Orleans?«

»Der ist noch in der Schwebe. Wo ist Bertha?«

»Noch nicht da.«

»Hat sie was über die Roxberry Estates herausbekommen können?«

»Hm-hm. Eine ganze Menge. Da drüben liegt die Mappe.«

»Danke. Ich schau's mir mal an. Wie entwickelt sich denn übrigens die Baufirma?«

Sie spähte zur Tür hinüber und senkte vorsichtshalber die Stimme: »Bertha hat noch nie so viele Briefe geschrieben und bekommen. Die Korrespondenz ist bei den Akten – bis auf ein paar Briefe, die Bertha in ihrem Schreibtisch eingeschlossen hat.«

»Worum dreht es sich bei diesen Briefen?«

»Um Ihre Zurückstellung von einer Militärübung.«

»Hat sie's durchgedrückt?«

Elsie sah wieder zur Tür hinüber. »Bertha wirft mich 'raus, wenn sie merkt, daß ich geschwatzt habe.«

»Dabei hab' ich schließlich auch noch ein Wörtchen mitzureden.«

»Nein, Donald. Sie würde mich so fertigmachen, daß ich kündigen müßte.«

»Also, was ist? Hat sie's gedeichselt?«

»Ja.«

»Wann?«

»Letzte Woche.«

»Danke.«

Sie beobachtete mich gespannt und runzelte dann verblüfft die Stirn. »Sie lassen sich das einfach gefallen?«

»Sicher.«

Mit einem Ruck drehte sie sich zur Schreibmaschine um, hielt ihre Finger einen Moment lang gekrümmt über die Tasten wie ein Pianist, der zum Schlußakkord ansetzt, schmetterte sie dann herunter und begann wie rasend zu tippen.

»Was haben Sie sonst von mir erwartet?« fragte ich.

»Nichts.«

Ich nahm die Mappe mit in mein Büro, setzte mich an den Schreibtisch und las die Notizen durch. Sie sagten mir gar nichts.

Silas T. Roxberry hatte eine ganze Reihe von Unternehmen finanziert. Ein paar hatte er kontrolliert, andere hatte er lediglich als gewinnbringende Geldanlage betrachtet. Er war vor fünf Jahren gestorben und hatte zwei Kinder hinterlassen, einen Sohn von fünfzehn Jahren namens Roy und eine neunzehnjährige Tochter namens Edna. Da die Geschäfte des Alten ziemlich kompliziert waren und die Teilung des Nachlasses zu einer Wertminderung geführt hätte, war eine Körperschaft gebildet worden. Sie nannte sich die Roxberry Estates und verwaltete das Vermögen für die Erben.

Howard C. Craig war lange Jahre Roxberrys Privatsekretär und Vertrauensmann gewesen. Nach Roxberrys Tod übernahm er den Posten des Schatzmeisters. Präsident der Körperschaft wurde ein Anwalt namens Biswill, den Silas Roxberry zu seinem Testamentsvollstrecker bestimmt hatte. Biswill befolgte bei seinen Spekulationen das gleiche System wie sein Vorgänger. Da es sich nicht um eine öffentliche Körperschaft handelte, war über den Stand der Geschäfte kaum etwas zu erfahren. Aber Bertha hatte immerhin herausbekommen, daß die Roxberry Estates ihre Rechnungen prompt bezahlten und als solvent galten.

Es war natürlich möglich, daß Edna Roxberry nach dem Tod ihres Vaters Marco Cutler geheiratet hatte. Ich rief im Büro der Roxberry Estates an, sagte, ich wäre ein alter Freund der Familie, der mehrere Jahre im Ausland verbracht hätte, und fragte, ob Edna Roxberry verheiratet wäre. Die Antwort lautete, nein, im übrigen stünde ihr Name im Telefonbuch, und ob ich nicht eine Nachricht und meinen Namen hinterlassen wollte. Ich legte auf.

Um zehn Uhr war Bertha noch immer nicht aufgekreuzt. Ich sagte Elsie, ich müßte noch einige Gänge machen, und begab mich zu den Büros der Roxberry Estates.

Die Geschichte der Körperschaft ließ sich von den Schildern neben dem Haupteingang ablesen. Auf dem einen stand ›Harman C. Biswill, Rechtsanwalt und Notar, Zimmer 619‹, auf dem anderen ›Roxberry Estates, Inc. Nr. 610–623‹ und darunter in kleinerer Schrift ›Harman C. Biswill‹. Ursprünglich hatte Biswill in einem der Räume seine Anwaltspraxis betrieben, und Silas Roxberry war vermutlich sein Hauptklient gewesen. Nach Roxberrys Tod hatte er den Erben nahegelegt, eine Körperschaft zu gründen, und deren Verwaltung übernommen. Er gab die Anwaltspraxis auf und widmete sich fortan ausschließlich profitablen Geldgeschäften. Man brauchte kein erstklassiger Detektiv zu sein, um zu erkennen, daß Harman C. Biswill sich weich gebettet hatte.

Biswill hatte anscheinend eine Schwäche für Büromaschinen. In dem Raum, den ich betrat, gab es Buchhaltungsmaschinen, Rechenmaschinen, Adressiermaschinen, Addiermaschinen. Ein junges Mädchen tippte, mit dem Kopfhörer eines Diktaphons über den Ohren, Briefe auf der Schreibmaschine. Ich stützte mich auf die Schranke und wartete. Eine ältliche Frau blickte auf, kam zu mir herüber und sagte mit einem matten Lächeln: »Guten Morgen.«

Sie war über fünfzig, und man sah ihr an, daß sie ihr ganzes Leben lang redlich gearbeitet hatte. Ihre Augen blickten müde, aber ihr Gesichtsausdruck war freundlich. Sie wirkte beherrscht und zielbewußt.

Ich folgte einer plötzlichen Eingebung. »Sie sind wohl schon sehr lange bei den Roxberry Estates, stimmt's? Vermutlich vom ersten Tag ihres Bestehens an?«

»Ja.«

»Vorher haben Sie für Mr. Roxberry gearbeitet, wie?«

»Ja. Was wünschen Sie?«

»Ich ziehe Informationen ein über einen Mann namens Hale. Uns interessiert seine Kreditwürdigkeit und sein geschäftlicher Ruf.«

»Dürfte ich Sie um Ihren Namen bitten?«

»Lam. Donald Lam.«

»Bei welcher Firma sind Sie tätig, Mr. Lam?«

»Bei der Firma Cool & Lam. Ich bin einer der Teilhaber. Hale gehört zu unseren Kunden.«

»Wie lautet sein voller Name?«

»Emory G. Hale. Er ist Anwalt.«

»Einen Moment. Ich will mal sehen, ob wir irgendwelche Unterlagen über ihn haben.« Sie begab sich zu einem Karteischrank im rückwärtigen Teil des Büros, zog eine Schublade auf und blätterte die Karteikarten durch. Sie kam zurück und schüttelte bedauernd den Kopf. »Tut mir leid, Mr. Lam. In unserer Kartei ist ein Emory G. Hale nicht vermerkt.«

»Vielleicht kam er im Auftrag eines Klienten. Er könnte auch einen anderen Namen angegeben haben. Er ist etwa ein Meter achtzig groß, Mitte Fünfzig, breitschultrig und hat ungewöhnlich lange Arme. Beim Lachen zieht er die Lippen auseinander und beißt die Zähne zusammen. Er hat ein richtiges Pferdegebiß.«

Sie dachte einen Moment lang nach. »Ich fürchte, ich kann Ihnen da nicht helfen, Mr. Lam. Unsere Geschäftsverbindungen sind sehr mannigfaltig und ausgedehnt. An einen Mann, wie Sie ihn beschrieben haben, erinnere ich mich nicht.«

»Sind Sie dessen sicher?«

»Ja, ganz sicher.«

Ich bedankte mich und wandte mich zur Tür, als mir nachträglich ein Gedanke kam. Ich machte wieder kehrt und fragte: »Sagt Ihnen der Name Marco Cutler was?«

Sie schüttelte den Kopf.

»Auch nicht Edna Cutler?«

»Meinen Sie Edna P. Cutler?«

Ich nickte.

»O ja, mit Edna Cutler hatten wir sehr häufig zu tun.«

»Jetzt auch noch?«

»Nein. Das war noch zu Lebzeiten von Mr. Roxberry. Nach seinem Tode schlief die Verbindung ein.«

»Miss oder Mrs. Edna Cutler?«

Sie runzelte die Stirn. »Das weiß ich nicht. In den Büchern wurde sie lediglich als Edna P. Cutler geführt. Sie arbeitete sehr eng mit Mr. Roxberry zusammen. Ich selbst habe sie nie gesehen.«

»Sie hat hier kein Guthaben mehr?«

»O nein, schon lange nicht mehr. Frances«, rief sie dem Mädchen an der Schreibmaschine zu, »das Konto von Edna Cutler ist gelöscht, ja?«

Das Mädchen hörte einen Moment auf zu tippen, nickte bejahend und klapperte weiter.

Die ältliche Frau verabschiedete mich mit einem müden Lächeln. Ich verließ das Büro, blieb auf dem Korridor stehen und versuchte ein bißchen Klarheit in meine Gedanken zu bringen.

Edna P. Cutler – sie hatte eng mit Silas Roxberry zusammengearbeitet, sich aber niemals im Büro blicken lassen ... Howard Chandler Craig, Vertrauensmann des alten Roxberry und über dessen finanzielle Transaktionen vermutlich bestens informiert – er unternimmt eine Spazierfahrt mit Roberta Fenn – und wird von einem maskierten Banditen ermordet.

Ich rief im Büro an, erfuhr, daß Bertha noch nicht erschienen war, und sagte Elsie, ich würde gegen Mittag zurück sein; falls Bertha in der Zwischenzeit käme, sollte sie auf mich warten. Dann machte ich mich auf den Weg zum Polizeipräsidium.

Sergeant Pete Rondler hatte von jeher eine Schwäche für mich. Das war allerdings mehr Berthas Verdienst als meines, denn Rondler hatte einige ziemlich stürmische Auseinandersetzungen mit ihr gehabt und haßte sie seitdem wie die Pest. Bei meinem Eintritt in die Detektei hatte er mir prophezeit, kein Mensch könnte es bei solch einer Furie aushalten, und ich würde innerhalb von drei Monaten ein gebrochener Mann sein. Die Tatsache, daß ich es bis zur Teilhaberschaft gebracht hatte und Bertha gelegentlich über den Mund fuhr, erfüllte ihn mit tiefer Befriedigung.

»Hallo, Sherlock«, begrüßte er mich, als ich zur Tür hineintrat. »Wollen Sie wieder mal was?«

»Vielleicht.«

»Was macht das Geschäft?«

»Es geht.«

»Wie kommen Sie mit Bertha zurecht?«

»Famos.«

»Freuen Sie sich nicht zu früh. Das dicke Ende kommt noch. Vorläufig hätschelt und mästet sie Sie, aber wenn Sie fett genug sind, schneidet sie Ihnen die Kehle durch und verarbeitet Ihre Haut zu Lampenschirmen.«

»Das ist ja gerade ihr Kummer. Ich werde nicht fett.«

Er grinste. »Was haben Sie auf dem Herzen, Donald?«

»Es handelt sich um einen unaufgeklärten Mord. Name des Opfers: Howard Chandler Craig.«

Er runzelte die Stirn, und seine buschigen Brauen senkten sich wie schwarze Gewitterwolken über seine Augen. »Was wissen Sie über diesen Fall?« fragte er unheilverkündend.

»Nichts.«

»Wann waren Sie zuletzt in New Orleans?«

Ich zögerte mit der Antwort.

»Schwindeln Sie mich nicht an, oder ich laß Ihr verdammtes Detektivbüro hochgehen.«

»Ich komme eben von dort.«

»Das dachte ich mir.«

»Wieso? Was stimmt denn dabei nicht?«

Er trommelte mit den Fingern auf der verschrammten

Schreibtischplatte herum. »Die Polizei von New Orleans hat bei uns bereits Erkundigungen über den Fall Craig eingezogen.«

Ich nickte. »Es wäre möglich, daß zwischen ihm und einem kürzlich verübten Mord in New Orleans ein gewisser Zusammenhang besteht.«

»Was?«

»Als Craig getötet wurde, befand er sich in der Gesellschaft eines jungen Mädchens namens Roberta Fenn. Sie ist auch in den Mord in New Orleans verwickelt. Allerdings weiß die Polizei noch nicht genau, was eigentlich passiert ist, ob sie das zweite Opfer des Mörders war oder selbst auf den Abzug drückte oder ob sie es einfach mit der Angst bekam und verduftete.«

»Zwei Mordfälle innerhalb von fünf Jahren sind für ein nettes junges Mädchen genau zwei zuviel.«

»Das habe ich mir auch schon gesagt.«

»Was haben Sie mit der Sache zu tun?«

»Nichts. Ich hab' nur Ermittlungen in einer Erbschaftsangelegenheit angestellt.«

»Für wen?«

»Einen Anwalt.«

»Blech!«

»Das ist die reine Wahrheit. Wenigstens hat er mir das erzählt.«

»Wie heißt der Anwalt?«

Ich grinste.

Rondler nahm eine Zigarre aus der Tasche und spitzte die Lippen, als wollte er pfeifen. Er schnitt sorgsam das Ende der Zigarre ab, holte eine Streichholzschachtel hervor und sagte: »Hören Sie zu, ich will Ihnen den Fall in groben Umrissen schildern. Vor sechs Jahren hatten wir einen Haufen Ärger mit einem Kerl, der sich auf Liebespaare spezialisiert hatte. Er lauerte ihnen auf, raubte sie aus, und wenn das Mädel hübsch war, schnappte er es sich auch. Wir unternahmen das Menschenmögliche, um den Burschen zu fassen, aber er ging uns nicht in die Falle.

In der kalten Jahreszeit, als die geparkten Autos mit verliebten Pärchen immer spärlicher wurden, verschwand der Kerl plötzlich von der Bildfläche. Wir dachten schon, wir wären ihn endgültig los. Aber im nächsten Frühjahr tauchte er wieder auf, und von da an rissen die Überfälle überhaupt nicht mehr ab. Drei junge Männer setzten sich zur Wehr, als sich der Halunke an ihre Frauen 'ranmachte. Craig war einer von ihnen. Zwei bissen ins Gras, den dritten erwischte glücklicherweise nur ein Streifschuß, und er kam mit dem Leben davon. Die Lage wurde ernst. Die Zeitungen zeterten über die Unfähigkeit der Polizei, ein paar Bonzen schalteten sich ein und ... Na, der übliche Zirkus.

Dann hatte einer von uns eine Idee. Er fragte sich, warum die Überfälle in den kalten Monaten aufgehört hatten. Der Kerl betrieb sein Metier offenbar systematisch und berufsmäßig, und wenn die Ausbeute im Winter auch magerer war, von irgendwas mußte er schließlich leben. So kamen wir auf den Gedanken, daß er sein Arbeitsfeld in den Wintermonaten vielleicht nach Südkalifornien oder Florida verlegte. In San Diego war die Luft rein, aber in Miami stießen wir auf seine Spur und ergatterten sogar ein paar wichtige Hinweise, Fingerabdrücke und dergleichen.

Das gab uns eine Chance. Wir gingen von der Theorie aus, daß der Bursche ein Einzelgänger war und einen Wagen mit einer kalifornischen Nummer fuhr, und überprüften sämtliche Fahrzeuge, die in einem bestimmten Zeitraum durch die Quarantänestation in Yuma geschleust worden waren. Dabei stießen wir auf einen Mann namens Rixmann. Sein Wagen war in Kalifornien zugelassen, er hatte Yuma drei Tage vor dem ersten Überfall in Los Angeles passiert und kam aus Florida. Wir besahen uns den Burschen näher. Er war ein ganz hübscher Kerl, dunkel, mürrisch und launenhaft, bezahlte seine Miete pünktlich, hatte immer Geld, obwohl er arbeitslos war und fast den ganzen Tag über schlief, und fuhr ein Chevrolet-Coupé. Zwei-, dreimal in der Woche ging er abends ins Kino. Sonst verließ er nur nachts das Haus. Von diesen Fahrten kehrte er immer erst sehr spät zurück. Wovon er lebte und womit er sich beschäftigte, konnte uns seine Wirtin nicht sagen.«

»War Rixmann der Täter?« fragte ich.

»Jawohl. Er war der Vogel, den wir suchten. Wir begannen ihn zu beobachten. Drei Nächte später kutschierte er mit seinem Wagen zu einer der bekannteren Poussierstellen und versteckte sich im Schatten hinter einem Baum. Mehr brauchten wir nicht. Wir postierten einen Polizeibeamten und eine Beamtin als Köder und erwischten ihn auf frischer Tat. Natürlich gingen die Jungen nicht gerade schonend mit ihm um, und als er hier im Büro abgeliefert wurde, war er sanft wie ein Lamm. Er hatte kapiert, daß er mit Ableugnen nicht weit kommen würde, und legte ein volles Geständnis ab. Später nahm er sich einen Anwalt und wollte es mit Unzurechnungsfähigkeit probieren. Aber damit hatte er keinen Erfolg.«

»Wurde er zum Tode verurteilt?«

»Ja, er landete in der Gaskammer.«

»Gab er den Mord an Craig zu?«

»Nein, er stritt ihn bis zum Schluß ab. Ein paar von unseren Leuten glaubten ihm nicht. Aber ich war immer der Meinung, daß er die Wahrheit sagte. Warum hätte er den einen Mord ableugnen sollen, nachdem er den anderen und einen Haufen Überfälle zugegeben hatte? Er war sowieso geliefert.«

»Haben Sie eine Ahnung, wer der Täter im Falle Craig gewesen sein könnte?«

Rondler zuckte mit den Schultern. »Wir haben nicht genug Beweismaterial, um den Fall neu aufzurollen. Aber wenn Sie mich fragen: Ich tippe auf das Mädchen. Vielleicht war sie verrückt auf Craig und wollte ihn heiraten. Er weigerte sich und gab ihr den Laufpaß. Daraufhin überredete sie ihn zu einer letzten Knutschfahrt, stieg unter irgendeinem Vorwand aus, ging 'rüber auf die andere Seite, verpaßte ihm eine Kugel, warf den Revolver weg und rannte schreiend die Straße entlang.«

»Stimmt, so könnte es sich abgespielt haben. Habt ihr irgendwelche Hinweise entdeckt? Fußspuren? Fingerabdrücke?«

»Nein, rein gar nichts. Wir haben nur eine Beschreibung des Täters. Sie stammt von Roberta Fenn.«

»Was steht denn da drin?«

Er zog seine Schreibtischschublade auf und kramte darin herum. »Sie haben Glück. Als wir das Telegramm aus New Orleans erhielten, hab' ich mir die Unterlagen kommen lassen. Also, der Bursche war mittelgroß, trug einen dunklen Anzug, Mantel und Hut und eine Maske, aber keine Handschuhe. Als er aus dem Gebüsch auftauchte, hinkte er merklich. Später, als er sich aus dem Staube machte, hinkte er plötzlich nicht mehr. Eine lausige Beschreibung!«

»Hätten Sie was Besseres zustande gebracht, wenn Sie an Stelle des Mädels dabeigewesen wären?«

Rondler grinste. »Vermutlich nicht. Aber wenn Rixmann nicht der Täter war, dann war's das Mädchen.«

»Warum glauben Sie das?«

»Na, das liegt doch auf der Hand. Nach Rixmanns Verhaftung war mit den Überfällen plötzlich Schluß. Einer von der gleichen Zunft kann's also nicht gewesen sein. Der hätte sein Gewerbe weiterbetrieben. Diese Brüder lassen sich nämlich nicht so leicht abschrecken.«

Ich schob meinen Stuhl zurück. »Zünden Sie sich Ihre Zigarre lieber an, bevor Sie sie ganz zerkaut haben.«

Er starrte mich grimmig an. »Sie haben jetzt eine Menge Informationen bekommen, ohne selbst welche dafür zu liefern.«

»Vielleicht habe ich Ihnen nichts zu erzählen.«

»Das Lied kenn' ich. Lassen Sie sich eins gesagt sein, Donald: Machen Sie keinen Mumpitz mit dem Mädchen.«

»Mit welchem Mädchen?«

»Na, mit der Roberta Fenn. Die Polizei von New Orleans ist hinter ihr her, und wir würden sie auch ganz gern das eine oder andere fragen. Wenn sich herausstellen sollte, daß Sie wissen, wo sie ist, und sie versteckt halten, ziehe ich Ihnen das Fell über die Ohren. Merken Sie sich das!«

»Verstehe. Ich werde dran denken. Schönen Dank für die Auskünfte.«

Ich eilte die Treppe hinunter und rief in der Halle von einer Telefonzelle aus im Büro an. Bertha war inzwischen eingetroffen und wollte wissen, ob es etwas Neues gäbe. Ich vertröstete sie auf später.

Dann ging ich zum Hotel zurück. Roberta schlief noch. Ich setzte mich auf die Bettkante, weckte sie und sagte: »Ich muß Ihnen noch ein paar Fragen stellen.«

»Na schön, schießen Sie los.«

»Wie standen Sie zu diesem Craig?«

»Ich war mit ihm befreundet.«

»Drängten Sie ihn vielleicht zur Heirat, und weigerte er sich, darauf einzugehen?«

»Nein.«

»Waren Sie irgendwie in der Klemme?«

»Nein.«

»Wußten Sie, wo er arbeitete?«

»Ja. Zuerst bei Roxberry und danach bei den Roxberry Estates.«

»Hat er mit Ihnen jemals über geschäftliche Dinge gesprochen?« Ich beobachtete sie scharf. »Oder vielleicht bei irgendeiner Gelegenheit Edna Cutler erwähnt?«

»Nein.«

»Sie könnten lügen, wissen Sie.«

»Warum, Donald? Was hätte ich schon davon?«

Eine ganze Menge, falls Sie mit Edna Cutler unter einer Decke stecken und mit ihr von Anfang an gemeinsame Sache gemacht haben. Dann hätten Sie nämlich nicht nur mit einer Mordanklage zu rechnen, sondern gleich mit zwei.«

»Donald, ich hab' über meine Beziehungen zu Edna die Wahrheit gesagt. Ehrenwort.«

»Gut.« Ich stand auf.

»Wohin gehen Sie?«

»Muß arbeiten.«

»Und ich werde zunächst mal frühstücken und mir danach was zum Anziehen besorgen. Ich brauche unbedingt ein Nachthemd.«

»Zeigen Sie sich lieber nicht auf der Straße. Lassen Sie sich das Essen aufs Zimmer bringen und verschieben Sie Ihre Einkäufe auf später. Telefonieren Sie nicht und setzen Sie sich auf keinen Fall mit Edna Cutler in Verbindung.«

»Herrje, Donald, ich hab' ja gar keine Ahnung, wo sie steckt.«

»Das ist ein wahrer Segen. Wenn sie hier anruft, dann lassen Sie sich auf nichts ein.«

»Gut, Donald. Ich verspreche es Ihnen. Ich tu' alles, was Sie wollen.«

»Jetzt noch ein paar Fragen über die Sache mit Craig.« Ihr Gesichtsausdruck verriet mir, wie satt sie das Thema hatte. »Tut mir leid, Rob, aber ich muß noch mal darauf zurückkommen. Der Täter war maskiert, trug Mantel und Hut und hinkte?«

Sie nickte.

»Als er wegrannte, hinkte er nicht mehr?«

»Stimmt.«

»Er war mittelgroß?«

»Ja. Ich war natürlich sehr erregt, als es passierte, aber ich hab' seitdem oft darüber nachgedacht. Ohne den Mantel muß er ziemlich schlank und für einen Mann direkt zierlich gewesen sein.«

»Aha. Dann denken Sie noch mal drüber nach und sagen Sie mir, ob es auch eine Frau gewesen sein könnte.«

»Eine Frau?! Ausgeschlossen. Er wollte mich doch ... Er ...«

»Blech! Das gehörte nun mal zu der Rolle. Von Ihnen wollte er gar nichts. Könnte es eine Frau gewesen sein?«

Sie runzelte die Stirn. »Der Mantel verbarg natürlich die Figur. Außerdem hatte er die Maske um und den Hut tief ins Gesicht gezogen. Aber er trug einen Anzug und Herrenschuhe und ...«

»Beantworten Sie meine Frage, Rob: *Könnte* es eine Frau gewesen sein?«

»Also – ja. Aber ich begreife nicht, weshalb Sie ...«

»Vergessen Sie's. Sie sind dessen sicher, daß Craig Edna Cutler nie erwähnt hat?«

»Ja. Ich wußte gar nicht, daß er sie kannte.«

»Das genügt mir. Seien Sie brav. Ich hol' Sie zum Dinner ab. Also bis nachher.«

20

Der Mann im Marinerekrutierungsbüro stellte weiter keine Fragen. Er beschränkte sich auf die Personalien und gab mir einen Fragebogen zum Ausfüllen. Als ich ihn ablieferte, warf er einen Blick darauf und sagte: »In Ordnung. Wann möchten Sie untersucht werden?«

»Gleich, falls das möglich ist.«

Er nickte. Ich wurde in ein Hinterzimmer bugsiert, von Kopf bis Fuß unter die Lupe genommen und für tauglich befunden.

»Wieviel Zeit brauchen Sie, um Ihre Privatangelegenheiten zu regeln?«

»Vierundzwanzig Stunden.«

»Gut. Kommen Sie Donnerstag mittag um eins wieder her. Sie werden dann gleich weitergeleitet.«

Nach diesem Intermezzo fuhr ich im Taxi zum Detektivbüro zurück. Bertha kochte vor Ungeduld. »Wo, zum Henker, hast du dich die ganze Zeit herumgetrieben?« erkundigte sie sich erbost.

»Ich war heute früh hier und hab' danach ein paarmal angerufen. Aber du hast dich ja nicht blicken lassen. Folglich mußte ich auf eigene Faust losziehen.«

Sie musterte mich argwöhnisch. »Was meinst du damit? Deine Heldenstückchen kenn' ich. Du hast dir wohl wieder mal große Mühe gegeben, das Detektivbüro zu ruinieren.«

»Aber nein.«

Sie reichte mir stumm ein Telegramm.

Ich überflog es. Der Text lautete: ›Ich gratuliere der Eule. Treffe zwanzig Uhr dreißig ein. Erwarte Sie am Flughafen.‹ Unterschrift: ›Emory G. Hale.‹

»Ich weiß«, sagte ich. »Ich habe ihn angerufen.«

»Was hast du ihm erzählt?«

»Nichts, außer daß ich Roberta Fenn aufgestöbert habe.«

»Ich dachte, das sollte er vorerst nicht erfahren.«

»Doch. Jetzt kann er's ruhig wissen.«

»In der Zeitung steht, daß die Polizei nach Roberta Fenn fahndet. Sie haben den Mordfall Craig wieder ausgegraben. Die Mittagsausgabe brachte die Schlagzeile: ›Polizei sucht Lösung der Mordsache Nostrander in Los Angeles.‹ Anscheinend besteht da irgendein Zusammenhang. Howard Craig war doch der Mann, der von Rixmann erschossen wurde.«

Ich nickte.

»Das überrascht dich wohl nicht?«

»Nein.«

»Du bist hoffnungslos«, fauchte sie ärgerlich. »Man pumpt dich mit Neuigkeiten voll, und was hat man davon? Nichts. Man bekommt nicht mal ein Dankeschön dafür. Hör zu, Donald, das Mädchen ist ein heißes Eisen. Wenn du sie zu schützen versuchst, wirst du dir eklig die Pfoten verbrennen.«

»Was macht das Bauprojekt?«

Bertha ging unverzüglich in die Defensive. Ihre kriegerische Miene verwandelte sich in eitel Sanftmut und Höflichkeit. »Bertha muß bei Gelegenheit mit dir darüber sprechen, Liebling.«

»Wirklich?«

»Ja. Vergiß nicht, Donald, daß du der große Boß bist, auch wenn dir die Details noch nicht ganz geläufig sind. Bertha hat sich in der letzten Zeit nicht recht wohl gefühlt. Ich glaube, es ist das Herz, und deshalb wird sie sich künftig noch mehr auf dich stützen müssen. Es steckt Geld in der Sache, wenn wir uns 'ranhalten und die Augen aufsperren. Bertha hat den

Kontrakt unterschrieben, aber du mußt die Leitung übernehmen.«

»Weil du dich nicht wohl fühlst?«

»Ja.«

»Ich hatte keine Ahnung, daß du unter Herzbeschwerden leidest.«

»Auch ich nicht, bis mir all die Aufregungen und Sorgen über den Kopf wuchsen. Ich glaube nicht, daß es was Ernstes ist, aber ich spüre es trotzdem.«

»Wie?«

»Herzklopfen nach dem Essen.«

»Warst du schon beim Arzt?«

»Wenn ich mich hinlege, klopft mein Herz so stark, daß das ganze Bett zittert.«

»Warst du schon beim Arzt?«

»Nein, zum Donnerwetter noch mal! Warum soll ich zu so einem scheeläugigen Knochensäger gehen und mich für mein Geld quälen lassen!«

»Ich dachte nur, daß ein Arzt dir vielleicht helfen könnte.«

»Nein, das kann er nicht.«

»Angenommen, du brauchst plötzlich ein ärztliches Attest?«

»Laß das meine Sorge sein. Wenn ich was haben will, bekomme ich's auch.«

»Verstehe. Reg dich nicht auf. Begleitest du mich zum Flughafen?«

»Hältst du das für richtig?«

»Ja.«

»Gut, dann komm ich mit.«

Ich streckte mich und gähnte. »Ich muß noch was erledigen. Wir treffen uns hier im Büro. Punkt dreiviertel acht.«

»Für eine Weile bleibe ich sowieso noch hier«, erklärte Bertha geheimnisvoll. »Ich erwarte mit der Nachmittagspost ein Päckchen. Echte Nylonstrümpfe zu einem Spottpreis. Bertha weiß, wie man billig kauft. Du wirst dich wundern.«

Den Rest des Nachmittags verbrachte ich in der Stadtbibliothek über alten Zeitungsbänden und schlenderte gegen halb sechs zum Hotel zurück. Auf dem Weg dorthin machte ich bei einem Schuhputzer halt, kaufte mir eine Zeitung, setzte mich und überflog die Meldungen, während der Junge meine Schuhe wienerte. In der Seufzerspalte stieß ich auf folgendes Inserat:

›Rob. Bin in Los Angeles. Muß dich dringend sprechen. Was man dir auch von mir erzählt hat, ich meine es gut mit dir. Bin unter der Nummer Helman 6-9544 zu erreichen. Edna C.‹

Wie von der Tarantel gestochen sprang ich auf, warf dem erstaunten Jungen einen Vierteldollar zu und sagte hastig: »Danke, das genügt für heute. Ich hab's eilig.« Ich hielt ein Taxi an, fuhr zum Hotel, holte mir meinen Zimmerschlüssel und rannte hinauf.

Beide Zimmer waren aufgeräumt, aber Roberta war nicht da. Anscheinend hatte sie inzwischen ein paar Besorgungen gemacht. Auf dem Bett lagen ein hauchdünnes pfirsichfarbenes Nachthemd und ein Paar Strümpfe in derselben Farbe. Auf dem Tisch entdeckte ich ein weiteres Päckchen und auf dem Stuhl daneben ein kleines Reisenecessaire. Das Preisschild baumelte noch daran. Auf dem Boden vor dem Bett lag eine zerknüllte Zeitung.

Ich ging in mein Zimmer zurück, hob den Telefonhörer ab und sagte zu dem Mädchen in der Zentrale: »Meine Schwester rief eine Freundin an und ging aus, um sich mit ihr zu treffen. Sie gab mir die Telefonnummer, aber ich hab' den Zettel verloren. Können Sie feststellen, welche Nummer sie verlangt hat?«

»Moment mal.«

Nach ungefähr zehn Sekunden antwortete sie: »Helman sechs – neun, fünf, vier, vier.«

»Stimmt, das ist sie. Verbinden Sie mich bitte mit der Nummer.«

Ich wartete und hörte, wie die Verbindung hergestellt wurde. Dann meldete sich eine weibliche Stimme: »Hotel ›Palmenblick‹.«

»Wohnt bei Ihnen eine Edna Cutler aus New Orleans?« fragte ich.

»Einen Augenblick bitte.«

Pause.

»Hören Sie noch? Miss Cutler ist vor etwa zwanzig Minuten ausgezogen. Sie hat keine Nachsendeadresse hinterlassen.«

Ich bedankte mich, legte auf, fuhr im Lift nach unten, kaufte mir in einem Lederwarengeschäft einen Koffer, eilte wieder nach oben und warf meine Sachen sowie Robertas Nachthemd, die Strümpfe und was sonst noch in ihrem Zimmer herumlag, hinein. Danach wischte ich die Türklinken, die

Griffe an den Schubladen, das Bettgestell und die Stuhllehnen mit einem feuchten Handtuch ab und forderte einen Boy für mein Gepäck an. Während ich die Hotelrechnung bezahlte, erzählte ich dem Angestellten hinter dem Empfangsschalter mit tiefbetrübter Miene, unsere Mutter wäre ganz plötzlich gestorben, und meine Schwester und ich zögen zu einer Schwester in Venice, die vor Kummer völlig gebrochen sei und einer Stütze bedürfe.

Mit einem Taxi fuhr ich bis zum Hauptbahnhof, gab den Koffer bei der Aufbewahrung ab, steckte den Gepäckschein in einen frankierten Briefumschlag, kritzelte die Anschrift des Detektivbüros darauf und warf den Brief ein. Danach blieb mir gerade noch genügend Zeit, um ins Büro zu fahren, Bertha abzuholen und mit ihr zum Flughafen hinauszugondeln.

21

Hale befand sich in Begleitung eines graumelierten Herrn mit Schnurrbart und goldgerahmter Brille, der zu sehr wie ein Bankier aussah, um einer zu sein. Hale war bei bester Laune. Als er uns erblickte, kam er mit ausgestreckter Hand auf uns zu und lächelte so strahlend, wie es ihm sein Gebiß erlaubte. Bertha begrüßte er nur flüchtig. Seine Aufmerksamkeit galt vor allem mir.

»Lam, es freut mich riesig, Sie zu sehen! Fein, daß Sie mich abholen! Ich möchte Sie... Aber Verzeihung, wo bleiben meine Manieren! Mrs. Cool, darf ich Ihnen Leutnant Pellingham vorstellen? Er ist bei der Polizei in New Orleans. Das ist Donald Lam, Leutnant.«

Wir schüttelten uns reihum die Hände.

Hale schien seine Rolle als Zeremonienmeister zu genießen. »Leutnant Pellingham ist Experte auf dem Gebiet der Ballistik. Er hat den Revolver mitgebracht, Lam. Ich habe ihm erzählt, daß Sie dabei waren, als ich die Waffe fand, und daß wir darüber debattierten, ob wir die Polizei sofort benachrichtigen oder das Resultat Ihrer Ermittlungen in Los Angeles abwarten sollten.« Er warf mir einen mahnenden Blick zu.

Ich nickte und wandte mich an Leutnant Pellingham. »Ich

habe bereits mit Sergeant Rondler vom Morddezernat gesprochen.«

»Haben Sie ihm von dem Revolver erzählt?« erkundigte sich Hale.

Erstaunt sah ich ihn an. »Natürlich nicht! Wir hatten doch abgemacht, daß ich mich lediglich über den Fall Craig und die Mordwaffe orientieren sollte. Ich sollte Ihnen Bericht erstatten und alles Weitere Ihnen überlassen.«

»Ganz recht, Lam, ganz recht. So hatten wir es verabredet. Ich habe mich sofort nach Ihrem gestrigen Anruf mit der Polizei in Verbindung gesetzt. Aber da ist noch ein Punkt, der geklärt werden muß. Sie waren dabei, als ich den Revolver entdeckte. Leutnant Pellingham möchte das von Ihnen bestätigt haben.«

»Mr. Hale sah sich den Schreibtisch an«, berichtete ich dem Leutnant. »Als wir ihn von der Wand abrückten, fanden wir in einer Art Geheimfach einen Haufen Papierkram, und als wir das Zeug herausklaubten, entdeckten wir darunter das Schießeisen.«

»Sie können den Revolver natürlich identifizieren?« fragte Leutnant Pellingham.

»Kaliber 38, blauer Stahl, ein paar Rostflecken. Es ...«

»Darum handelt es sich nicht«, erklärte Pellingham. »Sie sollen mir lediglich sagen, ob die Waffe, die ich mitgebracht habe, mit der Waffe identisch ist, die Sie im Schreibtisch fanden.«

»Natürlich ist es dieselbe!« rief Hale.

Ich zögerte. »Keiner von uns beiden hat daran gedacht, sich die Seriennummer zu notieren. Wir sahen uns den Revolver nur an und verstauten ihn gleich wieder im Schreibtisch. Aber wenn Hale sagt, es wäre dieselbe Waffe, dann genügt mir das.«

»Wir brauchen jemanden, der die Geschworenen in diesem Punkt überzeugt«, warf Pellingham ein.

»Oh, das ist doch kein Problem«, meinte Hale zuversichtlich. »Wenn Sie das Schießeisen bei sich haben, könnten Sie es mir vielleicht gleich mal zeigen. Falls die Identifizierung klappt, ritze ich vorsichtshalber meine Initialen ein.«

»Das ist eine ausgezeichnete Idee«, sagte Pellingham. »Vor Gericht brauchen Sie ja keinem Menschen auf die Nase zu binden, wann Sie Ihre Initialen hineingeritzt haben. Die Tatsache, daß die Waffe überhaupt gekennzeichnet ist, dürfte völlig genügen. Verstehen Sie, was ich meine?«

»Ich fürchte, nicht ganz.«

»Na, das ist doch einfach. Der Staatsanwalt wird zu Ihnen sagen: ›Mr. Lam, ich zeige Ihnen nun einen Revolver, in den die Initialen D. L. hineingeritzt sind. Wer hat die Waffe mit diesen Buchstaben gekennzeichnet?‹ Darauf antworten Sie: ›Ich.‹ Frage des Staatsanwaltes: ›Warum?‹ Ihre Antwort: ›Damit ich ihn später identifizieren konnte.‹ Dann wird der Staatsanwalt Sie fragen: ›Mr. Lam, ist das der Revolver, den Sie in dem Schreibtisch in New Orleans gefunden haben?‹ Und so weiter, und so fort.«

»Ich verstehe.«

»In Ordnung«, erklärte Hale. »Wir werden beide unsere Initialen hineinritzen.«

Pellingham führte uns in eine Ecke der Halle: »Ich möchte diesen Punkt so schnell wie möglich klären, weil ich anschließend zum Polizeipräsidium fahren will. Wir müssen die Geschosse aus diesem Revolver mit den Geschossen vergleichen, die man in der Leiche des jungen Craig gefunden hat.«

Er setzte sich, legte eine leichte Reisetasche auf seine Knie und holte einen flachen, rechteckigen Holzbehälter hervor. Behutsam schob er den Deckel zurück. Auf dem Boden des Kästchens lag, mit Bindfaden befestigt, der 38er-Revolver, mit dem mich das Detektivbüro Cool & Lam vor einigen Monaten ausgerüstet hatte.

Hale stürzte sich förmlich darauf. »Das ist er! Das ist der Revolver aus dem Schreibtisch! Ich gehe jede Wette ein, daß es sich um dieselbe Waffe handelt, mit der Craig erschossen worden ist.«

»Ritzen Sie Ihre Initialen hinein«, sagte Pellingham und reichte ihm sein Taschenmesser. »Jetzt Sie, Mr. Lam, wenn ich bitten darf.«

Ich nahm das Messer und beäugte das Schießeisen von allen Seiten. »Ich halte es für dieselbe Waffe. Allerdings hab' ich mir die Seriennummer nicht gemerkt. Aber ...«

»Zum Kuckuck, Lam, was ist denn in Sie gefahren! Sie wissen doch genau, daß das der Revolver aus dem Schreibtisch ist!« rief Hale.

»Los, ritzen Sie Ihre Initialen hinein«, drängte Pellingham. Ich gehorchte.

Bertha betrachtete die Waffe und dann mich. Ihr Blick sprach Bände. Hale strahlte.

»So, jetzt haben Sie den Revolver identifiziert«, erklärte Pellingham. »Bleiben Sie auch dabei. Lassen Sie sich nicht von irgend so einem Winkeladvokaten ins Bockshorn jagen, wenn es zum Kreuzverhör kommt.«

Der Lautsprecher dröhnte: »Telegramm für Leutnant Pellingham aus New Orleans. Begeben Sie sich bitte zur Auskunft, Leutnant.«

»Entschuldigen Sie mich für einen Moment«, sagte Pellingham und machte die Reisetasche zu. Er verschwand in Richtung auf den Auskunftsschalter.

»Ich bin froh, daß Sie den Revolver identifiziert haben, Lam«, wandte sich Hale an mich. »Wir hätten uns natürlich die Seriennummer aufschreiben müssen, als wir ihn fanden.«

»Ich wundere mich, daß du nicht gleich daran gedacht hast, Donald«, sagte Bertha anzüglich.

Hale lachte. »Er ist eine Eule, Mrs. Cool. Seinen Augen entgeht nichts. Aber auch eine Eule zwinkert ab und zu mal. Das ist das erste Versehen, bei dem ich ihn ertappt habe, und ...«

Bertha starrte mich durchdringend an. »Eulen zwinkern nicht, Mr. Hale.«

In diesem Augenblick stürzte Pellingham, ein Telegramm in der Hand, mit eiserner Miene auf uns zu. »Lam, sind Sie Samstag nacht mit einer Maschine von Fort Worth abgeflogen?«

»Warum?«

»Stimmt das oder nicht?«

»Ja.«

»Gut, Lam. Dann muß ich Sie auffordern, mich auf der Stelle zum Polizeipräsidium zu begleiten.«

»Tut mir leid, Leutnant. Ich hab' noch was Wichtiges zu erledigen.«

»Es ist mir egal, ob Sie noch was zu erledigen haben oder nicht. Sie kommen mit.«

»Haben Sie eine Vollmacht?«

Er steckte die Hand in die Hosentasche. Ich glaubte, er würde seine Dienstmarke herausholen, aber es war nur ein Zehncentstück. »Sehen Sie das hier?« fragte er. »Das ist meine Vollmacht.«

»Sie ist nicht viel wert.«

»Irrtum. Wenn ich das Geldstück dort drüben in den Münzfernsprecher werfe und das Präsidium anrufe, verschaffe ich mir soviel Vollmachten, wie ich brauche.«

Ich sah Hales gespannten Blick, Berthas glitzernde, harte graue Augen und Pellinghams kaltblütige, entschlossene Miene.

»Na, wie ist's? Kommen Sie mit?«

»Gehen Sie 'rüber und werfen Sie Ihr Zehncentstück ein«, sagte ich und wandte mich dem Ausgang zu.

Bertha und Emory Hale starrten mir nach, wie vom Donner gerührt. Pellingham zuckte nicht mit der Wimper. Vermutlich hatte er von Anfang an nichts anderes erwartet. Schnellen Schrittes ging er zur Telefonzelle hinüber.

Unser Wagen stand draußen. Ich klemmte mich hinters Lenkrad und raste los. Sicherheitshalber machte ich einen Umweg über Burbank, Van Nuys und Sepulveda bis zum Wilshire Boulevard. Ich wußte, daß Pellingham die anderen Zufahrtsstraßen blockieren lassen würde. Außerdem würde er natürlich eine Beschreibung meines Wagens durchgeben.

22

Ich ließ den Wagen auf einem Parkplatz in der Nähe des Hotels ›Palmenblick‹ stehen und ging zu Fuß weiter. Im Hotel winkte ich einen Boy heran, suchte zwei Dollar aus meiner Rocktasche und hielt sie ihm unter die Nase.

»Womit kann ich Ihnen dienen?« erkundigte er sich.

»Ich brauche eine kleine Information.«

»Schießen Sie los.«

»Hier im Hotel wohnte ein Gast namens Edna Cutler. Die Dame ist heute nachmittag ausgezogen.«

»Hier ziehen jeden Tag eine Menge Frauen aus.«

»Sie war eine Brünette mit einer phantastischen Figur. Vielleicht fällt Sie Ihnen jetzt wieder ein.«

»Warten Sie mal. An ihre Ankunft kann ich mich erinnern. Aber wann sie abgereist ist, weiß ich nicht mehr.«

»Vermutlich hatte sie nicht viel Gepäck. Es war noch ein anderes Mädchen dabei, brünett mit braunen Augen. Es trug ein schwarzes Kleid, einen roten Gürtel, einen roten Hut . . .«

»Ach, jetzt weiß ich. Sie fuhren mit Jeb Miller.«

»Haben Sie eine Ahnung, wo ich ihn finden kann?«

»Eigentlich müßte er draußen stehen. Er befördert meistens die Hotelgäste.«

Ich gab dem Jungen die zwei Dollar, der daraufhin sagte: »Kommen Sie mit. Ich werde Sie mit Miller bekannt machen.«

Jeb Miller hörte sich meine Beschreibung an und kniff nachdenklich die Augen zusammen. »Tja, ich besinne mich auf die beiden Damen ... Wo hab' ich sie doch gleich abgesetzt ...? Es war ein kleines Apartmenthaus, irgendwo auf der 35. Straße. Die Nummer hab' ich vergessen. Ich könnte Sie ja hinfahren und ...«

Schon saß ich im Wagen, bevor ihm klargeworden war, daß er einen Fahrgast hatte. »Kümmern Sie sich nicht um die Geschwindigkeitsbegrenzung«, sagte ich.

»Sind Sie von der Polizei?«

»Nein.« Ich zog meine Brieftasche heraus. »Aber ich bin nicht kleinlich.«

»In Ordnung.«

Die Fahrt war ihr Geld wert. Als wir angelangt waren, standen mir die Haare zu Berge. »Das war die Adresse«, sagte Miller.

Ich drückte ihm fünf Dollar in die Hand. »Soll ich warten?«

»Nein. Das ist nicht nötig.«

Es war ein kleines, ziemlich schäbiges zweistöckiges Backsteinhaus, nur etwa fünfzehn Meter breit, dafür jedoch sehr tief. Ich studierte die Namensschilder. Offenbar waren alle Wohnungen vermietet, aber der Name von Edna Cutler befand sich nicht darunter. Außerdem deutete das verschmutzte Aussehen der Schilder darauf hin, daß in letzter Zeit niemand neu hinzugezogen war. Ich klingelte beim Hausverwalter. Nach einer Weile tauchte eine ältere Frau auf und musterte mich verdrießlich.

Ich lächelte ihr gewinnend zu. »Zwei junge Frauen, die gerade eingezogen sind, riefen mich wegen einer Automobilversicherung an. Ich vertrete den Autoklub von Südkalifornien.«

»Meinen Sie die Frauen aus New Orleans?«

»Ja.«

»Warum haben Sie dann nicht bei ihnen geklingelt? Sie wohnen auf Nummer 271.«

»Tut mir leid. Ich muß die Nummern vertauscht haben. Ich habe bei 217 geläutet, und da hat sich niemand gemeldet.« Ich bedachte sie mit einem zweiten Lächeln und stieg schnell die Treppe hinauf.

Im Korridor war es dunkel, aber unter der Tür von Nummer 271 kam ein schwacher Lichtschein hervor. Ich drückte behutsam die Klinke nach unten und stemmte die Schulter gegen die Tür. Sie war von innen verriegelt. Ich behielt die Klinke in der Hand und klopfte. Nichts rührte sich. Ich klopfte noch einmal. Schlurfende Schritte näherten sich der Tür, und dann fragte Edna Cutler mit gedämpfter Stimme: »Wer ist dort, bitte?«

»Der Elektriker. Muß die Leitung überprüfen.«

»Also, jetzt können Sie nicht 'rein.«

»Wenn ein neuer Mieter einzieht, müssen die Leitungen nachgesehen werden. Das ist Vorschrift.«

»Schon möglich. Aber es muß doch nicht gleich sein.«

»Es dauert nur eine Minute. Sonst muß ich das Licht abschalten.«

»Kommen Sie in einer Stunde wieder«, sagte sie und ging weg.

Ich sah mich im Korridor um und entdeckte weiter unten einen Zähler. Ich probierte erst ein bißchen herum, schraubte eine Sicherung aus und steckte sie in die Tasche. Der Lichtstreifen, den ich unter der Tür von Nummer 271 gesehen hatte, war verschwunden.

Fast eine Minute lang herrschte in der Wohnung tiefes Schweigen. Dann hörte ich Stimmengemurmel, das immer näher kam. Ich legte meine Hand auf die Klinke und wartete.

»So eine Unverschämtheit!« sagte Edna Cutler. »Ich dachte, das wäre nur das übliche Gerede. Jetzt hat dieser Trottel doch das Licht abgeschaltet.«

Auf der anderen Seite der Tür wurde ein Riegel zurückgeschoben. Ich verlor keine Zeit, drückte mit der Schulter die Tür nach innen und spürte, wie sie gegen etwas Weiches stieß. Der Raum dahinter war dunkel. Aber durch das offene Fenster konnte man eine rote Neonreklame sehen, deren pulsierendes Licht die Umgebung notdürftig erhellte und alle Gegenstände mit einem rubinfarbenen Schimmer überzog.

Edna Cutler rappelte sich vom Fußboden hoch. Ich hatte ihr mit der Tür einen Stoß versetzt. In einem dunklen Winkel des Raumes stand, undeutlich sichtbar, noch eine zweite Gestalt. Als sie erstaunt aufschrie, wußte ich, daß es Roberta Fenn war. »Ich hab' Ihnen doch verboten, Edna Cutler anzurufen.«

»Ich . . . Sie verstehen das nicht, Donald. Ich mußte mit ihr sprechen.«

»Was soll das?« rief Edna Cutler gereizt. »Ist das etwa wieder dieser Detektiv?«

»Stimmt«, erwiderte ich.

»Was haben Sie mit dem Licht gemacht?«

»Die Sicherung herausgeschraubt.«

»Na, dann schrauben Sie sie gefälligst auch wieder 'rein.«

»Damit die Tür verriegelt ist, wenn ich zurückkomme? Das ist nicht drin, meine Dame.«

»Was wollen Sie eigentlich hier?«

»Sie wissen genau, was ich will. Ich . . .«

»Was ist los?« flüsterte Edna erschrocken, als ich plötzlich verstummte.

»Regen Sie sich nicht auf«, antwortete ich ruhig. »Ich habe befürchtet, daß er Ihnen folgen würde.«

Vom Korridor her waren Schritte zu hören, langsam und gleichmäßig, erbarmungslos und kaltblütig wie die Schritte des Henkers, der einen Häftling zum letzten Gang abholt. Ich tastete mich zur Tür zurück und stolperte dabei über eine Fußbank. Die Schritte waren nun ganz nahe und klangen nicht mehr so regelmäßig. Man vernahm ein leichtes Hinken heraus.

Der Mann erreichte die Tür vor mir. Er hatte den Kragen seines Mantels hochgeschlagen und seinen Hut tief ins Gesicht gezogen. Seine Gestalt war nur mittelgroß und schlank. Roberta Fenn schrie entsetzt auf.

Er begann zu schießen, bevor ich nahe genug an ihn herangekommen war, um ihn daran zu hindern. Zuerst feuerte er auf Roberta. Dann richtete er den Revolver auf Edna. Aber ich hatte mich inzwischen an ihn herangearbeitet, und ihm wurde klar, daß ich der gefährlichere Gegner war. Er schwenkte das Schießeisen herum und drückte ab. Ich hörte ein ohrenbetäubendes Dröhnen und spürte einen feurigen Lufthauch im Gesicht. Er hatte mich verfehlt. Mit einem Satz sprang ich nach vorn und umklammerte die Hand, in der er die Waffe hielt.

Jetzt machten sich meine einstigen Judoübungen bezahlt. Ich wirbelte herum, ohne seinen Arm loszulassen, beugte mich vor und schleuderte ihn mit aller Kraft über meine Schulter hinweg ins Zimmer.

Im Korridor war es laut geworden. Frauen kreischten, Türen knallten, eilige Schritte klapperten über die Steinfliesen. Roberta weinte leise vor sich hin, und Edna Cutler fluchte.

Als der Mann über meinen Kopf hinwegsauste, glitt der Revolver aus seinen kraftlosen Fingern in meine Hand. Ich lief zum Fenster, beugte mich hinaus und starrte angestrengt auf die dunkle Straße hinunter. Von fern drang das Heulen einer Sirene herüber. Inzwischen hatte sich einer der Hausbewohner ein Herz gefaßt und sich durch die Tür gewagt. »Was ist passiert?« fragte er.

»Ein Mann hat die beiden Frauen überfallen. Das Licht brennt nicht. Vermutlich hat er im Korridor eine Sicherung herausgeschraubt. Sehen Sie doch mal am Zähler nach. Wir brauchen unbedingt Licht.« Der Hausbewohner verzog sich gehorsam.

Ich beugte mich noch weiter aus dem Fenster und spähte nach oben. Über dem Fenster befand sich ein etwa zehn Zentimeter breiter Backsteinsims. Ich kletterte auf das Fensterbrett, schob das Schießeisen behutsam auf den Sims und sprang schnell ins Zimmer zurück. Eine Sekunde später leuchteten die Lampen auf.

»Brennt's wieder?« rief eine Stimme. – Ich brüllte zurück: »Es brennt!«

Die Gestalt auf dem Fußboden regte sich nicht. Der weiche Filzhut war, zwei Meter von dem gekrümmten Körper entfernt, unter einen Stuhl gerollt. Bei dem Flug durch die Luft hatte sich der Mantel umgeschlagen und den Aufprall ein wenig gemildert. Der Kopf des Mannes ruhte auf dem gefalteten Stoff, sein Gesicht war deutlich zu sehen. Es war Marco Cutler.

23

Ich hockte auf einem Stuhl vor Sergeant Rondlers Schreibtisch im grellen Licht einer Lampe. Ein Polizeistenograph schrieb eifrig jedes Wort mit, das ich sagte. Zwei uniformierte Beamte ließen mich nicht aus den Augen und beobachteten mich mit der angespannten Aufmerksamkeit von Pokerspielern.

Edna Cutler und Roberta Fenn saßen auf der einen Seite des Raumes, Bertha Cool und Emory Hale auf der anderen.

»Also, Lam«, sagte Sergeant Rondler, »Sie machten Roberta Fenn in Shreveport ausfindig und brachten Sie nach Los Angeles.«

»Irgendwelche Einwendungen dagegen?« fragte ich.

»Die Polizei von New Orleans fahndete nach ihr.«

»Davon hat mir kein Mensch was gesagt.«

»Aber Sie haben die Zeitungen gelesen und wußten, daß man sich fragte, was ihr zugestoßen sein könnte.«

»Es ist mir neu, daß Zeitungen amtliche Verlautbarungen sind. Ich wußte nur, daß Robertas Leben in Gefahr war, und ich wollte ihr eine Chance geben.«

»Woher wußten Sie, daß sie in Gefahr war?«

»Sie war mit Edna Cutler befreundet, und wenn die beiden erst mal die Köpfe zusammensteckten, hätten sie vermutlich eine ganze Menge ausgeknobelt.«

»Sie meinen, über den Mord an Craig?«

»Ja, darüber und über anderes.«

»Erzählen Sie mir von Craig.«

»Cutler hatte im Auftrage von Silas Roxberry und mit dessen Geld ölverdächtige Grundstücke aufgekauft. In den Geschäftsbüchern liefen die Transaktionen unter dem Namen von Edna P. Cutler. Edna hatte keine Ahnung davon. Nach dem Tode des alten Roxberry entpuppten sich die Grundstücke als wahre Goldgrube. Man fand tatsächlich Erdöl. Da der Landkauf ganz im stillen getätigt worden war, existierten keine Unterlagen darüber. Marco Cutler hielt den Mund und rührte sich nicht. Wenn es ihm gelang, den wahren Sachverhalt zu verheimlichen, dann konnte er eine halbe Million Dollar einstreichen, ein Vermögen, das eigentlich, bis auf einen geringfügigen Anteil, Roxberrys Erben gehörte. Außerdem war es auf den Namen seiner Frau eingetragen. Um seine

Frau möglichst ohne Risiko loszuwerden, verschaffte Cutler sich gefälschtes Belastungsmaterial und drohte ihr mit einem Riesenskandal, falls sie nicht in die Scheidung einwilligte. Edna Cutler räumte das Feld. Cutler machte geltend, daß seine Frau niemals eigenes Vermögen besessen hätte, und führte einen Gerichtsbeschluß herbei, durch den ihm der Erlös aus der Erdölspekulation zugesprochen wurde. Er hatte erreicht, was er wollte.«

Sergeant Rondler hämmerte mit den Fingern einen gedämpften Trommelwirbel. »Dieser Teil liegt ziemlich klar auf der Hand.«

»Der Rest der Geschichte ist genauso simpel. Craig schöpfte Verdacht. Er war Roxberrys Vertrauensmann gewesen und wußte über die verschiedenen Projekte des Alten recht gut Bescheid. Cutler hatte sich bereits zu weit in die Sache eingelassen. Ein Rückzieher wäre ihm teuer zu stehen gekommen. Er behielt Craig im Auge und wartete auf eine günstige Chance. Als Craig mit Roberta ausfuhr, folgte ihm Cutler, überfiel ihn in der Maske des Liebespaargangsters, reizte ihn zum Widerstand und knallte ihn nieder.

Edna Cutler kannte die Zusammenhänge nicht, aber sie machte sich ihre Gedanken. Da sie vermutete, Roberta könnte ihr vielleicht ein paar nützliche Informationen geben, spürte sie ihr bis nach New York nach und von da bis nach New Orleans. Sie freundete sich mit ihr an und horchte sie vorsichtig aus. Außerdem machte sie die Bekanntschaft von Nostrander und fragte ihn um Rat. Nostrander knobelte ein raffiniertes Schwindelmanöver aus, für das Edna Robertas Hilfe in Anspruch nahm, ohne sie jedoch in die Einzelheiten einzuweihen. Cutler ging in die Falle. Als Edna ihm später die Rechnung präsentierte, erkannte er, daß Roberta die Schlüsselfigur in dem Komplott war. Falls er sie zu dem Eingeständnis zwingen konnte, daß es sich um ein abgekartetes Spiel, um eine bewußte Irreführung handelte, würde jedes Gericht Ednas Einspruch zurückweisen. Das war seine einzige Chance.«

»Cutler gibt diesen Punkt zu«, murmelte Rondler verdrießlich. »Aber mehr auch nicht.«

»Er engagierte Hale, weil er dachte, ein New Yorker Anwalt würde unverdächtiger wirken. Aber er veranlaßte Hale, sich an eine Privatdetektei in Los Angeles zu wenden. Hale hatte indessen Edna Cutler aufgespürt und sich von ihr ein Empfehlungsschreiben an Roberta verschafft. In der Rolle eines Versicherungsmannes aus Chicago versuchte er sie auszuholen und festzunageln, und als ihm das nicht glückte, ließ er uns auf sie los. Bei Edna Cutler erreichte er überhaupt nichts. Sie machte einfach keine Fehler.«

»Wie kamen denn die Zeitungsausschnitte und der Revolver in den Schreibtisch?«

»Die Zeitungsausschnitte stammen vermutlich von Roberta, und das Schießeisen hat eine freundliche Seele hineinpraktiziert, um der Sache den letzten Schliff zu geben.«

»Der Revolver ist eine Niete«, knurrte Rondler. »Mit dem Mord an Craig hat er nichts zu tun.«

Ich nickte.

»Sie wollen doch hoffentlich damit nicht andeuten«, sagte Hale empfindlich, »daß ich irgend etwas in den Schreibtisch schmuggelte, Lam.«

Ironisch sah ich ihn an. »Was haben Sie denn in jener Nacht angestellt, in der Sie angeblich in New York waren, Sie Musterknabe?«

»Was soll das heißen?« fragte er erregt.

»Bei Edna Cutler und Roberta hatten Sie nichts erreicht. Als letzte Ausflucht blieb Ihnen nur noch Nostrander. Vermutlich wollten Sie ihn bestechen, und deshalb besorgten Sie sich vorsichtshalber ein Alibi. Sie folgten ihm von der Bar bis zu Robertas Wohnung, und da Sie wußten, daß Roberta nicht anwesend war, ergriffen Sie die günstige Gelegenheit beim Schopf und gingen hinauf. Sie betraten das Haus etwa zwanzig Minuten nach zwei.«

Hale begehrte auf. »Unsinn! Ich tat nichts dergleichen!«

»Natürlich streitet er es ab«, entgegnete ich, zu Rondler gewandt. »Zehn Minuten später, um halb drei, hörte Marilyn Winton den Schuß.«

»Können Sie Ihre Behauptung beweisen?« erkundigte sich Rondler.

Ich wies mit dem Kopf auf Roberta.

»Dieser Mann klingelte zwanzig Minuten nach zwei an meiner Wohnung und ging ins Haus«, bestätigte sie.

Grinsend sah ich Hale an. Er protestierte empört. »Das ist nicht wahr! Ich muß einen Doppelgänger haben!«

Rondler trommelte auf seiner Schreibtischplatte herum. Er

überlegte und wandte sich dann an Edna. »Wie haben Sie sich mit Roberta Fenn in Verbindung gesetzt?«

»Durch ein Inserat.«

»In einer hiesigen Zeitung?«

»Ja.«

»Warum?«

»Ich hatte Angst, es könnte ihr etwas zustoßen, und wollte ihr helfen.«

»Wo war sie? Wo hat sie gewohnt?«

»Das weiß ich nicht.«

Rondler sah Roberta an. »Wo haben Sie gewohnt?«

»In einem Hotel. Den Namen hab' ich vergessen.«

»Komisch. An die Straße können Sie sich wohl auch nicht mehr erinnern, wie?«

»Nein. Es war ... Ich hatte an diesem Abend ziemlich viel getrunken.«

»Aber Sie haben sich doch nicht allein die Nase begossen?«

»Nein. Es war noch jemand dabei.«

»Wer?«

»Ich weiß nicht. Eine Zufallsbekanntschaft. Ich hatte ihn in einem Lokal aufgegabelt.«

Rondler sah mich an und grinste. Ich schwieg. »Warum haben Sie sich so sang- und klanglos aus New Orleans verdrückt?« fragte er mich.

»Weil ich Roberta Fenn in Sicherheit bringen wollte. Cutler hatte es auf sie abgesehen. Es war ihm nicht geglückt, sie einzuschüchtern. Außerdem wußte sie zuviel. Der beauftragte Überbringer, Mr. Charles Goldring, war bereit, zu beschwören, daß er die Scheidungspapiere der richtigen Edna Cutler übergeben hätte. Wenn Roberta Fenn aus dem Wege geräumt war, stand Goldrings Aussage gegen Edna Cutlers Aussage, und das Gericht würde sich vermutlich an Goldring halten. Goldring hatte kein persönliches Interesse am Ausgang des Prozesses.«

»Gut, das klingt alles ganz plausibel, nur beweisen können wir's nicht. Marco Cutler behauptet, *Sie* hätten auf ihn geschossen. Er wollte seine Frau besuchen und hätte den elektrischen Zähler gar nicht angerührt. Die Tür stand offen, und als er die Wohnung betrat, schossen Sie auf ihn, packten ihn im Dunkeln am Kragen und schleuderten ihn durch die Luft.«

»Cutler hat geschossen«, erklärte ich entschieden. Edna und Roberta nickten zustimmend.

»Na schön«, erwiderte Rondler gereizt, »aber wo ist das verdammte Schießeisen geblieben?«

»Vielleicht ist es beim Handgemenge durch das offene Fenster geflogen.«

»Hm . . .« Rondler knurrte vor sich hin und sagte dann zu Hale: »Sie streiten vermutlich weiter ab, daß Sie Nostrander in der Mordnacht gesprochen haben, wie?«

»Wer? Meinen Sie mich?« erkundigte sich Hale würdevoll.

»Wen sonst, zum Teufel noch mal?«

»Ich war in New York. Prüfen Sie die Passagierliste nach, wenn Sie mir nicht glauben.«

»Tun Sie das, Sergeant«, empfahl ich grinsend. »Sie werden dabei feststellen, daß der Mann, der nach New York flog, hundertsechsundvierzig Pfund wog. Hale hat gut und gern seine zweihundert. Cutler ist der Bursche, auf den die Beschreibung paßt.«

»Lachhaft!« schnaubte Hale. »Den Leuten im Flughafen muß ein Versehen unterlaufen sein.«

Ich zündete mir eine Zigarette an.

»Gut«, sagte Rondler. »Das wäre wohl alles, für den Moment wenigstens. Sie können gehen, dürfen jedoch ohne meine Erlaubnis die Stadt nicht verlassen. Sie werden überwacht. Machen Sie also keine Dummheiten.«

Wir gingen nacheinander auf den Korridor hinaus. Hale wandte sich an Roberta: »Ich hoffe, Sie tragen mir mein Täuschungsmanöver nicht nach, Miss Fenn. Ich hatte einen Auftrag zu erfüllen, und meine Lage war heikel.«

»Schon gut«, antwortete Roberta. »Das ist längst vergeben und vergessen.«

Ich reckte mich und gähnte. »Na, mir langt's. Ich gehe nach Hause und haue mich ins Bett.«

Bertha nahm mich unter den Arm und zog mich beiseite. »Ich muß mit dir sprechen, Donald.« Ihre Stimme klang beinahe herzlich. »Du siehst furchtbar mitgenommen aus, Liebling. Ruh dich ordentlich aus.«

»Ganz recht. Das wollte ich ohnehin tun.«

Sie senkte die Stimme und zischte aus dem Mundwinkel. »Falls du die Absicht hast, das Schießeisen zu holen und in die Wohnung zu schmuggeln, dann schlag dir das lieber gleich aus dem Kopf. Das ist zu riskant. Sag mir, wo es ist. Ich werde mich darum kümmern.«

»Welches Schießeisen?«

»Sei kein verdammter Narr! Glaubst du, ich erkenne unseren Detekteirevolver nicht, wenn ich ihn sehe? Wo ist der andere?«

»In meiner Wohnung in der obersten Schreibtischschublade.«

»Aha. Und wo soll er hin?«

»Egal. Am besten unter das Fenster von Ednas Apartment. Paß auf, daß du keine Spuren zurückläßt.«

»Blech. Ich bin schließlich kein Anfänger. Ist das Ding, mit dem Cutler auf dich schoß, gut versteckt?«

»Für den Augenblick ja. Darüber können wir uns später den Kopf zerbrechen.«

Roberta Fenn kam auf uns zu. »Darf ich Sie einen Moment stören?«

»Von mir aus schon«, entgegnete Bertha. »Ich bin fertig.«

Zärtlich strahlte mich Roberta an. Sie reichte mir beide Hände und flüsterte: »Liebling!«

24

Dienstag mittag gegen Viertel vor eins tauchte Leutnant Pellingham im Büro auf.

»Sie sind mir hoffentlich nicht böse, Lam.«

»Aber keine Spur. Sie mir hoffentlich auch nicht, Leutnant.«

»Sie hätten mir sagen sollen, daß Sie Roberta Fenn schützen wollten, weil Sie sie für gefährdet hielten.«

»Dann hätten Sie sie verhaftet und nach New Orleans zurückgebracht.«

»Nun ja«, gab er zögernd zu. »Damit dürften Sie wahrscheinlich recht haben. Sie sind ein verdammt schlauer Patron, Lam. Ich wünschte, Sie gäben mir einen Tip in der Mordsache Nostrander. Meine Mission hier war ein Fehlschlag. Ich glaube nicht, daß Louisiana die Auslieferung von Roberta Fenn beantragen wird. Dafür ist das Belastungsmaterial gegen sie allzu dürftig. Wenn ich mit der Lösung des Falles nach New Orleans zurückkehren könnte, wäre das eine Feder für meinen Hut.«

Ich warf einen Blick auf meine Uhr. »Ich habe um eins eine Verabredung und möchte mich nicht verspäten. Wollen Sie mich begleiten? Wir können uns auch im Gehen unterhalten.«

Der Leutnant nickte.

»Also dann ... Gehen wir.« Ich griff mir meinen Hut, trat zu Elsie und schüttelte ihr die Hand.

Sie sah mich erstaunt an. »Was ist denn los mit Ihnen? Verreisen Sie etwa?«

»Ja. Seien Sie brav und passen Sie gut auf sich auf.«

»Das klingt ja verdammt endgültig.«

»Keine Bange. Ich komme wieder. Aber es wird eine Weile dauern.« An der Tür drehte ich mich um und winkte ihr zu.

Als wir unten in der Halle aus dem Lift stiegen, liefen wir Bertha in die Arme. Bertha begrüßte Pellingham mit ihrem süßesten Lächeln. »Hast du denn schon überhaupt das Neueste gehört, Donald?« fragte sie.

»Nein.«

»Sergeant Rondler hat Cutlers Revolver gefunden. Deine Vermutung stimmte. Er war aus dem offenen Fenster geflogen. Aber das Beste kommt erst. Sie haben das Schießeisen getestet und festgestellt, daß Craig mit derselben Waffe umgelegt worden ist. Cutler schreit Zeter und Mordio und behauptet, jemand hätte das Ding untergeschoben. Aber das hilft ihm nichts. Jetzt werden sie ihn fertigmachen. Wohin geht ihr zwei eigentlich?«

»Nur ein Stück die Straße hinunter. Kommst du mit? Pellingham möchte mit uns sprechen.«

Sie betrachtete unschlüssig den Fahrstuhl. »Tja, ich weiß nicht recht ... Eigentlich wollte ich ins Büro. Ich erwarte ein Päckchen mit Nylonstrümpfen, aber ... gut, ich gehe mit.«

Wir schlenderten nebeneinander auf dem Bürgersteig entlang. Pellingham in der Mitte, Bertha an der Häuser- und ich an der Rinnsteinseite.

»Sie sind also der Meinung, daß Hale in jener Nacht zwanzig Minuten nach zwei in die Wohnung hinaufging?« fragte Pellingham.

»Ja. Ich bin fest davon überzeugt. Was haben Sie über ihn in Erfahrung gebracht?«

Er grinste. »Er ist ebensowenig ein Anwalt wie Sie und ich.«

»So was hat mir schon die ganze Zeit geschwant. Privatdetektiv, wie?«

»Ja. Leiter eines New Yorker Detektivbüros. Cutler gab ihm den Auftrag, Roberta Fenn aufzuspüren und unter Druck zu setzen. Ich könnte wetten, daß das Zeug im Schreibtisch von ihm selbst hineinpraktiziert worden ist. Er wollte ihr vermutlich mit einer Anklage wegen Mordes drohen, um sie kirre zu machen. Was er dabei nicht bedachte, war, daß der Revolver eines Tages getestet werden und der Schwindel dabei auffliegen würde.«

»Ja, aber angenommen, Roberta hätte es mit der Angst bekommen und sich breitschlagen lassen. Sobald Hale eine schriftliche Erklärung von ihr in Händen gehabt hätte, daß es sich bei dem Dreh mit den Scheidungspapieren um eine abgekartete Sache handelte, wäre das gesamte Belastungsmaterial überflüssig geworden. Ich glaube gar nicht, daß Hale und Cutler die Absicht hatten, die Sache an die große Glocke zu hängen. Sie wollten Roberta nur einschüchtern, mehr nicht. Nostranders Tod machte ihnen einen Strich durch die Rechnung. Danach hatten sie keinen Einfluß mehr auf die Ereignisse.«

»Das leuchtet mir ein. Demnach halten Sie Hale also nicht für den Täter?«

Ich sah auf meine Uhr. Es war fünf Minuten vor eins. »Nein. Ich will Ihnen etwas sagen: Meine Partnerin und ich entdeckten Nostranders Leiche.«

»Was?!« rief er verblüfft.

»Donald!« sagte Bertha scharf.

»Reg dich nicht auf, Bertha. Sie können uns nichts anhaben. Wir haben den Mord ordnungsgemäß gemeldet. Ich war derjenige, der die Mordkommission benachrichtigte.«

»Gut. Aber erzählen Sie mir lieber, wie sich das Ganze abgespielt hat«, drängte Pellingham.

»Wir trafen gegen halb acht vor dem Haus ein und klingelten an Robertas Wohnung. Jemand drückte auf den Summer und machte uns die Haustür auf. Die Wohnungstür stand halb offen, und wir konnten die Leiche deutlich sehen. Ich bugsierte Bertha schleunigst die Treppe wieder hinunter, weil ich glaubte, der Mörder befände sich noch im Zimmer.«

Pellingham nickte.

»Aber das war nicht der Fall.«

»Woher wissen Sie das?«

»Weil wir die Haustür wenigstens zehn Minuten lang im

Auge behielten. Außer einer ältlichen Frau verließ niemand das Haus. Dann erschien bereits die Polizei.«

Pellingham grunzte. »Stimmt. Unseren beiden Leuten ging's genauso. Sie läuteten, und jemand ließ sie ein. Sie gingen 'rauf und fanden niemanden in der Wohnung außer der Leiche.«

Ich nickte. »Das ist nicht alles. An dem Abend, an dem ich Roberta in ihrer Wohnung aufsuchte, tauchte Nostrander plötzlich auf. Er stand wie vom Himmel gefallen im Flur und hämmerte gegen die Tür. Roberta wimmelte ihn ab und schickte mich dann weg. Ich verließ gleich nach ihm das Haus. Aber ich entdeckte ihn weder oben im Korridor noch unten auf der Straße. Er war wie vom Erdboden verschluckt.«

»Aha. Wie erklären Sie sich das?« fragte Pellingham ungeduldig.

»Ganz einfach. Nostrander kannte noch einen anderen Hausbewohner und besuchte ihn regelmäßig. Man darf wohl annehmen, daß es sich um eine Frau handelte, mit der Nostrander ziemlich eng befreundet war. Die Entdeckung, daß ihr Auserkorener noch immer eine Schwäche für Roberta hatte, muß ein ganz schöner Schock für sie gewesen sein. Am Morgen nach der Mordnacht klingelte eine Reihe von Leuten an Robertas Wohnung. Sie wurden prompt eingelassen, fanden oben jedoch keine Menschenseele. Wäre Roberta im Laufe der Nacht oder in den frühen Morgenstunden in ihre Wohnung gegangen, dann hätte sie vermutlich auch dran glauben müssen. Die Lösung des Rätsels ist, daß man den Summer von jeder Wohnung aus bedienen kann, und Marilyn Winton bewohnt ein Apartment direkt gegenüber von Roberta. Wenn es drüben klingelte, konnte sie das hören, vor allem, wenn sie ihre Tür einen Spaltbreit offenließ.«

Pellingham machte ein grimmiges Gesicht. »Weiter.«

»Marilyn Winton behauptet, sie hätte um halb drei einen Schuß gehört. Ich glaube, wenn Sie sich Hale richtig vornehmen, wird er zugeben, daß er sich zur gleichen Zeit mit Nostrander unterhielt. Sobald er weg war, rauschte Marilyn zu Nostrander in Robertas Wohnung hinüber. Dort gerieten sich beide ernstlich in die Wolle.«

»Mag sein. Aber warum erzählt sie dann erst das Märchen von dem Schuß? Damit lenkt sie doch nur die Aufmerksamkeit auf sich.«

»Sie brauchte selbstverständlich ein Alibi. Nehmen wir mal an, ich hätte die Absicht, um drei Uhr in der Wohnung meiner Nebenbuhlerin aufzukreuzen und sie umzulegen. Dann ist es doch gar keine so schlechte Idee, wenn ich um halb drei aufgeregt erkläre, ich hätte soeben einen Schuß gehört. Marilyn Winton machte ihre beiden Freunde praktisch zu Zeugen ihrer Wahrnehmung. Vermutlich hatte sie sich eigens zu diesem Zweck von ihnen nach Hause bringen lassen.«

Pellingham starrte mich entgeistert an. Bertha murmelte bewundernd: »Mich laust der Affe! Das hast du wieder mal großartig hinbekommen, Donald!«

Der Leutnant stieß einen schrillen Pfiff aus und faßte plötzlich einen Entschluß. »Okay, Lam. Sie fliegen mit mir zurück nach New Orleans.«

»Fehlanzeige«, entgegnete ich, schwenkte nach links und verschwand im Marinerekrutierungsbüro, bevor die beiden begriffen hatten, was los war. »Donald Lam meldet sich zur Ableistung der Militärübung«, sagte ich zu dem Mann hinter dem Schreibtisch.

»Okay, Matrose. Da geht's 'raus. Im Hof steht ein Bus. Steigen Sie gleich ein.«

Bertha und Pellingham kamen sich gegenseitig in die Quere, weil jeder vor dem anderen durch die Tür gehen wollte. Pellingham hatte seine gute Kinderstube für einen Moment völlig vergessen. Ein Posten senkte sein Gewehr und hielt sie zurück. Sie blieben verdattert stehen.

Pellingham zeigte mit dem Finger auf mich. »Ich brauche den Burschen dort.«

»Onkel Sam auch«, erwiderte der Mann hinter dem Schreibtisch.

Ich drehte mich um und warf Bertha eine Kußhand zu. »Ich schick' dir aus Tokio eine Ansichtskarte!« rief ich und verschwand durch die Hintertür.

Das Ende der Ereignisse erlebte ich aus der Sicht des Zeitungslesers, während ich mit einem Ausbildungstrupp nach San Francisco befördert wurde.

Hale bequemte sich zur Aussage, sobald er begriffen hatte, daß man ihm den Mord nicht in die Schuhe schieben wollte. Er hatte Nostrander beobachtet und war ihm bis zu Robertas Wohnung gefolgt. Dort bot er ihm zehntausend Dollar an und verlangte als Gegenleistung eine Bestätigung dafür, daß die Übergabe der Scheidungspapiere an die unrechte Person eine Schiebung gewesen war. Nostrander war jedoch sinnlos betrunken, und Hale mußte unverrichteterdinge abziehen. Da er befürchtet hatte, Nostrander könnte sich auf die Hinterbeine stellen und ihn wegen Erpressung anzeigen, hatte er sich vorsichtshalber ein Alibi beschafft.

Marilyn Winton wurde verhaftet. Bei den Ermittlungen kam heraus, daß sie seit geraumer Zeit Nostranders Freundin gewesen war und gehofft hatte, daß er sie heiraten würde. Die Affäre mit dem Anwalt war jene unglückliche Liebesgeschichte gewesen, von der Rosalind mir erzählt hatte.

Marco Cutler legte schließlich ein umfassendes Geständnis ab. Aber er blieb bei seiner Behauptung, daß die Polizei die Mordwaffe untergeschoben hätte. Tatsächlich hätte er das Schießeisen in New Orleans in einem Apartment versteckt, das Roberta Fenn früher einmal bewohnt hatte. Wie es nach Los Angeles und in Edna Cutlers Wohnung gelangt sei, wäre ihm schleierhaft.

Einen kurzen Aufenthalt in San José benutzte ich dazu, um Bertha folgendes Telegramm zu senden:

Edna Cutler sollte für ein Honorar von zehntausend Dollar gut sein. Schließlich haben wir ihr zu einem Vermögen verholfen. Japan exportiert keine Nylonstrümpfe zu Spottpreisen. Sende Dir statt dessen ein paar Kirschblüten. Alles Liebe, Donald.

ENDE